ANDREAS
ISENSCHMID

Der Elefant im Raum

PROUST UND
DAS JÜDISCHE

Hanser

1. Auflage 2022

ISBN 978-3-446-27271-2

Umschlag: Peter-Andreas Hassiepen, München
Motiv: Marcel Proust, Zeichnung von de Doba. © akg-images
Satz: Greiner & Reichel, Köln
Druck und Bindung: CPI books GmbH, Leck
Printed in Germany

FSC
www.fsc.org
MIX
Papier | Fördert
gute Waldnutzung
FSC® C083411

Für BBR

Inhalt

KAPITEL 1

Im Sturm: Die Dreyfus-Affäre und Prousts jüdische Gefühle

DIE GENERATION DER DREYFUS-AFFÄRE

Marcel Proust gehörte zur »Generation der Dreyfus-Affäre«.[1] »Ich glaube, ich war der erste Dreyfusard«,[2] »ich war ein glühender Dreyfusard«,[3] schrieb er im Rückblick über die Sturm-und-Drang-Jahre der Affäre zwischen 1897 und 1899. Kein historisches Ereignis hat Proust im Leben und im Schreiben so markant geprägt wie die flagrante, leidenschaftliche, gewaltsame politische Krise um den im Dezember 1894 schuldlos wegen Landesverrats zu lebenslanger Verbannung und Haft verurteilten und im Januar 1895 auf die Teufelsinsel deportierten jüdischen Hauptmann Alfred Dreyfus. Proust hätte ohne Zweifel unterschrieben, was sein Generationsgefährte Léon Blum, der spätere Ministerpräsident der Volksfront, im Rückblick zur Bedeutung der Affäre sagte: »Die Generationen, die der unseren gefolgt sind, machen sich keinen Begriff mehr davon, dass während zweier endloser Jahre – zwischen dem Beginn der Kampagne für die Wiederaufnahme des Verfahrens und der Begnadigung – das Leben innezuhalten schien, dass sich alles auf eine einzige Frage konzentrierte, dass in den innersten Gefühlen und in den Beziehungen der Menschen zueinander alles unterbrochen war, umgestürzt, neu angeordnet. Man war Dreyfusard oder nicht.«[4]

Proust hätte wohl auch dem Rückblick von Daniel Halévy, dem Schulfreund, mit dem er später als Dreyfus-Aktivist unterwegs war, zugestimmt: Unsere Vorväter, schrieb Halévy, hatten alle ihre Revolution, 1789, 1848, die Pariser Commune, »wir hatten nur diese eine Affäre, vier, nein weniger drei, zwei Jahre, um unsere Freunde und unsere Feinde zu wählen, um in uns die notwendigen Festlegungen zu treffen, den Hass, die Instinkte, die nun unsere Gedanken regieren. Eine einzige fürchterliche Krise hat uns gepackt und für immer markiert.«[5]

Prousts eigener Rückblick, geschrieben im November 1899, als die Affäre mit der Begnadigung von Dreyfus eine Art Abschluss gefunden hatte, klang nicht anders: Man könne »sehr wohl verschiedener Meinung in Dingen der Religion, der Moral, der Kunst, der Politik sein (…), ohne dabei die Freundschaft zu opfern, aber eine unterschiedliche Auffassung von der Schuld eines Menschen (…) hat das Antlitz der ganzen Gesellschaft verändert, es ist das einzige Zeichen, die einzige Parole, mit der man sich zu erkennen gibt, die die Menschen vereint oder trennt«.[6]

Was war diese so weltenbewegende Dreyfus-Affäre? Sie hatte von Anfang an zwei Seiten. Sie war ein Justizskandal, die Verurteilung eines Unschuldigen in einem krass normwidrigen Verfahren. Ein Justizskandal, der sich rasch zu einer die Nation fast zerreißenden politischen Krise auswuchs. Ein Justizskandal, dessen Vertuschung die führenden Kreise der Armee und des Verteidigungsministeriums mit Lügen, Fälschungen und Machtmissbrauch haarsträubender Art betrieben. Und für dessen Aufdeckung die Dreyfusards im Namen der republikanischen Ideale der Wahrheit und der Gerechtigkeit kämpften. »La vérité est en marche et rien ne l'arrêtera«, »die Wahrheit ist im Vormarsch und nichts wird sie aufhalten«, so lautete der letzte Satz eines entscheidenden Artikels von Émile Zola vom November 1897, der zum Kampfruf der Dreyfusards wurde und dessen Echo bis in den Namen von Präsident Macrons Partei La République en marche nachhallt.

Zum anderen war die Affäre eine kulturelle Krise, ein Kampf um die Identität einer seit der Niederlage im Deutsch-Französischen Krieg von 1870 erschütterten Nation. Man hatte 1894 nicht einfach einen Unschuldigen verurteilt, sondern einen unschuldigen Juden, was sehr rasch zu einem landesweiten massenhaften Ausbruch des Antisemitismus führte, eines hasserfüllten, hochgradig rassistischen Antisemitismus, der die Presse und weiteste Teile der Öffentlichkeit ergriff, Rechte und lange Zeit auch Linke gleichermaßen.

Dreyfus sei wie Judas und alle Juden ein Verräter, der Frankreich an den Erbfeind Deutschland verraten habe. Überhaupt seien alle Juden Fremde, die nicht nach Frankreich passten, die Franzosen ausbeuteten und die man am besten nach Jerusalem zurückschicken sollte – so lautete das Credo der zu Antisemiten mutierten chauvinistischen Nationalisten, die sich gegen die Assimilation der französischen Juden zu jüdischen Franzosen und gegen die mustergültige Gleichstellungspolitik Frankreichs seit der Revolution wandten.

Blum, Halévy und Proust waren Franzosen mit einer jüdischen Herkunft. Heute macht man sich von der Bedeutung der Affäre für die Juden nur schwer eine angemessene Vorstellung. Sie wurde mit der zweiten Zerstörung des Tempels und mit der Vertreibung der Juden aus Spanien verglichen.[7] Charles Péguy nannte die Affäre in »Notre jeunesse«, dem »zweifellos bekanntesten (Werk) der Literatur der Dreyfusards«,[8] »eine eminente Krise in der Geschichte Israels«,[9] gar »eine Explosion der jüdischen Mystik«.[10] Und Bernard Lazare, lange vor Proust wirklich »der erste der ›Dreyfusards‹«,[11] derjenige, auf den sich alle beriefen, wie Léon Blum schrieb, verband die Affäre von allem Anfang an mit dem Antisemitismus. Lazare war klar, dass Dreyfus und er als Juden angegriffen wurden, Dreyfus war für ihn geradezu das Symbol des verfolgten Juden, und er wollte sich dagegen als Jude zur Wehr setzen. Lazare war Literaturkritiker, ein Anarchist, der zum Zionisten wurde, und hatte sich schon 1886 mit Édouard Drumont, dem Haupteinpeitscher des französischen Antisemitismus, duelliert. 1895, als sich nur einige wenige Gerechte für Dreyfus einsetzten, war dessen Familie an ihn herangetreten und hatte Lazare mit Recherchen beauftragt. Das Ergebnis war eine Broschüre, die der Affäre beträchtlichen öffentlichen Schub gab, »L'affaire Dreyfus. Une erreur judiciaire« vom November 1896. In ihr dokumentiert er die betäubende Wolke des Antisemitismus, in die die Affäre eingehüllt war, und schreibt: »Dreyfus war Soldat, aber er war Jude, und er wurde vor allem als Jude verfolgt. Weil er Jude war, hat man ihn verhaftet, weil er Jude war, hat man ihn vor Gericht gestellt, weil er Jude war, hat man ihn verurteilt.«[12]

Am bedeutendsten aber ist die jüdische Dimension der Affäre für die Entstehung des Staates Israel. Theodor Herzl, der maßgebliche Begründer des Zionismus, hat als Journalist 1894 den Prozess gegen Hauptmann Dreyfus beobachtet und war am 5. Januar 1895 Zeuge von dessen Degradierung. »Zum Zionisten hat mich (…) der Prozess Dreyfus gemacht. (…) der Wutschrei der Menge auf der Straße vor der École militaire, wo er degradiert wurde, gellt mir unvergesslich in den Ohren: ›à mort! à mort les juifs!‹«

Noch in Paris, im Hotel de Castille, begann Herzl bald darauf mit den Entwürfen für seine Abhandlung »Der Judenstaat«. In den ersten Tagen des Jahres 1896 erschien das Buch. Lazare war in den Anfängen der Krise einer seiner ersten Leser und suchte dafür einen französischen Verleger, indes umsonst. Seine Zeugenschaft hatte Herzl zur »geschichtlichen Lehre« geführt, »die ein unbefangener Betrachter aus dem Falle Dreyfus ziehen musste. Bis dahin hatten die meisten von uns geglaubt, die Lösung der Judenfrage sei von der allmählichen Entwicklung der Menschheit zur Duldung zu erwarten.« Aus der Affäre zog Herzl seinen epochalen Schluss: »Für die Juden gibt es keine andere Hilfe und Rettung als die Rückkehr zur eigenen Nation und die Seßhaftmachung auf eigenem Grund und Boden.«[13]

Und wie erlebte Proust die Affäre? Welche Lesart war für ihn die entscheidende? Marcel Proust war der Sohn einer jüdischen Mutter, Jeanne Weil, und eines katholischen Vaters, Adrien Proust. Er war katholisch getauft, wurde katholisch bestattet, hat aber nach seiner Firmung nie wieder eine Kirche in religiöser Absicht betreten. Er war, wie seine Eltern, nicht gläubig. Seine große und kenntnisreiche Liebe der Kathedralen und der Welt der christlichen Kunst war ausschließlich ästhetisch und nicht konfessionell begründet. Eine formelle jüdische Erziehung hat er nicht genossen, seine Kenntnisse der jüdischen Überlieferung waren überschaubar. Eine intensive Beziehung zum Jüdischen ergab sich jedoch aus dem engen Umgang mit seiner ausgedehnten jüdischen Verwandtschaft und aus dem Respekt vor der Tradition, der seine Mutter, wiewohl selbst nicht religiös, treu geblieben war. Sie hatte zwar als eine der ersten in ihrer Familie nicht jüdisch geheiratet, war aber auch nicht konvertiert und vermählte sich mit ihrem katholischen Gatten nur standesamtlich, nicht kirchlich. Proust ließ sie nach jüdischem Ritus bestatten. Sie war ohne Zweifel die wichtigste, am meisten geliebte Person in seinem Leben. Was mag ihm durch den Kopf gegangen sein, als Hauptmann Esterházy, der später verurteilte wahre Spion und Verräter, im Umfeld des Zola-Prozesses, dem Proust oft beiwohnte, damit drohte, bei einer Rückkehr von Dreyfus werde es »5000 jüdische Kadaver in den Straßen von Paris geben«,[14] oder wenn Antisemiten von einer jüdischen Bartholomäusnacht fantasierten: »Es wird kein einziger Jude in Frankreich am Leben bleiben, alle wird man bis zum letzten erwürgen.«[15]

DIE EXPLOSION DER AFFÄRE

Proust gehörte seit dem 5. Januar 1895, dem Tag der demütigenden öffentlichen Degradierung, zu den ganz wenigen, die Zweifel an Dreyfus' Schuld hatten. Im Herbst 1897 bestätigten sie sich. An einem Abend im Oktober bat Geneviève Straus, Witwe des Komponisten Georges Bizet und Freundin und Briefpartnerin Prousts, die Gäste ihres Salons am Boulevard Haussmann, zu denen Proust regelmäßig gehörte, um Aufmerksamkeit. Joseph Reinach, Jude, Abgeordneter der Basse-Alpes, später Verfasser der siebenbändigen, maßgeblichen »Histoire de l'affaire Dreyfus« und neben Lazare der andere erste Dreyfusard, setzte die Gäste über neue Beweise für die Unschuld des Hauptmanns ins Bild. Der Salon Straus spaltete sich noch am gleichen Abend, wie der Byzantinist Maurice Schlumberger, ein vielfach geschmähtes Hassobjekt Prousts, sich erinnert. Schlumberger, der Kritiker Lemaître und der Karikaturist Forain, hartgesottene Anti-Dreyfusards, verließen das Haus und tauchten dort nie wieder auf.

In jenen Tagen im Herbst 1897 begann mit einem Schlag die dramatische Schnellreife der Affäre. Wo immer Proust hinkam, ging es um nichts anderes. An der Avenue Hoche, im geliebten Salon von Madame Arman de Caillavet und ihrer Salonattraktion Anatole France, zogen die »Antis« aus. An der rue d'Astorg, in dem von Proust viel besuchten Salon von Madame Aubernon wurde es hitzig: »Das Fieber steigt, von Tag zu Tag. Überraschung, Zweifel, Angst sind es, die im Moment vorherrschen. (…) Man spricht von nichts anderem (…) weder von Literatur noch von Philosophie (…) nicht einmal zum Ehebruch verirrt sich die Konversation«,[16] notiert der Diplomat Maurice Paléologue am 6. November nach einem Diner. Und an der rue de Douai zerbrach am Antisemitismus die Freundschaft, die seit Jahren jeden Donnerstag den Maler Degas zum Nachtessen zur Familie von Ludovic Halévy führte.

Nirgendwo kann man das Fieber der Wochen, in denen die Affäre explodierte, besser erfassen als im Tagebuch von Prousts Freund und Weggefährten Daniel Halévy.

»Die schönsten Erinnerungen meiner Vergangenheit zerbrochen (…) Das ist der Bürgerkrieg so wie ihn unsere gedämpften Sitten erlauben«,[17] schreibt er, der Degas über alles liebte und von ihm sehr schön porträtiert worden war, nach diesem Bruch am 20. Januar.

Halévy war Prousts mit Liebesgedichten umworbener Klassenkamerad am Lycée Condorcet, gemeinsam brachten sie 1892 zusammen mit Fernand Gregh die Zeitschrift »Le Banquet« heraus, in der auch Léon Blum schrieb und in welcher der angeblich bloß in Salons seine Zeit verlierende Proust in zwei Jahren schwindelerregend produktiv mehr als 35 Stücke veröffentlichte. Im Sommer 1893 schrieben sie gemeinsam mit Gregh und La Salle verspielt an einem vierstimmigen Briefroman. Doch im November 1897 fuhr die Dreyfus-Affäre wie »ein Schlag in die Süße unserer Leben«,[18] wie Halévy sich später erinnerte. Die »Affäre ist gewaltsam in mein Leben eingedrungen«,[19] notiert er am 21. November.

Das Salongeraune war öffentlich geworden. Der entscheidende Tag war der 15. November 1897, ein Donnerstag. Drei Jahre lang war der Kampf um die Revision des Urteils gegen

Dreyfus vom Dezember 1894 die wenig beachtete Sache einer kleinen Gruppe Militanter um Dreyfus' Bruder Mathieu und den jüdischen Publizisten Bernard Lazare gewesen. Im August 1897 begannen neue Gerüchte zu Dreyfus' Unschuld zu zirkulieren; Reinach sprach erste Freunde an. Am 15. November 1897 erschien gegen 17 Uhr die Tageszeitung »Le Temps« mit einem offenen Brief, in dem der Vizepräsident des Senats, Auguste Scheurer-Kestner, aufgrund neuer Fakten seine Überzeugung von der Unschuld Dreyfus' kundtat. Und kurz vor Mitternacht wurde durch Mathieu Dreyfus bekannt, dass nicht sein Bruder, sondern ein gewisser Hauptmann Marie Charles Ferdinand Walsin-Esterházy, ein französischer Offizier ungarischer Herkunft, Verfasser des »bordereau« war, das zur Verurteilung geführt hatte. Die höchsten Kreise der Regierung und der Armee waren über diese Umstände und die betrügerische Durchführung des Prozesses seit September 1896 im Bild – der Chef des Geheimdienstes, Georges Picquart, war auf die Unregelmäßigkeiten des Prozesses gestoßen und hatte seine Vorgesetzten informiert – man belohnte ihn mit einer Strafversetzung nach Afrika. Mit Scheurer-Kestner hatte sich erstmals ein Vertreter der etablierten Elite öffentlich zu Dreyfus' Unschuld bekannt.

»Ja, jedem jungen Mann schuldet die Welt ein Abenteuer«,[20] wird Halévy schreiben; die Affäre war seines und das von Proust. »Schlagartig war die Krise da«, notierte Halévy. Der Fall Dreyfus mutierte zur Affäre: »In fünfzehn Tagen erreichte die Affäre ihren Paroxysmus, und dieser Paroxysmus dauerte zwei Jahre.«[21]

Der Paroxysmus ergriff Émile Zola, der sich zum ungläubigen Staunen des Publikums mit einem journalistischen Feldzug sondergleichen auf Dreyfus' Seite schlug. »La vérité est en marche et rien ne l'arrêtera«, »die Wahrheit ist im Vormarsch, und nichts wird sie aufhalten«, mit diesem Satz, der zum Kampfruf werden sollte, endete seine erste Intervention. Nicht weniger als fünf Publikationen in fünf Wochen folgten ihr, kulminierend im berühmten »J'accuse« vom 13. Januar 1898, das ihm Anklage, Prozess und Verurteilung eintrug. Mit Zola bekam die Affäre »ihre nationale Dimension«.[22]

Und der Paroxysmus erfasste auch Proust und Halévy. Sie hatten sich seit 1893 etwas voneinander entfernt. Halévy betrieb Nietzsche-Studien und hatte sich dem Sozialismus angenähert. Proust hatte 1896 seinen Erstling »Les plaisirs et les jours« veröffentlicht, eine Sammlung erlesener Prosa. Er schrieb seit 1895 an seinem Roman »Jean Santeuil« und verkehrte, zum Befremden seiner Kollegen, aufs Eifrigste in zusehends besseren, am liebsten aristokratischen Kreisen. Aber die Explosion der Affäre führte sie wieder zusammen. Auch die anderen aus der Schulzeit und dem Kreis um »Le Banquet« sind plötzlich wieder da, Gregh, La Salle, Jacques Bizet, der Sohn von Geneviève Straus, und Robert Dreyfus (nicht verwandt), Dreyfusards allesamt, die meisten mit jüdischem Hintergrund. Bis nachts um halb zwei reden sie sich am 1. Dezember im Restaurant Weber an der rue Royale über Kunst und Wirklichkeit die Köpfe heiß. Als Halévy auf dem Heimweg von Gregh erfährt, dass Zola auf Betreiben der strikt antisemitischen, dreyfusfeindlichen Schriftsteller Maurice Barrès und Léon Daudet, zwei feinen Freunden Prousts, aus seinem Organ, der Tageszeitung »Le Figaro«, vertrieben werden soll, festigt sich bei der Freundesgruppe die Idee einer Unterschriftensammlung für Zola. Doch es hagelt feige Absagen im Dorf der Pariser Literaten, wo jeder jeden kennt. Nur einer schafft es, eine einzige Unterschrift aufzutreiben: Proust, der sich dafür später selbst in aller Bescheidenheit zum »ersten Dreyfusard« adeln wird, diejenige von Anatole France. Nach diesem Rückschlag folgen ein zweiter und ein dritter Anlauf im Januar 1898, diesmal trifft man sich im Obergeschoss des Café des Variétés am Boulevard Montmartre 9, koordiniert sich mit der Gruppe um Lucien Herr von der École nationale supérieure, Halévy läuft von Pontius zu Pilatus, zusammen mit Jacques Bizet auch ein zweites Mal zu Anatole France, Fernand Gregh besucht ihn sogar noch ein drittes Mal, denn der Petitionswortlaut ändert sich ständig. Sie schaffen es. Am Tag nach Zolas »J'accuse«, am 14. Januar, erscheint in der gleichen Zeitung, George Clemenceaus »L'Aurore«, die später »Manifest der Intellektuellen« genannte Petition. Und am Tag darauf gleich noch eine. Beide protestieren gegen die Verletzung der Rechtsformen und verlangen die Revision des Prozesses; über 1500 Unterschriften kommen bis zum 4. Februar zusammen.[23]

Der Paroxysmus trug Proust und Halévy noch bis in den Prozess gegen Zola im Februar 1898. Proust weibelte durch die Salons, um sich Karten für den Prozess zu beschaffen, Geneviève Straus hatte keine, also versuchte er es über seinen Freund Pierre Lavallée bei dessen Onkel, dem Procureur de la République, Gaston Laurent-Atthalin – aber, bitte, Pierre, weck mich nicht, wenn Du Bescheid hast, sag's lieber dem Concierge –, und auch beim Generalsekretär der Polizeipräfektur, Émile Laurent; man gehörte dazu. Als es so weit war, musste Proust gegen all seine Gewohnheiten morgens früh aufstehen, Louis de Robert kam ihn abholen. »Sie eilten die Treppe hinab. ›Kutscher, zum Justizpalast‹«, wohin man »kaum ein paar Butterbrote und etwas Kaffee in einer Feldflasche mit sich nahm und dort, ohne Mittagessen, erregt, leidenschaftlich aufgewühlt, bis fünf Uhr ausharrte«,[24] so die Version in »Jean Santeuil«. Noch höher ist der Pulsschlag in der Version der »Recherche«, in der Proust die Prozesserfahrungen seinem jüdischen Helden Bloch überschrieben hat: »Da dieser Wechsel in seinen Gewohnheiten einen krankhaften Erregungszustand seiner Nerven hervorrief, der durch den Kaffee und die dramatischen Wendungen des Prozesses aufs Äußerste gesteigert wurde, trat er derart verliebt in alles, was sich dort zugetragen hatte, wieder auf die Straße, dass er, abends, kaum heimgekehrt, von neuem in den schönen Traum eintauchen wollte und in einem Restaurant, in dem beide Parteien verkehrten, eiligst Freunde von ihm aufsuchte, mit denen er sich endlos über die Vorgänge des Tages ausließ.«[25] Von den Juden in diesem Restaurant werden wir noch hören.

Proust wird zum regelmäßigen Besucher des Prozesses. Halévy besucht ihn nur zwei Mal. Am 23. Februar wird das Urteil gesprochen. Von der Richterbank wurde mit der Verurteilung Zolas die Fiktion von Recht und Wahrheit gestützt. Auf den Zuschauerbänken war der Ton direkter, dort hieß es: »Tod den Juden! Nieder mit Zola!«[26] Schon im Lauf des Prozesses war es ständig zu antisemitischen Manifestationen gekommen. Am Tag des Urteils traf es Proust dann persönlich. »La Libre Parole«, die einflussreiche antisemitische Tageszeitung, lancierte einen Angriff auf ihn und seine Freunde: »Da hat doch eine Handvoll gerade neu im Land angeschwemmter Juden die Frechheit, einem Älteren, einem Schriftsteller französischer Rasse, Bescheid zu sagen«, schrieb ein J. F. über die Kritik einer Gruppe »junger jüdischer Literaten«, zu der er auch Proust zählte, an dem angesehenen Maurice Barrès. Es sei »skandalös, was diese jungen Leute, deren Väter Deutsch oder Polnisch sprachen«, sich da herausnähmen, heißt es in dem Artikel, der in deutscher Wortstellung und bewusst falschem Französisch den Titel »Les Dreyfus intellectuels«[27] trug.

Proust hat darauf mit der Ambivalenz reagiert, der wir bei ihm immer wieder begegnen und die sein Verhältnis zum Jüdischen dauerhaft kennzeichnet: Als jüdisch sah Proust sich nicht. Ein Nicht-Jude wollte er allerdings auch nicht sein. Er hatte sich an der Barrès-Kritik nicht beteiligt. Doch »um das richtig zu stellen, hätte man sagen müssen, dass ich nicht Jude bin, und das wollte ich nicht«,[28] schrieb Proust später an seinen Freund Robert Dreyfus.

Der Angriff der »Libre Parole« konfrontierte Proust in der heißesten Zeit der Affäre mit seiner jüdischen Herkunft. Welche Rolle spielte sie in diesen Wochen fieberhafter politischer Aktivität?

Eine Antwort geben die Tagebücher von Daniel Halévy. Der protestantisch getaufte Sohn einer schweizerisch-protestantischen Mutter und eines katholisch getauften Vaters jüdischer Herkunft liest die Affäre von der ersten Sekunde an im Zeichen seiner jüdischen Familiengeschichte. Schon im ersten Tagebuch-Eintrag zur Affäre schreibt er am 15. November 1897, Dreyfus sei »nach aller Wahrscheinlichkeit unschuldig, aber der Mann wurde für alle unbestraften Fehler Israels verantwortlich gemacht«.[29] Im Salon seiner Tante Geneviève Straus, dem Reinach die jüdische Lesart der Affäre nahegebracht hatte, hört er die Prinzessin von Monaco, geborene Alice Heine, eine Verwandte Heinrich Heines, sagen: »Ich bin nur auf eine Sache stolz, dass ich als Jüdin geboren bin; ich schäme mich nur für eines, dass ich Christin bin.«[30] Im Salon von Mary Darmesteter trifft er Isabelle Seligman, die Schwester von Prousts Freund und ehemaligem Geliebten, dem Komponisten Reynaldo Hahn. Sie ist jüdisch. »Was sollen wir nur machen«, fragt sie ihn als Erstes. »Muss man Frankreich verlassen? (...) Ich kann nicht mehr schlafen. Wie schrecklich, jetzt Kinder zu haben.«[31]

Die jüdische Identität beschäftigt Daniel Halévy so sehr, dass er ihr ein Drama widmet, »Les amants du ghetto«. »Wer bist du also?«, liest man darin, »Einfach ein Mensch. – Mensch! Was singst du da, du dreifacher Idiot? Man ist Christ, oder Jude, oder Muslim. Mensch einfach so, das existiert nicht.«[32]

Daniel Halévy, so scheint es, ist durch seine Identitätssuche weniger jüdisch geworden. Am 12. Januar 1898 trifft er Bernard

Lazare im Büro der »Revue de Paris«. Lazare gibt ihm ein Panorama der weltweiten antijüdischen Verfolgungen von Russland über Marokko bis Portugal. »Ich höre ihm zu, ein Schwindel packt mich. ›Ach‹, sage ich ihm, ›was bin ich glücklich, diese Hölle verlassen zu haben, dem Judaismus entkommen zu sein.‹«[33]

Auch Daniels Bruder Élie, wie Daniel als Historiker berühmt geworden, reflektierte schon am ersten Tag der Affäre auf seine jüdische Herkunft. Er glaubte, dass Dreyfus »Opfer schrecklicher Machenschaften« geworden sei, doch zugleich stellte er seine Auffassung infrage: »Aber ich trage einen jüdischen Namen und bin Protestant: bin ich das Opfer einer Kasten-Illusion?«[34]

PROUSTS JÜDISCHE HERKUNFT UND SEINE AUSEINANDERSETZUNG MIT BARRÈS' ROMAN »DIE ENTWURZELTEN«

Und wie reagierte Proust? Dachte auch er über seine jüdische Abstammung nach? War seine jüdische Herkunft entscheidend für seinen Dreyfusismus?

Darüber stritten schon Prousts Zeitgenossen.

Nein, Proust sei bei seinem Urteil in der Affäre »keinesfalls« von seinen »jüdischen Ursprüngen« beeinflusst gewesen, sagt Marcels jüdischer Schulfreund und dreyfusistischer Weggefährte Robert Dreyfus 1939 in seinen Erinnerungen »De Monsieur Thiers à Marcel Proust«. Proust sei »nur« seiner »Vernunft und« seiner »Sensibilität gefolgt«.[35]

Doch, sagt Jacques-Émile Blanche, der Urheber des ikonischen Porträtgemäldes, Proust habe die Affäre als »Konflikt der Rassen« erlebt, und sie habe ihn »sozusagen« in seiner jüdischen Herkunft »wiederverwurzelt (re-raciné)«,[36] schreibt Blanche in seinem 1928 erschienenen Band »Mes modèles«. Der

Maler, in der Affäre ein eher antisemitischer Dreyfus-Gegner, hatte sein Atelier an der rue des Fontis in Auteuil, wenige Fußminuten vom Haus von Prousts geliebtem Großonkel Louis Weil an der rue de la Fontaine 96, dem Haus, in dem Proust 1871 zur Welt kam und in dem seine Familie bis 1896 meist die warme Jahreszeit im Kreis ihrer jüdischen Verwandten verbrachte. Blanche war vertraut mit Prousts Milieu, und er hatte sein Wort mit Bedacht gewählt. »Re-raciné« bezog sich auf den Roman »Les Déracinés« (»Die Entwurzelten«) von Maurice Barrès, der im Oktober 1897 erschien, gerade als die Dreyfus-Affäre Fahrt aufzunehmen begann. Er war der erste Teil einer Trilogie mit dem bemerkenswerten Titel »Le roman de l'énergie nationale«. Darin dekliniert Barrès alle Varianten zerrissener Identität durch, Entwurzelung, Heimatlosigkeit, nationale Wiederverwurzelung. »Les Déracinés« wurden zum Buch der Stunde in einem Land, das in der Dreyfus-Krise durch einen heftigen Streit um seine Identität ging. Und sie wurden es erst recht, als Barrès in der Affäre durch maßlose journalistische Pamphlete sein Romankonzept der »déracination« in einen politischen Kampfbegriff verwandelte. So wird auch Dreyfus zum »déraciné«,[37] denn »die Juden haben kein Vaterland in der Bedeutung, wie wir es verstehen«,[38] und auch Zola, dessen Vater aus Venedig stammte, muss dran glauben: »Ich beurteile ihn nach seinen Wurzeln: dieser Mann ist kein Franzose. (…) Émile Zola denkt ganz naturgemäß als Vénitien déraciné.«[39]

Wer hat recht, Robert Dreyfus oder Jacques-Émile Blanche? Folgte Proust bei seinem Dreyfusismus nur der Vernunft? Oder leitete ihn auch eine wieder entdeckte jüdische Herkunft, wäre er also re-raciné? Diese Frage trieb Prousts Zeitgenossen um, sie beschäftigt seine heutigen Interpreten, und sie hat schon Proust selbst umgetrieben. Denn wie immer er sich zu ihr stellte, er war sich dieser Frage kristallkar bewusst. Von seinem Alter Ego, dem jüdischen Schriftsteller Bloch, lässt er den Erzähler der »Recherche« sagen: »Bloch glaubte auf logischem Weg zu seiner Parteinahme für Dreyfus gekommen zu sein und wusste doch, dass seine Nase, sein Haar und seine Haut ihm durch seine Rasse auferlegt worden waren. Gewiss ist der Verstand freier; dennoch gehorcht auch er Gesetzen, die er sich nicht selbst gegeben hat.«[40] Und vom dreyfusistischen Politiker Reinach heißt es an der gleichen Stelle noch etwas deutlicher und übrigens mit Worten, die sich teils wörtlich[41] auf Barrès' Blut-und-Boden-Determinismus in den »Scènes et doctrines du nationalisme« beziehen: »Vielleicht wurde dieser die Massen so trefflich steuernde Rationalist selbst durch seine Abstammung gesteuert. Wenn philosophische Systeme, die den höchsten Grad von Wahrheit enthalten, ihren Urhebern in letzter Instanz durch einen gefühlsmäßigen Grund diktiert werden, wie sollte man dann vermuten, dass in einer rein politischen Angelegenheit wie der Dreyfus-Affäre nicht Gründe dieser Art, den Argumentierenden unbewusst, dem Verstand gebieten können.«

Und wie liegen die Dinge bei Proust selbst?

Die These dieses Buches ist es, dass Proust sowohl bei seinem politischen Aktivismus als Dreyfusard wie beim Schreiben von starken jüdischen Gefühlen geleitet wurde, dass er sie aber meist nur indirekt zum Ausdruck brachte und zu ihnen eine durchgängig ambivalente Beziehung unterhielt. Schloss das eine Wiederverwurzelung ein?

Blanche hatte jedenfalls eine gute Nase, als er Proust in den Zusammenhang von Barrès' Entwurzelungstheorien rückte. Denn Proust setzte sich von der Dreyfus-Zeit bis in den Schlussband der »Recherche« bald offen, bald verdeckt mit Barrès' Konzept der Entwurzelung und mit Barrès Nationalismus auseinander. Und da das Konzept in der Affäre rasch eine antisemitische Stoßrichtung bekommen hatte und Juden generell als entwurzelt und vaterlandslos darstellte, war Prousts Auseinandersetzung mit Barrès durchaus auch eine Form der Auseinandersetzung Prousts mit seiner jüdischen Erbschaft.

Proust hat Barrès' Roman gleich nach Erscheinen zur Kenntnis genommen. Er unterhielt sich am Anfang der Dreyfus-Krise mit dem hochgradig antisemitischen Alphonse Daudet über ihn.[42] Und er lernte 1899 die gewaltsame Seite von Barrès' Entwurzelungskonzept kennen. Proust hielt sich in den Sommerferien im Splendid Hôtel & Grand Hôtel des Bains in Evian auf, wo der Antisemitismus als alltägliche Beigabe durch die Konversationen rieselte. Proust wurde als Jude angesprochen – »Sie sind der Neffe von Monsieur Weil«.[43] Französische Juden wurden als Ausländer angesprochen. Man empfahl sich Hotels, wo es weniger Juden gab. Zu alldem passte, was Proust am 10. September auf der ersten Seite von »Le Journal« in einem Kommentar von Barrès zu lesen bekam. Es war ein himmeltrauriger Tag für die Dreyfusards. Dreyfus war im Prozess von Rennes eben zum zweiten Mal verurteilt worden. Und was schrieb Prousts verehrter Barrès dazu in seinem Kommentar? Er bedrohte die Juden: »Schreckliche Konsequenz für gewisse Leute: die Rassenfrage ist eröffnet. (…) Die Partei des Auslands soll sich in Acht nehmen, denn wenn man bei den Menschen ihren Erbgrund reizt, ihre tiefsten Teile, ihre unter allem liegenden Instinkte, dann löst man sehr schnell und notwendig die schrecklichsten Folgen aus.«

Dieser Kommentar sei »medioker«, schrieb Proust seiner Mutter, »aber von offenkundiger Aufrichtigkeit und von einer Überzeugung, die mich niederschlägt«[44]. Aber er scheint ihn sich gemerkt zu haben, genauso wie andere publizistische Schandtaten von Barrès in diesem Sommer. Jedenfalls war kein Jahr verflossen seit diesem Kommentar und Barrès' Attacken auf den entwurzelten Dreyfus und den entwurzelten Venezianer Zola, da antwortete Proust im April 1900 auf seine Art mit einem frechen Witz auf die Herkunft der Mona Lisa: »Die Mona Lisa ist die Mona Lisa von Leonardo. Was geht uns an, dass Venedig ihr erstes Vaterland war und dass sie naturalisierte Französin ist? – Sie ist so etwas wie eine bewunderungswürdige ›Heimatlose‹ (Sans-Patrie) und wird nirgendwo eine ›Entwurzelte‹ sein.«[45] Nehmt Individuen als autonome Individuen, hieß das, und reduziert sie nicht auf ihre ethnische und geografische Zugehörigkeit. Und statt von Nation, wie es die Konservativen damals mit steigender Begeisterung taten, spricht Proust mit dem Ausdruck der Revolution und der Marseillaise von »patrie«. Wie gut Proust mit Barrès' Aktivitäten rund um den Prozess von Rennes vertraut war, zeigte sich, als er 1904, in seiner »Bible d'Amiens« sein Spötteln fortsetzte. Er mokierte sich über einen Ausflug, den Barrès in einer Pause des Prozesses gegen Dreyfus zu Chateaubriands Manoir in Combourg unternommen hatte, »in den Fußstapfen des Genies«,[46] wie ihn Proust süffisant zitierte. Das war nur eine kleine Randbemerkung, aber sie verweist auf Wichtigstes. Als es Jahre später um den Abschluss der »Recherche« ging, entschied sich Proust, bekanntlich ein Mann des langen Gedächtnisses, diesem Barrès'schen Ausflug die Antwort zu geben, die er verdiente. Denn Barrès' Ausflugsreportage war, wie der Angriff auf die »Partei des Auslands«, nichts anderes als der Versuch, Juden aus der französischen Literatur auszuschließen. Darauf antwortete Proust mit implizitem Bezug auf seine jüdische Herkunft am wichtigsten Ort der »Recherche«: bei der Begründung seiner eigenen Ästhetik.

Barrès war in der Prozesspause nach Combourg ins elterliche Schloss von Chateaubriand gereist, er vergegenwärtigte sich dort die auch Proust so lieben Kindheitserinnerungen Chateaubriands aus dessen »Mémoires d'outre-tombe«, »diesen ersten Eindruck«, wie Barrès schrieb, »den der junge René de Chateaubriand von diesem Erdenfleck empfing, auf dem er seine Jugend verbringen würde« – und eignete sich, als sei er Chateaubriands legitimer Nachfolger, dies alles an. Er klingelt am Schloss und verwurzelt sich ohne allen Vorbehalt: »Ich kehre in mein Familienhaus zurück.« Von Chateaubriands klopfendem Kindheitsherzen sagt er, das Blut zum Boden fügend: »Wir haben es im Blut, das Fieber des ersten Bandes der ›Mémoires d'outre-tombe‹.« Und damit kein Missverständnis aufkomme: In Chateaubriands Erbe »erkenne ich das Prinzip meiner literarischen Aktivität«.[47]

Das war die positive Botschaft. Die negative war: Ich gehöre wesenhaft hierhin, aber ein Jude hat hier nichts verloren. Er sei zu Chateaubriand gefahren, um sich »mit Freude« von Dreyfus zu »reinigen«, sagt er am Anfang seines Berichts. Und am Schluss kommt er auf Dreyfus zurück. Während er, Barrès, Chateaubriands Fieber im Blut habe, habe ein Jude nur das Schielen auf den materiellen Vorteil »im Blut«. Und da er »keine Wurzeln« habe, die ihn »mit dem Boden und dem Geist Frankreichs verbinden würden, (...) fühlt sich dieser Entwurzelte mal à l'aise in jedem Eckchen unseres alten französischen Gartens«.[48]

Dass Chateaubriand auf der gleichen Seite, auf der er das Herzklopfen bei seinen kindlichen Erinnerungen beschreibt, sich »einen umherirrenden Juden« nennt, »der nie wieder Ruhe finden sollte«,[49] scheint Barrès entgangen zu sein; es hätte nicht so recht zu seinen Verwurzelungsfantasien gepasst.

Gegen diese antisemitische These von Barrès setzt Proust nun im Schlussband der »Recherche«, als es ums Prinzipielle, um die Bilanz seines Lebens und Schreibens ging, stillschweigend, aber deutlich die ebenso grundlegende und teils fast wörtlich antwortende exakte Antithese.[50] Wie Barrès will Marcel sich »einen Platz in einer edlen Ahnenreihe (...) verschaffen«,[51] auch er sucht nach der Grundlage, »auf die ich (...) meine ganze Kunsttheorie stütze«,[52] und wie Barrès führt ihn beides zu Chateaubriands Kindheitserinnerungen. In der mémoire involontaire, die er bei Chateaubriand ein erstes Mal formuliert findet, verwurzelt er seine Kunsttheorie. Dem »Drosselschlag«, der Chateaubriands unbewusstes Erinnern an die »jours perdus«[53] von Combourg auslöst, setzt er den »Geschmack der Madeleine (...) an die Seite«,[54] die sein Erinnern an die temps perdu von Combray auslöst. Aber während für Barrès die Juden dem Wurzelgrund seiner Kunst fremd bleiben müssen, sind sie in Prousts Combray, das nicht umsonst an Combourg assoniert, vielfach beheimatet. Nicht nur Marcel, der Erzähler der »Recherche«, ist in Combray geboren, hinter dem das Auteuil der jüdischen Verwandtschaft steckt, auch Swann und Bloch, die beiden jüdischen Helden des Romans, stammen aus dem bassin de Combray.[55]

So hat Proust fast zeitlebens in der Auseinandersetzung mit Barrès' Roman »Les déracinés« und dessen politischen Begleitbooten sich und verdeckt auch sein Jüdisches definiert. Aber war er selbst, wie Jacques-Émile Blanche annahm, durch die Affäre ein »re-raciné«? Hat er sich auch in der hohen Zeit der Affäre zur Verwurzelungsdebatte geäußert?

Es scheint, dass Proust schon zu Lebzeiten von Blanches Theorie, er sei ein »re-raciné«, gehört hat, jedenfalls hat er ihr mit einem negativen Porträt eines re-racinierten Juden eine deutliche Antwort gegeben, in die sogar ein wortspielerischer Bezug auf Blanches Wendung eingebaut ist. Er beschreibt am Ende von »Guermantes« einen Swann, der durch die Affäre »in den religiösen Frieden seiner Väter zurück(gekehrt)«[56] ist. Positiv fällt Marcels Urteil über Swanns Rückkehr zu den Wurzeln nicht aus. In der langen Geschichte des Erzählers mit Swann, in der Marcel sich so oft mit Swann identifiziert, scheint diese Rückkehr zu den Wurzeln der Punkt der größten Entfernung. Swann hat für Marcel sein Faszinosum verloren. »Die Parteinahme für Dreyfus hatte Swann außerordentlich naiv gemacht und seiner Sehweise einen bedeutenderen Stoß versetzt als früher seine Heirat mit Odette.« Es folgt das Wortspiel: »Diese neue Deklassierung hätte man freilich besser als Reklassierung bezeichnet; im Grunde war sie nur ehrenhaft für ihn, da er durch sie wieder auf die Bahn zurückgeführt wurde, auf der die Seinen dahergekommen waren und von der er mit seinem aristokratischen Verkehr abgewichen war.«

»Reklassierung« mag auf Blanches »re-racinement« anspielen, es ist aber zugleich die Ersetzung des physiologischen Begriffs der Wurzel, wie er damals mitsamt der Terminologie der Vererbung bei Zola so gut wie bei Barrès im Schwang war, durch den soziologischen Klassenbegriff. Proust schwankt selbst enorm zwischen den beiden Theorieidiomen. Schon im nächsten Satz fügt er der negativen Charakterisierung Swanns eine bemerkenswert positive hinzu, muss für sie aber von der soziologischen Klassenterminologie zur biologischen Vererbungslehre zurückwechseln. Swann mag zwar von Naivität und »von komischer Verblendung befallen« sein, aber gleichzeitig hatte »der so scharfblickende Swann, aufgrund der von seinen Vorfahren vererbten Gaben eine Wahrheit zu sehen (vermocht), die in der gehobenen Gesellschaft noch verborgen blieb«.[57] Im Zeichen dieser Wahrheit, natürlich die der Unschuld von Dreyfus, wird im Schlussband, wie wir sehen werden, die Entfernung zwischen Marcel und Swann wieder einer neuen, innigen und endgültigen Identifikation zwischen dem Erzähler und seinem jüdischen Helden Platz machen.

DER ROMAN »JEAN SANTEUIL« UND DIE DREYFUS-AFFÄRE

Das Porträt des re-racinierten Swann wurde freilich nach 1910, lange nach dem Ende der Affäre, verfasst. Wie aber dachte Proust über Jüdisches und Wurzeln in der Glutzeit der Affäre, auf die Blanche sein Urteil bezogen hatte? Prousts sonst so redseliger Briefwechsel schweigt hierzu. Die Petitionen, die Proust unterzeichnet hatte, bezogen sich auf die rein juristische Lesart der Affäre. Zu jüdischen Wurzeln seines Dreyfusismus sagte Proust seinen Zeitgenossen kein Wort.

Kein Wort?

1949 erhielt Suzy Mante-Proust, die Nichte Marcel Prousts, eines Tages einen Anruf. Am Apparat war Bernard de Fallois, ein junger Mann von 23 Jahren, der gerade die Agrégation de lettres classiques mit dem ersten Platz abgeschlossen hatte, noch vor dem später berühmten Altphilologen und Aristoteles-Interpreten Raymond Weil. Er wollte, empfohlen durch André Maurois von der Académie Française, einen Blick in die bei ihr verwahrten, sagenumwobenen Manuskripte von Proust tun. Da sie ohnehin gerade jemanden suchte, der ihr bei der Ordnung dieser Papiere zur Hand ging, empfing sie ihn sogleich. Sie »war entzückt von der Intelligenz dieses Jungen«.[58] Die Hefte und Notizbücher konnte sie ihm in der Bibliothek in der Wohnung zeigen. Aber da waren noch die Schachteln, die nach Prousts Tod in einem Möbellager darbten und die nun auf dem Dachboden des schönen Hauses an der rue Dehodencq der nagenden Kritik der Mäuse ausgesetzt waren. »Sie gab mir den Schlüssel zum Dachboden«,[59] erinnert sich de Fallois, und es begannen »für mich die Jahre des Glücks«.[60] Er las sich durch eine Menge »alter, abgenutzter, schmutziger, gelegentlich zerrissener Papiere«,[61] in denen in einer romanartigen Erzählung immer wieder der

Name Jean Santeuil auftauchte. De Fallois machte in seinen Jahren des Glücks die zwei wichtigsten Entdeckungen der Proust-Forschung. Zuerst hatte er Prousts abgebrochenen Romanerstling entdeckt, ein Manuskript, von dessen Existenz kein Mensch wusste und auf das höchstens zwei, drei rätselhafte Briefstellen hinwiesen. Anschließend rekonstruierte er aus den handschriftlichen Heften Prousts das nur aus wenigen Hinweisen bekannte, halb erzählerische, halb essayistische Werk, an dem Proust gearbeitet hatte, bevor er 1909 wirklich mit der »Recherche« begann. 1952 brachte de Fallois den Romanentwurf »Jean Santeuil« heraus, drei Bände, tausend Seiten. 1954 »Contre Sainte-Beuve«, den Vorlauf der »Recherche«, 300 Seiten.

Zwei Legenden lösten sich damit auf einen Schlag in Luft auf. Die eine, dass Proust vor der »Recherche« bloß ein müßiggängerischer Salonlöwe war und dass die »Recherche« sozusagen vom Himmel gefallen sei. Die andere, an dieser Stelle wichtigere: dass Proust in ihrer Glutzeit kaum ein Wort über die Affäre Dreyfus gesagt habe. Das Gegenteil erwies sich als wahr: Ein völlig unbekannter Haupteffekt der Affäre war es, dass Proust, der im Jahr 1896 seinen »Jean Santeuil« so gut wie zur Seite gelegt hatte,[62] wieder zum Schreiben fand. Und wie: Etwa fünfzig im Frühjahr 1898 geschriebene Romanseiten, ganze neun Kapitel, handeln von einem glühenden Dreyfusard und seinen Besuchen des Zola-Prozesses. Die Dreyfus-Kapitel waren die Fortsetzung des politisch-aktivistischen Paroxysmus mit anderen, literarischen Mitteln. Offensichtlich hatte Proust großen Selbstverständigungsbedarf.

Als der Roman »Jean Santeuil« erschien, waren in einer Hinsicht die Meinungen freilich bald gemacht: Blanche hatte unrecht! Von einem jüdischen »re-racinement« fand sich in den Dreyfus-Kapiteln des Romans keine Spur. Ebenso wenig, so schien es, von einer Auseinandersetzung mit Barrès' Entwurzelungsthesen. Proust hatte das Kunststück fertiggebracht, die antisemitischen Hass- und Gewaltausbrüche, die den Zola-Prozess begleiteten, mit keinem Wort zu erwähnen. Der Hauptteil der Dreyfus-Kapitel galt einem ausführlichen Porträt des abgesetzten Geheimdienstchefs, Oberst Picquart, und seiner leidenschaftlichen Suche nach juristischer Wahrheit. Es schien klar: Nicht die jüdische, sondern die juristische Lesart der Affäre war für Proust die entscheidende. Die Altmeister der Proust-Forschung haben die Koordinaten vorgegeben, die die Lektüre dieser Kapitel bis heute bestimmen. Philip Kolb las sie als »eine Art Chronik der Dreyfus-Affäre (…) eine Serie von Kapiteln, die den Zola-Prozess vom Februar 1898 erzählen«.[63] Und Jean-Yves Tadié befand in seiner Meisterbiografie: Es wäre »irrig, die Reaktion Marcels (…) seiner jüdischen Herkunft zuzuschreiben. (…) Gerade trotz seiner Herkunft ergriff ein jüdischer Intellektueller Partei für Dreyfus.«[64] Zu Prousts jüdischer Herkunft beschied er markig: »Auf seine Herkunft spielt Marcel in ›Jean Santeuil‹ überhaupt nicht an.«[65]

Beide Feststellungen darf man getrost ins Reich der Mythologie verweisen. Die Dreyfus-Kapitel des »Jean Santeuil« haben nichts mit einer Prozess-Chronik zu tun. Und was die jüdische Herkunft betrifft, so kulminieren die Kapitel just in der einzigen Passage in all seinen Büchern, in der Proust von sich in der ersten Person und mit »Freude«[66] als Jude spricht.

Die ersten beiden Kapitel, »Die fünfzehn Räte des Kassationshofs« und »Der Zola-Prozess, Der General de Boisdeffre«, tun zwar noch so, als ginge es um eine Art Prozessbericht, doch auch in ihnen ist nicht das Politische die Hauptsache. Den Auftritt des Generalstabschefs General de Boisdeffre verwandelt Proust in eine überwiegend atmosphärische und physiognomische Angelegenheit, in impressionistische Wahrnehmungsübungen bei der Beobachtung »dieser erhabenen, General de Boisdeffre genannten Sache«.[67] Die folgenden vier Kapitel, »Oberstleutnant Picquart in Uniform, im Zeugenstand«, »Picquart in Zivil, im Schwurgerichtssaal«, »Ein philosophischer Offizier«, »Die Wahrheit und die Meinungen«, unterbrochen von dem Opernbesuch »Hinter den Kulissen«, sind zwar durchaus und in Einzelheiten oft faktentreu mit der historischen Figur des Oberst Picquart und seinen Auftritten bei Gericht verknüpft – aber näher besehen sind sie das glatte Gegenteil einer Prozess-Chronik. Sie gehören in diesem so stark autobiografisch inspirierten Roman sogar zu den am stärksten fiktionalen Teilen. Germaine Brée hat sie in ihrem schönen Aufsatz über »Proust et l'Affaire Dreyfus, à la lumière de ›Jean Santeuil‹« gleich zweifach als »konfus und abstrakt«[68] bezeichnet. Und zweifellos gehören sie zu den merkwürdigsten und exponiertesten Seiten, die Proust geschrieben hat. Sie wirken wie eine terminologisch überfrachtete philosophische Abhandlung. Am besten wird man sie wohl eine literarisch-philosophische Fantasie nennen. Statt von Picquarts historischen Gerichtsauftritten zu berichten, bauen sie den historischen Oberst Picquart mithilfe einer komplizierten ethischen Begriffsarmatur zu einem philosophischen Helden um. Dass Picquart Geheimdienstchef war und den Irregularitäten im Dreyfus-Prozess auf die Spur gekommen ist, kümmert Proust kaum. Sein Picquart hat eine ganz andere Funktion: Er muss eine Art Sokrates sein. »Oberst Picquart war mit dem Philosophen Dentier befreundet«, der nach Prousts gymnasialem Philosophielehrer Alphonse Darlu geformten Romangestalt, »und er war selbst ein Philosoph, dessen Gedanken, während er auf den Landstraßen seiner Truppe voranritt, unaufhörlich die sich ihm darbietenden Begriffe zu klären versuchte«. Dieser Militär soll ein »ausschließlich selbstloser Forschung gewidmete[s] Dasein«[69] gelebt haben. Das Gefühl, das seine Aussagen wecken, ist dasselbe, das »uns so sehr bei der Lektüre des ›Phaidon‹ (bewegt), wo wir, wenn wir den Argumenten des Sokrates folgen, plötzlich die außergewöhnliche Gewissheit spüren, eine Beweisführung anzuhören, deren Reinheit durch keinerlei persönliches Verlangen getrübt wird, als stehe eben die Wahrheit hoch über allem anderen«.[70] Proust komplettiert diesen Umbau mit einer vollends fiktiven Beschreibung von Picquarts jungen Jahren als wahrheitssuchender Untermieter in kleinen Garnisonsstädten.

PICQUART UND DIE KONSTRUKTION EINES PHILOSOPHISCHEN HELDEN

Der eigenartige Charakter dieser obskuren Seiten klärt sich allerdings, wenn man sie nicht isoliert liest. Ihr Sinn ergibt sich nämlich erst aus dem Schluss der Gedankenentwicklung der langen Picquart-Sequenz: aus dem in die erste Person gesetzten Bekenntnis Prousts zu seinen unterdrückten jüdischen Gefühlen, das Brée und Tadié[71] seltsamerweise gar nicht erwähnen. Dieses Bekenntnis Prousts ist das Ziel der Picquart-Kapitel. Das komplizierte Sprechen über Picquart und seine Wahrheitssuche bereitet den Begriffsrahmen vor, in dem der Wahrheitssucher Proust über seine unterdrückten jüdischen Gefühle sprechen kann. Es hat seinen Grund, dass er Picquart als »Bruder«[72] bezeichnet. Und es verbirgt sich, wie wir sehen werden, in Prousts so umständlicher Konstruktion Picquarts als philosophischem Helden eine überraschende, zuletzt jüdisch gefärbte Auseinandersetzung mit den Thesen von Barrès' Roman »Les déracinés«.

Sehen wir uns diese »konfusen« und »abstrakten« Passagen genauer an. Wie spricht Proust über Picquart, wie über sich?

Was ist der Sinn dieses Sprechens? Welches sind seine Dimensionen, seine philosophischen Quellen?

Ehe Proust im ersten der Picquart-Kapitel auf seinen Oberst überhaupt näher zu sprechen kommt, verwendet er ganze acht Seiten darauf, den Ort und den Sinn dieses Sprechens zu konstruieren. Sie handeln sehr ausführlich vom Unterschied zwischen den Gesetzen der moralischen Welt, »monde moral«, und den Gesetzen des gesellschaftlichen Lebens, »vie mondaine«. Die Angehörigen der moralischen Welt sind selbstlose, aufrichtig nachdenkende, innengesteuerte Wahrheitssucher; ihr Prachtexemplar ist natürlich Picquart. Sie verfügen über ein »sie innerlich angehendes und dabei selbstloses Interesse«.[73] Die Vertreter der »vie mondaine« dagegen sind außengesteuert, verloren an Snobismus, Klatsch und Äußerlichkeiten. Sie sind wie die von Proust satirisch geschilderten Besucher des Zola-Prozesses dauerhaft in »einer Art nervöser Erregung«,[74] Gschaftlhuber des überschätzten politischen Gerüchts, jeder Hafenkäse nimmt für sie enorme Bedeutung an. »Die Welt zeigt sich ihnen auf eine romanhafte Art.«[75] Alles auch nur halbwegs Wichtige ist ihnen immer mindestens eine »Revolution«.[76]

Natürlich etabliert Proust mit dieser ausführlichen Unterscheidung nicht nur eine prinzipielle theoretische Differenz, er verabschiedet sich im Medium der Literatur auch auf unerhört harsche Weise vom realen Leben der glühenden Dreyfusards, das er selbst doch gerade noch geführt und das er im vorhergehenden Kapitel des »Jean Santeuil« auch in den höchsten Tönen gefeiert hatte. Er setzt sich ab von denen, für die es »das Allerwichtigste« ist, ihren »Namen unter ein Manifest zu setzen«.[77] Die im »Jean Santeuil« vorliegende Fortsetzung des politischen Paroxysmus mit anderen Mitteln ist zugleich dessen totale Umwertung. Den Unterschriftstellern, deren Wichtigstes die Äußerlichkeit ist, ihren Namen unter einem Aufruf zu sehen und die »der wahren Aufgabe ihres Lebens aus dem Weg gehen«,[78] sagt Proust Lebewohl und wendet sich denen zu, die vorhaben, etwas Inneres, tief Persönliches von sich zu geben, »eine gehaltvolle Seite zu schreiben, sich in selbstloser Weise in sich selbst zu versenken«. Proust tritt als Romancier der Dreyfus-Affäre näher, indem er sich vom eigenen glühenden Dreyfusismus distanziert.

Nun hat Proust, seiner späteren Selbstdarstellung zum Trotz, schon zu den Zeiten der frenetischen Unterschriftensammlerei nie vorbehaltlos zu den Glühenden unter den Dreyfusards gehört. Als im Dezember 1897 die Dreyfusards auf verzweifelten Ernst gestimmt waren, schrieb er Daniel Halévy einen distanzierten Nonsens-Brief, der schon im Briefkopf ironisch mit den antisemitischen und germanophoben Vorurteilen der Dreyfus-Gegner spielte: Als Absender gab er eine »Gesellschaft der ›Freunde des Verräters‹« an, »Zentralsitz des Dreyfus-Syndikats, 58 Marcelainwofstrasse, Pöpuldorf Germhig Danielslormd«.[79] Anderntags bat er Halévy, den Brief zu zerreißen. »Abgesehen davon, dass die Witzeleien nicht lustig sind und unter diesen tragischen Umständen von sehr schlechtem Geschmack zeugen, wäre ›dieses Dokument‹ ›unseren Gegnern‹, so es ihnen in die Hände fallen sollte, hinreichender Beweis für die Existenz eines ›Syndikats‹.« Dem sei, wie ihm wolle. Aber der revozierten ironischen Distanz fügte er dafür eine eher noch deutlichere politische hinzu. »Ich fand deinen Satz über ›die ängstlichen Politiker‹ ziemlich dumm«, schrieb er Halévy. Auch wenn er die Meinung eines Politikers nicht teile, fühle er sich deswegen »keinesfalls dazu veranlasst, ihn, wie Ihr es tut, der Feigheit zu bezichtigen«.[80] Äußeres Moralisieren gehörte nie zu Prousts Ausstattung.

Doch eines verbindet den aktivistischen Dreyfusismus von Proust mit dem so anders gearteten literarischen: die Verehrung

Oberst Picquarts. Proust war ihm im Januar 1898 von Louis de Robert auf einer Soirée des Verlegers Charpentier vorgestellt worden. Er hatte ihm, nachdem er am 14. Januar verhaftet worden war, seinen Erstling »Les plaisirs et les jours« samt Widmung ins Gefängnis geschickt, ob ins Gefängnis Cherche-Midi oder auf den Mont Valérien, weiß er später nicht mehr genau, aber zur grassierenden Heldenverehrung gehört, dass auch Péguy und France damals Picquart ihre Werke ins Gefängnis schickten. Auch für die neue Haltung, der Proust sich in der literarischen Verarbeitung der Affäre im »Jean Santeuil« zuwendet, nimmt er den Oberst Picquart zum Vorbild, aber eben den philosophisch umgemodelten.

Und was Proust mit dem anstellt, hat es in sich. Zwar schildert er Picquarts Auftritte bei Gericht in vielen Einzelheiten, seinen leichten Gang, seinen Blick, seinen Zylinder. Beim militärischen Auftritt widmet der Erzähler sich ausführlich Picquarts himmelblauer Uniform, die auch anderen Berichterstattern ins Auge gestochen war – es war diejenige der tirailleurs d'Algérie. Aber eigentlich stört ihn der reale Picquart. Die Einzelheiten, die er »da in ihrer unwandelbaren physischen Realität vor sich hatte«, berührten Jean fast »peinlich, da sie seiner Phantasie, die gewöhnt war, nach Belieben Retuschen vorzunehmen, Gewalt antaten, insofern sie sich hier nun einer Gegebenheit fügen musste, die er nicht ändern konnte«. Insbesondere »befremdete das Fehlen von Anzeichen des Innenlebens, das Jean bei ihm vorausgesetzt hatte«.[81]

Das ändert sich aber sofort, wenn der Erzähler Picquart nicht nur sieht, sondern ihn hört. Sowie der Oberst zu seinen »langen Aussagen« anhebt, kann des Erzählers retuschierende Fantasie sich von den unveränderlichen Dingen lösen und zu ihrem Flug in das sich nunmehr offenbarende geistige Innenleben Picquarts abheben. Am Inhalt der Aussagen ist der Erzähler dabei aber nicht im Geringsten interessiert. Er sagt zu ihnen kaum ein Wort. Die politische Realität des Prozesses stimuliert ihn so wenig wie die physische Realität Picquarts. Seine Aufmerksamkeit gilt einzig dem hinter den Aussagen sich offenbarenden inneren Leben, der Methode, der Funktionsweise von Picquarts philosophischem Geist.

Was geschieht in diesem Geist während der Aussagen vor Gericht? Er »gehorcht (…) einer Art von innerer Aufrichtigkeit (…) er versetzte sich in jedes Wesen, das er vor sich hatte, war nicht mehr er selbst, wurde zu dessen Seele und drang instinktiv, zwangsmäßig zu den Handlungen, vor, die dieses Wesen begangen hatte«.[82] In einer Variante des gleichen Gedankens (denn Proust nähert sich diesen etwas verwickelten Vorstellungen in mehreren Anläufen) heißt es, Picquart könne nicht »umhin, (…) sich in die Seele seines Gegners zu versetzen und dem Strom der Gefühle zu folgen, den er durchlaufen musste, um ganz naturgemäß zu dem strengen Urteil zu gelangen, das jener über ihn gefällt hat und es durchaus begreiflich zu finden«.[83] Picquarts Denken weilt dabei »anderswo (…) fern im Herzen einer Vergangenheit, die es zu erklären, oder einer Idee, die es tiefer zu durchdenken gilt«.[84]

Woher weiß der Erzähler, woher weiß Proust, wie es in Picquarts innerem Leben aussieht? Es gibt zwei Quellen für dieses anspruchsvolle Konzept des Innenlebens. Zum einen die Lektionen von Prousts Philosophielehrer Alphonse Darlu und die philosophischen Positionen von Léon Brunschvicg und Élie Halévy, zweier Schulkollegen Prousts vom Lycée Condorcet, die 1893 die »Revue de métaphysique et de morale« begründet haben; wir kommen darauf zurück. Vor allem aber weiß Proust es von sich selbst! Auch Jean ist »ein Philosoph«,[85] sagt uns der Erzähler des »Jean Santeuil«. Und die philosophische Methodik des inneren Lebens, die Proust Picquart zuschreibt, ist keine andere als seine eigene beim Umgang mit seinen jüdischen Gefühlen. Auch Proust war nach der Selbstdarstellung, auf welche die Picquart-Sequenz zuläuft, bei der Begegnung mit seiner jüdischen Seite »nicht mehr er selbst«, wie er es von Picquart sagt, auch er folgt dabei einer hochelaborierten »inneren Aufrichtigkeit«, auch er findet seine Gegner »begreiflich«:

»In unserem Bemühen um unaufhörliche Aufrichtigkeit (ich spreche hier für Naturen wie Jean) wagen wir nicht, uns auf unsere Meinung zu verlassen, sondern wir schließen uns derjenigen an, die uns am Wenigsten liegt. Als Juden verstehen wir den Antisemitismus, und als Parteigänger von Dreyfus verstehen wir, dass eine Jury Zola verurteilt hat.«[86]

Das ist der eine der beiden Kernsätze von Prousts jüdischem Bekenntnis im »Jean Santeuil«. Er steht am Ende des Kapitels »Die Wahrheit und die Meinungen«, in dem der Erzähler ein Loblied auf die Wissenschaftler singt, die im Zola-Prozess als Experten für Zola und Dreyfus gesprochen haben. Auch sie vertraten wie Picquart und das jüdische Ich »die einzige wahre Aufrichtigkeit«,[87] die darin besteht, nicht den vorgefassten Meinungen seines Milieus und seiner Freunde zu folgen, sondern »einfach aus dem Prinzip der Berufsehre heraus die Wahrheit (zu) sagen«.[88]

Wer spricht in den wenigen kryptischen Sätzen dieses Bekenntnisses? Das ist nicht ganz klar. Proust wechselt in den Dreyfus-Kapiteln des »Jean Santeuil«, je näher er Picquart kommt, vom unpersönlichen Erzählen in der dritten Person, das den größten Teil des Romans dominiert, über häufiges »man« zur ersten Person Plural, deren »wir« und »uns« die Geistesart Picquarts und die des Erzählers zusammenbindet; beide teilen die gleichen »eigentümlichen Züge unserer Natur«,[89] »Bruder« Picquart eben, wie der Erzähler ihn nennt. Im entscheidenden Kapitel »Die Wahrheit und die Meinungen« wiederholt sich dieser Wechsel der Erzählweise im Kleinen, das »uns« bindet die Geistesart des Erzählers und der Wissenschaftler zusammen, doch plötzlich gibt sich das »wir« als jüdisch zu erkennen und ein »ich« spricht die rätselhafte Klammerbemerkung in den Text: »ich spreche hier für Naturen wie Jean«. Im Rest des Romans ist allerdings weder der Erzähler noch Jean jüdisch. Der einzige Kandidat für ein jüdisches »ich« in diesem Abschnitt ist Proust selbst. Ganz konsistent lässt sich der Passus nicht verstehen. Er scheint von einem sinnverwirrenden Textbeben erfasst zu sein, ganz ähnlich den Turbulenzen, die Jahrzehnte später Proust erfassen, wenn er sich in der »Recherche« in Sätzen von hochverwickelter Inkonsistenz zugleich an seinen jüdischen Helden Charles Swann und dessen reales Vorbild Charles Haas wendet.[90] Schreiben über Jüdisches scheint Proust durcheinanderzubringen.

Jedoch: Wer immer in diesem Kernsatz in der ersten Person spricht, sagt von sich: Ich bin zwar Jude, aber ich möchte es mit den Wissenschaftlern halten und mich nicht auf die jüdische Meinung verlassen, »die wir uns gern zu eigen gemacht hätten«,[91] ich bevorzuge wie Picquart ein selbstloses Denken der Wahrheit, also versetze ich mich in die Seele meiner Gegner.

Übergehen wir die Merkwürdigkeit, dass hier der jüdische Gesichtspunkt mit einer bloßen Milieuvoreingenommenheit gleichgesetzt wird und dass die Aufrichtigkeit einen Juden zu antisemitischen Meinungen zwingen würde, denn dabei bleibt es nicht. Der Fortgang des Passus rechtfertigt den jüdischen Gesichtspunkt im Licht der unparteiischen Vernunft. Zuerst lässt Proust den Erzähler mitten in diesen fiktiven moralpsychologischen Überlegungen auf einen nichtfiktiven, historisch verbürgten »Brief von Monsieur Boutroux« stoßen. Gemeint ist Émile Boutroux, Prousts hochgeachteter philosophischer Universitätslehrer. Boutroux, ein Nicht-Jude, legitimiert mit wissenschaftlichen Argumenten die jüdische Meinung, die der Erzähler sich »gern zu eigen gemacht« hätte: »Er sagt, der Antisemitismus sei etwas Grauenhaftes und die Juden seien nicht weniger wert als die Christen«,[92] so resümiert der Erzähler Boutroux. Im nächsten Schritt wendet der Erzähler in einer weiteren und diesmal kühnen Drehung der Schraube das Verfahren, das Picquart auf seine Gegner angewandt hatte, auf sich selbst an: Er versetzt »sich in die Seele« seiner selbst, um »dem Strom der Gefühle zu folgen, den er durchlaufen musste«;[93] dabei stößt er auf seine eigenen zurückgedrängten, unterdrückten jüdischen Vorstellungen und restituiert sie im zweiten Kernsatz seines jüdischen Bekenntnisses:

»Es bedeutet dann einen gewaltigen und doch angenehmen Schock für unseren Geist, in dem nun eine – weil wir unserem eigenen Gefühl nicht genügend trauten – bis dahin zurückgedrängte, unterdrückte Idee zu unserer Freude ganz nach oben rückt, wenn wir einen Brief von Monsieur Boutroux lesen, in dem er sagt, der Antisemitismus sei etwas Grauenhaftes und die Juden seien nicht weniger wert als die Christen.«[94]

Zusammengefasst sagen die nicht ganz einfachen Worte über Prousts jüdische Picquart-Nachfolge dies: Wir sind Juden, und wir möchten gerne diese unsere Identität als der christlichen gleichwertig vertreten. Aber wir trauen unserem Gefühl nicht und wagen es nicht, uns auf unsere Meinung zu verlassen. Statt diesem egoistischen Interesse folgen wir lieber dem selbstlosen Interesse, zu dem uns unser philosophisches Bemühen um unaufhörliche Aufrichtigkeit anhält und versuchen, unsere Gegner, die Antisemiten und Antidreyfusards, zu verstehen. Diese Haltung ändert sich, wenn wir den Text eines Wissenschaftlers lesen, der in einer selbstlosen Vernunftargumentation die Meinung legitimiert, »die wir uns gern zu eigen gemacht hätten, dann aber doch abgelehnt haben«:[95] dass Juden gleichwertig sind und der Antisemitismus etwas Grauenhaftes ist. Dann rückt diese Einsicht, die wir zurückgedrängt und unterdrückt haben, zu unserer Freude auch in uns ganz nach oben.

BOUTROUX' BRIEF UND DIE ANTISEMITISCHEN UNRUHEN

Der Brief von Boutroux klärt nicht nur Prousts jüdisches Verhältnis zu sich selbst. Die reale Geschichte dieses Briefes verbindet den Roman »Jean Santeuil« implizit mit dem antisemitischen Aufruhr rund um den Zola-Prozess. Auf einmal findet Proust Anschluss an die jüdischen Ängste und Reflexionen seiner Freunde Élie und Daniel Halévy. Was in den Dreyfus-Kapiteln angeblich nicht vorkommt, wird umgekehrt gerade zum Zielpunkt dieser Kapitel. Sehen wir uns diesen Brief näher an.

Boutroux' Schreiben, das Proust so jubilieren lässt, war die Antwort auf ein aufgewühltes Schreiben, in dem Élie Halévy den Philosophen, Professor an der Sorbonne, um seine Meinung zu den antisemitischen Unruhen vom Sonntag, dem 23. Januar 1898, gebeten hatte.[96] Der Auflauf an jenem Sonntag war der Höhepunkt einer heftigen Welle antisemitischer Agitation, die mit der Veröffentlichung von Zolas »J'accuse« nur zugenommen hatte. Schon am 12. Januar hatte eine Menge beim Moulin Rouge eine den Bruder von Dreyfus darstellende Puppe erst gehenkt und dann verbrannt, begleitet von Rufen »Verbrennen wir Dreyfus« und »Diese dreckigen Juden«.[97] Tag für Tag kursierten immer größere Studentengruppen mit Slogans wie »Mort aux Juifs! Mort aux Youtres!« durch die Pariser Straßen. Am 16. Januar versammeln sich zweitausend Studenten vor Dreyfus' Domizil am Boulevard Haussmann 184. Jüdische Geschäfte werden attackiert, Schüler der Lycées Louis-le-Grand (wo der berühmte

Philosoph und spätere Ethnologe Lucien Lévy-Bruhl Rhetorikprofessor war, ein angeheirateter Onkel von Alfred Dreyfus) und Henri-IV schließen sich an. Für den 23. Januar riefen riesige Plakate zu einer Versammlung samt anschließender Demonstration in den Saal der Mille Colonnes an der rue de la Gaîté auf. Es sollte gegen »die Organisatoren des Verrats, les complices de la juiverie cosmopolite«, gegen die »financiers juifs et judaïsants« gehen. Paris war an diesem Tag im Belagerungszustand, vier Schwadronen schwerer Reiterei waren ausgerückt, vier weitere standen in Reserve, um die mehr als zehntausend Demonstranten in Schach zu halten.[98]

Es ist diese bedrohliche Lage, die Élie Halévy veranlasst, den auch von Proust hochverehrt Philosophen Émile Boutroux um eine Intervention zu bitten. Prousts enthusiastische Freude bei der Lektüre von Boutroux' Antwortbrief zeigt, wie sehr Élie Halévys Sorgen auch seine waren. Mehr noch als die Freude aber zeugt die spezielle Art, wie Proust Boutroux' Brief liest, von seinen jüdischen Ängsten: Er reduziert Boutroux' Antwort nämlich zu einer einprägsam verkürzten, auf seine Ängste antwortenden Formel. Boutroux hatte eine weit bis zu Goethe ausholende und nicht sonderlich herzhafte Antwort gegeben, was ihm später von Daniel Halévy auch den Vorwurf eintrug, er habe sich in der Affäre nicht wirklich aus der Deckung gewagt.[99] Er definiert Frankreich als das »Vaterland der Menschheit: Es hat proklamiert, dass die Menschen frei und gleichberechtigt zur Welt kommen, dass niemand wegen seiner Meinungen selbst der religiösen bedrängt werden darf, dass das Gesetz nur Bürger kennt, denen es ohne Unterschied die Gewissensfreiheit garantiert.« Und er geht in diesem Zusammenhang deutlich mit dem Kampfruf der Demonstranten »Vive l'armée! À bas les juifs!« ins Gericht. »Welche Bedeutung könnte in unserem Land die monströse Wortverbindung haben? (…) Die Armee ist die organisierte Kraft zur Erhaltung des Vaterlandes, und das Vaterland ist bei uns die Achtung der Menschenwürde und der bürgerlichen und politischen Gleichheit aller Bürger.«[100] Proust las diesen Brief am 27. Januar 1898 in »Le Temps«, der protestantischen Tageszeitung, die seine Familie hielt, doch er formte Boutroux' Argument um und fand darin vor allem die Meinung, die er sich »gern zu eigen gemacht« hätte, »eine bis dahin zurückgedrängte und unterdrückte Idee, die zu unserer Freude ganz nach oben rückt«, die Idee nämlich, »der Antisemitismus sei etwas Grauenhaftes und die Juden seien nicht weniger wert als die Christen«.[101]

Welch enormes Gefühl jüdischer Demütigung und Bedrohung spricht aus dieser Lesart! Wie sehr dieses Gefühl jüdischer Angst in Prousts Familie verbreitet gewesen sein muss, zeigt auch eine gestrichene Stelle im Manuskript des »Jean Santeuil«, auf die Yuji Murakami aufmerksam gemacht hat. In der gedruckten Fassung lesen wir von der »Empörung« und vom »Zorn«, die in Madame Santeuil die Nachricht auslöst, man wolle Oberst Picquart zu fünf Jahren Festung verurteilen. Ihr Mann will sie beruhigen. »Indes konnte sie sich nicht enthalten sich ihm [ihrem Schmerzgefühl, Anm. d. Verf.] zu überlassen und ihre Verachtung für diejenigen herauszuschreien, die den Mann folterten, dessen Mut und Großherzigkeit sie, ohne ihn zu kennen, so leidenschaftlich bewunderte: ›Die Elenden!‹ (…) ›immerhin sehe ich, dass sie jetzt nichts mehr aufhalten wird, sie fühlen sich zu stark‹, setzte sie traurig hinzu.«[102] Im Manuskript folgt hier eine Passage, in der Madame Santeuil es Jean strikt verbietet, wie geplant eine Petition für Picquart zu unterzeichnen. »Da sie fühlte, dass sie [die Dreyfus-Gegner, Anm. d. Verf.] zu stark seien«, heißt es in der gestrichenen Stelle, »wollte sie ihren Mann und ihren Sohn nicht ihrer Gewalt aussetzen, und aus diesem Grund hatte sie Jean verboten, die Adresse für

Picquart zu unterzeichnen.«[103] Vom Judentum der Mutter ist an der Stelle nicht die Rede, aber ihre Angst bezieht sich offensichtlich auf die antisemitischen Unruhen, die am 25. Oktober 1898 Paris im Umfeld der Picquart-Solidarität erschütterten und die noch gewaltsamer waren als die im Januar des gleichen Jahres.

PROUST, DARLU UND KANT

Also hatte Jacques-Émile Blanche doch recht gehabt? Laufen Prousts Dreyfus-Kapitel im »Jean Santeuil« auf die Wiederbegegnung mit seinen unterdrückten jüdischen Gefühlen hinaus? Spricht in ihnen ein »re-raciné«, ein durch die Affäre Wiederverwurzelter?

So sieht es aus, aber Blanche hatte unrecht.

Nicht nur fehlt der schockartigen jüdischen Freude, von der Proust berichtet, die Eindeutigkeit, die mit einer Wiederverwurzelung verbunden gewesen sein müsste und es im Porträt des reklassierten Swann durchaus auch war. Die unklar bestimmte Person, die sich freut, findet zwar zu ihren jüdischen Gefühlen, misstraut ihnen aber zugleich. Sie ist hin- und hergerissen zwischen dem selbstlosen, aufrichtigen Wahrheitsdenken à la Picquart und ihren eigenen, jüdisch grundierten Meinungen, zwischen Vernunft und Passion. Und was in dieser Ambivalenz zuletzt obenaus schwingt, ist eben gerade nicht das jüdische Gefühl; dieses wird im Gegenteil erst zugelassen, nachdem es durch die selbstlose, keiner Herkunft, allein der Wahrheit verpflichtete Vernunftsprüfung des Philosophen Boutroux legitimiert worden ist.

Es ist die durch Picquart verkörperte selbstlose Wahrheitssuche, der in den Dreyfus-Kapiteln und im jüdischen Bekenntnis die entscheidende Rolle zukommt. Und wenn wir uns

Picquarts philosophische Armatur nochmals näher ansehen, zeigt sich erst recht, dass Blanche unrecht hat. Denn Picquart, Prousts fast vergötterter Held, steht für das genaue Gegenteil der Blanche'schen Wiederverwurzelungsthese: Er ist mit seiner selbstlosen, sich vom Milieu lösenden Wahrheitssuche just ein Held der Entwurzelung. Was Proust mit seinem philosophischen Offizier Picquart im »Jean Santeuil« anstellt, führt die Auseinandersetzung mit Barrès' Roman »Les déracinés« fort.[104] Prousts Konstruktion des philosophischen Offiziers Picquart ist der exakte Gegenentwurf zu dem, was Barrès in seinen »Déracinés« mit dem Philosophielehrer Bouteiller angestellt hat. Bouteiller, ein Kantianer, entfremdet in Barrès' Roman seine Schüler durch seine selbstlose, abstrakte Moralphilosophie ihrer lothringischen Heimat, er entwurzelt sie und stürzt sie dadurch ins Unglück. Picquart bewirkt das Gegenteil: als Vorbild hilft er Jean, gerade in der selbstlosen, sich vom Milieu distanzierenden, also entwurzelnden, aufrichtigen Wahrheitssuche sein wahres Selbst zu entdecken. Jean erfühlt in Picquart seine »Seele, das Beste und Sympathischste, was es in uns gibt«.[105]

Hier steht also ein Philosophielehrer gegen einen anderen. Denn natürlich ist dieser gegen den Philosophielehrer Bouteiller gesetzte Oberst Picquart in Wahrheit nicht nur ein Militär, er ist auch ein Freund des Philosophen Dentier, Jeans Philosophielehrer am Lycée. Wir dürfen sagen: Er ist deutlich mehr als nur ein Freund Dentiers. Er ist der geistige Zwillingsbruder dieses und nicht nur dieses Philosophen. Er spricht und denkt nicht nur wie Dentier (der in früheren Textstufen Beulier heißt). Er formuliert und denkt auch, wie es Alphonse Darlu, der Philosoph Léon Brunschvicg, der Historiker Élie Halévy und Lucien Herr, der berühmte Bibliothekar der École normale supérieure in engagierten philosophischen Aufsätzen just in der gleichen, dreyfusbewegten Zeit getan haben. Prousts so seltsame Erschaffung des dreyfusistischen philosophischen Oberst Picquart ist nicht nur ein Gegenentwurf zu Barrès' »Déracinés«, er ist eine literarische Parallelaktion zu den dreyfusistischen politisch-philosophischen Essays seiner philosophischen Freunde. »Sie haben gegen sich«, hatte Lucien Herr am 15. Februar 1898 in »La Revue blanche« an Maurice Barrès geschrieben, »gleichzeitig das wahre Volk und die Menschen reflektierten Willens, die Entwurzelten, oder, wenn Sie so wollen, die Desinteressierten, die Mehrzahl der Menschen, die das Recht und ein Ideal der Gerechtigkeit über ihre Person stellen, über ihre natürlichen Instinkte und ihren Gruppenegoismus.«[106]

Alle Kernausdrücke der philosophischen Aufsätze von Darlu und Brunschvicg kehren wieder als Hauptworte Picquarts. »Aufrichtigkeit«, »inneres Leben«, »selbstlose Wahrheitssuche« sind die wichtigsten dieser Ausdrücke. Den Ort dieser Hauptworte bei Picquart kennen wir. Ihr Auftauchen im Roman »Jean Santeuil« lässt sich auf Tag und Stunde genau bestimmen: Es ist Beuliers/Dentiers Auftritt als Lehrer in Jeans erster Philosophiestunde. Jean beginnt die Stunde als Ästhet und beendet sie als Philosoph. Er träumt, als Beulier eintritt und zu sprechen anhebt, noch in Sätzen aus der ästhetizistischen Frühphase von Barrès, das Schöne ist ihm alles, er weiß genau, »dass es weder das Gute noch das Wahre gibt« – da muss er »mit Verblüffung« vernehmen, dass Beulier, »dessen Genie man ihm gleichwohl gerühmt hatte, vom Guten, von der Wahrheit, von der Gewissheit«[107] zu sprechen begann. In der vie mondaine, im Salon ist dieser Beulier zwar die Ungeschicklichkeit selbst, weiß kaum zu grüßen. Aber in der vie morale wird er nach der ersten Stunde zu Jeans großem Vorbild. Wahrheit und Selbstlosigkeit, Picquarts spätere Leitworte, geben dabei den Ausschlag. »Monsieur Beulier dachte immer nur nach, um die Wahrheit zu sagen, und er redete nur, um seine Gedanken auszudrücken.«[108]

»Er besaß keinerlei Eigenliebe.«[109] Noch im Alter, bei späteren Besuchen des treuen Jean, hat er »Heiterkeit, Wärme, vollkommen selbstlosen Eifer«[110] – ganz wie auch Picquart, der »eine Art eleganter, zartfühlender und warmherziger Persönlichkeit hervorströmen lässt«. Man darf beide zu jenen Menschen zählen, »deren Hauptanliegen nicht äußere, sondern innere Vorgänge sind«.[111] »Wenn man aus den Wirkungen die Ursachen zu ersehen vermöchte, würde man in den Talenten der bedeutendsten jungen Leute unserer Zeit das geniale Denken Monsieurs Beuliers erkennen.«[112]

So verhält es sich mit den Einflussverhältnissen im Roman, aber wo fließen die außerliterarischen Quellen dieser philosophischen Stilisierung von Beulier, Jean und Picquart? Welches »geniale Denken« hat Proust und die anderen »bedeutendsten jungen Leute« jener Zeit geformt, um seine Formulierung aus dem »Jean Santeuil« aufzunehmen? Proust hat die Antwort selbst gegeben mit einer Formulierung, die der eben zitierten verblüffend ähnlich ist. Im Juli 1894, ein Jahr bevor er den »Jean Santeuil« begann, hat er im Vorwort zu seinem Erstling »Freuden und Tage« seinem Philosophielehrer Alphonse Darlu den Dank abgestattet. »Monsieur Darlu, der große Philosoph, dessen inspiriertes Wort, dauerhafter als etwas Geschriebenes, in mir wie in so vielen anderen das Denken befruchtet hat.«[113] Darlu ist fraglos eine Hauptquelle für Beulier und für Picquarts philosophische Innenaustattung. Er unterrichtete Proust 1888/89 am Lycée Condorcet und war 1894/95 sein privater Tutor für das Lizentiat in Philosophie an der Sorbonne. Schon nach der zweiten Philosophiestunde schrieb der Schüler Proust ihm einen bewundernden Brief, 1906 bestätigte er den autobiografischen Gehalt der Beulier-Kapitel des »Jean Santeuil« und nannte Darlu »den Menschen, der den größten Einfluss auf mein Denken hatte«[114] – so wie Jean Santeuil Beulier den Mann nannte, »den er sein ganzes Leben hindurch am meisten bewundert hat«.[115] Darlu war genau das, was Barrès in den »Déracinés« so sehr hasste, ein Kantianer; Kant war sein »Himalaya«.[116] Für Barrès und die antidreyfusistischen Nationalisten war Kants Einfluss in Frankreich die Fortsetzung der deutschen Invasion von 1870 mit anderen Mitteln. Für die demokratischen Intellektuellen der Dritten Republik war er ein Fortsetzer der Französischen Revolution, ein Denker der Freiheit, der moralischen Gleichheit und des Individualismus.[117] Im Mittelpunkt des Unterrichts, der Proust so sehr formte, stand gut kantianisch der »Primat der praktischen Vernunft«:[118] »Die Moral«, dozierte Darlu, »ist im Zentrum der Philosophie.«[119] Darlu war wie Beulier und wie Prousts Picquart ein Mann der vie morale.

Im Mai 1898, als die Dreyfus-Affäre voll entbrannt war und Proust an den Dreyfus-Kapiteln des »Jean Santeuil« schrieb, bekräftigte Darlu in einem engagierten dreyfusistischen Artikel in der »Revue de metaphysique et de morale« die Prinzipien, nach denen er Proust unterrichtet hatte. Es handelte sich um die zweite von Darlus Polemiken gegen den einflussreichen Literaturkritiker Ferdinand Brunetière, »De M. Brunetière et de l'individualisme«. Ihre zentralen Sätze lesen sich wie eine Blaupause für das philosophische Credo von Prousts Picquart. Was mehr als alles andere die Kraft einer Gesellschaft ausmache, schrieb Darlu, »sei die moralische Kraft der Individuen. Und was die Kraft der Individuen ausmacht, was das Mark ihres moralischen Daseins ist, das ist die innere Energie ihres Gewissens.«[120] Alles hänge vom »inneren Glauben ab, man vernimmt die Wahrheit nur in sich«.[121]

Proust pflegte Darlus Aufsätze in der »Revue« zu lesen. 1895 suchte er Darlu extra auf, um von ihm einen Satz über Platon und die Gerechtigkeit aus einem seiner Aufsätze in der »Revue« erläutert zu kriegen.[122]

PROUST, BRUNSCHVICG UND SPINOZA

Zwei von Picquarts Schlüsselworten, das innere Leben und die selbstlose Wahrheitssuche, finden sich also zeitgleich in Darlus dreyfusistischem philosophischen Aufsatz. Woher aber stammt das wichtigste, die Aufrichtigkeit? Dafür müssen wir uns »den bedeutendsten jungen Leuten«[123] zuwenden, die aus Darlus Unterricht hervorgingen. Die literarisch Begabten unter ihnen, Proust, Fernand Gregh, Daniel Halévy, Robert Dreyfus, gründeten als Studenten 1892 die gut philosophisch nach Platons »Symposion« benannte Zeitschrift »Le Banquet«, in deren ein Jahr und 7 Nummern währendem Leben Proust die wichtigsten seiner frühen Arbeiten veröffentlichte – mit der zeitkritischen jüdischen Selbstverständigung in diesen Texten werden wir uns im nächsten Kapitel befassen. Die philosophisch Begabten Schüler Darlus, Léon Brunschvicg, Élie Halévy und Xavier Léon, gründeten 1893 zusammen mit ihrem Lehrer die Zeitschrift »La Revue de métaphysique et de morale«, bis heute eine der wichtigen philosophischen Zeitschriften Frankreichs. Die Aufrichtigkeit war für die jungen Herausgeber der »Revue« die Haltung schlechthin. »Es gibt eine Tugend, die ich über alle anderen stelle«, notierte Élie Halévy schon mit siebzehn Jahren im Mai 1888 in sein Tagebuch, »das ist die Aufrichtigkeit. Alle meine Anstrengungen waren darauf ausgerichtet – aufrichtig zu sein.«[124] Doch nirgendwo ist die philosophische Armatur, mit der Proust Picquarts Geist ausgestattet hat, so deutlich vorgebildet wie in einem Aufsatz von Léon Brunschvicg aus der »Revue« des Jahres 1896: »La paix morale et la sincérité philosophique«.[125] Auch hier dürfen wir annehmen, dass Proust Brunschvicg las. Sie waren beide Schüler des Condorcet. Brunschvicg war der philosophische Nachhilfelehrer von Prousts Bruder Robert. Er nahm an der Beerdigung von Prousts Mutter teil. 1900 las Proust aufmerksam Brunschvicgs »Introduction à la vie de l'esprit«, er zitierte das »schöne Buch« 1904 zwei Mal in einer ausführlichen Fußnote seiner »Bible d'Amiens«, die er Brunschvicg mit dem Satz widmete: »son ami qui l'admire«.[126]

In den Mittelpunkt seines Aufsatzes in der »Revue« stellte Brunschvicg, was wir von Picquart kennen, »die selbstlose Suche nach der Wahrheit«. Für sie reiche es allerdings nicht, »guten Glaubens seine persönliche Überzeugung« auszudrücken. Man müsse »die von den egoistischen Interessen oder den Leidenschaften diktierten Präferenzen« abweisen, man müsse gegen »die Familiengefühle, die sozialen Traditionen« kämpfen. »Wir müssen uns anstrengen, aus unserem Geist alles zu entfernen, was nicht in direkter Beziehung zur Wahrheit steht, alles was nur unsere Individualität interessiert.« Und dazu brauche es »eine Tugend mit viel höherem Preis, die wir philosophische Aufrichtigkeit nennen«.[127] Unverkennbar haben wir hier das Vorbild, nach dem Proust Picquarts Methode geformt hat.

Damit scheint die Sache entschieden. Wahrheit und Vernunft bestimmen, ganz wie es sein Freund Robert Dreyfus sagte, Prousts Haltung in der Dreyfus-Affäre; sie sind auch die Leitworte von Prousts Umgang mit der Affäre im »Jean Santeuil«. Die jüdischen Wurzeln, die Blanche zur Hauptsache machen wollte, kommen zwar vor, aber nur in einer kurzen und verklemmten Nebenrolle, während der Vernunftsgesichtspunkt Seite für Seite ausführlich ausgebreitet wird.

Was aber, wenn das Wahrheitspathos selbst eine jüdische Quelle hätte? Wenn es nicht aus Kant, sondern aus einer anderen, jüdischen Quelle herrührte?

Und genau so ist es! Nicht Kant, sondern der häretische Jude Spinoza war der philosophische Hausgott der drei jungen Herausgeber der Revue, Léon Brunschvicg, Élie Halévy, Xavier Léon, alle jüdischen Ursprungs, Vertreter des »franco-judaisme«. Alle haben sich ausführlich mit Spinoza befasst und über ihn geschrieben. Und unübersehbar taten sie es aus aktuellem Anlass. Was ist das gute Leben für einen konfessionell ungläubigen Juden in bedrängten Umständen – das war nicht nur die Frage Spinozas, es war auch die Frage der assimilierten Juden, die durch den Antisemitismus in Frankreich auf ihr fast schon vergessenes Judentum zurückgewiesen wurden.[128] Am deutlichsten wird dieser Zusammenhang im fabelhaften »Spinoza«, den Brunschvicg 1894 im jüdischen Verlag Félix Alcan publiziert hat, aufbauend auf einem »Mémoire«, das ihm 1891, als er zweiundzwanzig Jahre alt war, einen Preis der Académie des Sciences morales et politiques eingetragen hatte – wir sind ja bei den begabten jungen Darlu-Schülern. Wenn man dieses Buch liest, fällt es einem wie Schuppen von den Augen: Es wird klar, dass die für den »Jean Santeuil« so wichtige Philosophie unverfälschter Spinozismus ist, auch im Aufsatz über »La paix morale et la sincérité philosophique« hat Brunschvicg ihm die Reverenz erwiesen.[129] Mehr noch: Es ist kaum vorstellbar, dass der Brunschvicg-Leser Proust nicht auch dieses Buch Brunschvicgs, inbesondere dessen Schlusskapitel über das Leben Spinozas, vor Augen gehabt hat, als er seine Seiten über das Leben Picquarts schrieb. Der Geist Spinozas, wie Brunschvicg ihn beschreibt, ist identisch mit dem Geist des Proust'schen Picquarts: Spinoza widmet sich angesichts der »Entfesselung der brute populaire«[130] der selbstlosen Erforschung der überparteilichen Wahrheit, wie Picquart stellt er diese Wahrheit über sein Leben. Und wenn sich Picquart in die Seele seines Gegners versetzt und in den Strom von dessen Gefühlen »hinabsteigt«,[131] liest sich das wie ein Echo auf einen Satz Brunschvicgs über Spinoza: »Er will zurücksteigen zum Ursprung der Vorurteile, die seinen Freunden den Weg der Wahrheit verschließen.«[132] Und natürlich fehlt in der Feier der Gemeinschaft der Wahrheitssuchenden, wie sie sich bei Spinoza und dann wieder im Wir findet, mit dem der Philosoph Jean sich, Picquart und die Wissenschaftler vor Gericht umschließt, auch das Stichwort der Aufrichtigkeit nicht. Nichts, sagt Spinoza in einem Brief, den Brunschvicg zitiert, sei ihm »kostbarer als die Freundschaft mit Menschen die aufrichtig die Wahrheit lieben«.[133] Der »Bruder Picquart« kriegt durch diesen spinozistischen Ursprung seiner Ethik nochmals eine ganz andere Note. Und vielleicht auch der so rätselhafte doppelte Hinweis Prousts, Picquart gleiche einem »jüdischen Ingenieur«.[134]

So wäre das Jüdische in den Dreyfus-Kapiteln des »Jean Santeuil« entgegen Tadiés Annahme gleichsam ubiquitär. Es steckt nicht nur in den jüdischen Gefühlen selbst, es steckt auch im Wahrheitskonzept, durch das Jean diese Gefühle allererst legitimieren will.

»MEINE MUTTER IST JÜDISCH«: PROUSTS FIKTIONSBRÜCHE

Aber wie müssen wir uns diese Präsenz des Jüdischen denken? Sein Gewicht scheint ja eher gering, seine Erscheinungsweise verdeckt. Wortwörtlich taucht es nur in wenigen Zeilen eines aufgegebenen, Fragment gebliebenen Romans auf. Im Rest des »Jean Santeuil« ist vom Jüdischen nicht die Rede, von wenigen, folgenlosen Hinweisen abgesehen. Die jüdisch-spinozistische Spur im Wahrheitsbegriff ist vollkommen verdeckt und war bestenfalls Eingeweihten bekannt. Und die direkte Nennung, in dem, was wir Bekenntnis genannt haben, ist darüber hinaus von Kautelen und Ambivalenzen umlagert, die es fast zerreiben.

Aber eben das ist es: Die eigenartige und fast klandestine Präsenz des Jüdischen spricht dafür, dass das Schreiben über Jüdisches Proust nicht leichtgefallen ist. Auch als er in der »Recherche« durch die Erfindung der jüdischen Figuren Swann und Bloch das jüdische Thema von sich abgespalten hat und extensiv über Jüdisches schreibt, wird ihn Ambivalenz, um nicht Zerrissenheit zu sagen, weiterhin schmerzhaft begleiten. Des Weiteren: Wie unauffällig die wenigen explizit jüdischen Zeilen im »Jean Santeuil« auch sind, Proust hätte sie gewiss mit seinem Lieblingswort für allerwichtigste Stellen »capitalissime« genannt. Er erwähnt das Bekenntnis zwar nie mit einem Wort. Aber es steht nicht für sich. Es weist zurück und voraus auf eine ganze Konstellation zutiefst verwandter, nicht minder kapitaler Stellen, die alle vom Jüdischen handeln und belegen, wie bedeutend es im Leben und Schreiben Prousts war.

Zum einen ist das Bekenntnis im »Jean Santeuil« mit seinem unvermittelt in die Fiktion hineinsprechenden autobiografischen Ich nur der erste in einer sehr auffälligen Reihe von Fiktionsbrüchen, die alle das Ziel haben, die literarische Realität auf die jüdische Herkunft zu öffnen. Wie eine Suite programmatischer Fanfarenstöße ziehen sich diese erzähltechnischen Signale von sehr früh bis sehr spät durch sein Werk und bezeugen, dass Proust mit seinem jüdischen Teil einen steten, diskreten und narrativ höchst raffinierten Umgang pflegte.

Der erste Fiktionsbruch ist eher ein Prélude, zeigt aber, wie früh und in welchem Kontext Proust sich auf jüdische Themen bezog. Er platzierte ihn lange vor der Dreyfus-Affäre im Juli 1893, zweiundzwanzigjährig, in einem »Bouvard und Pécuchet«-Pastiche, den er 1896 in »Freuden und Tage«, sein erstes Buch, aufnehmen wird. Der Pastiche wird als Art, mit fremden Stimmen zu sprechen, eine wichtige Rolle in Prousts jüdischer Selbstartikulation spielen.[135] Im »Bouvard und Pécuchet«-Pastiche spricht Proust durch die Maske zweier Romanfiguren Flauberts und lässt diese karikiert die aggressiven antisemitischen Judenklischees aussprechen, die damals durch Drumonts Tageszeitung »La Libre Parole« verbreitet wurden. Schon in der Erstveröffentlichung in der von den jüdischen Brüdern Natanson getragenen »Revue blanche« tritt Proust in einer Fußnote aus der Fiktion heraus, um den Antisemitismus abzufedern: »Selbstverständlich sind die Ansichten, die hier den beiden berühmten Figuren Flauberts in den Mund gelegt werden, keineswegs diejenigen des Autors.«[136]

Ungleich wichtiger sind die Fiktionsbrüche in der »Recherche«. Sie rahmen den Roman gleichsam ein, durch die Rückbindung an einen jüdischen Ort im ersten Band und die Anbindung an einen jüdischen Sinn des Romanganzen gegen Schluss.

Ein früher Fiktionsbruch in »Swann« verankert die für den Roman so entscheidende Kindheit im Sommerhaus des jüdischen Familienteils in Auteuil, dem Haus, in dem Proust zur Welt kam. Mit einem etwas hermetischen Einschub macht Proust klar, dass sich das für die Seelenverfassung Marcels kapitale Drama um den mütterlichen Gutenachtkuss nicht in Combray, also dem katholischen Illiers der Vaterseite, sondern in Auteuil bei der jüdischen Verwandtschaft abgespielt hat: »Die Wand des Treppenhauses, auf dem ich den Schein seiner [des Vaters, Anm. d. Verf.] Kerze näher rücken sah, existiert längst nicht mehr«[137] – das Haus in Auteuil wurde 1897 ein Jahr nach dem Tod von Onkel Louis abgebrochen, das Haus in Illiers-Combray, wie der Ort sich zu Ehren Prousts umbenannt hat, steht heute noch.

Den letzten und wichtigsten Fiktionsbruch fügte Proust der »Recherche« im August 1922, drei Monate vor seinem Tod, hinzu – er verleiht der ganzen Romanfolge einen jüdischen Sinn und ist übrigens nicht weniger von einem sinnverwirrenden Textbeben durchschüttert als das Bekenntnis im »Jean Santeuil«. In erzähltechnisch kühn hervorgehobenen jüdischen ultima verba spricht Proust aus der Fiktion in die Realität hinüber, wendet sich unter steter Wiederholung der Höflichkeitsanrede gleichzeitig an seine Romanfigur Charles Swann und deren reales Vorbild, seinen Bekannten Charles Haas, und erklärt ihnen, er wolle mit seinen Romanen zu ihrem Fortleben in der Erinnerung beitragen. Swann hatte den jüdischen Namen seiner Eltern beibehalten, obwohl man ihm einen französischen Adelstitel angeboten hatte. Seine größte Hoffnung war es, seinerseits im Namen seiner Tochter Gilberte Swann weiterzuleben. Doch was Swann seinen Eltern gewährte, das verweigerte ihm seine Tochter, die unter dem Druck des Antisemitismus der Dreyfus-Affäre ihren jüdischen Namen ablegte und ihre jüdische Herkunft verleugnete. Hier springt Proust ein und macht sich mit seinem Roman zum geistigen Erbvollstrecker seines »jüdischen Doppelgängers«[138]: »Und doch, lieber Charles Swann, den ich so wenig gekannt habe, als ich noch so jung war und Sie schon dem Grab nahe waren, fängt man wieder von Ihnen zu reden an, und vielleicht leben Sie in Zukunft weiter, weil derjenige, den Sie für einen jungen Toren halten mussten, Sie zum Helden eines seiner Romane gemacht hat.«[139] Proust scheint die Wichtigkeit des Erinnerns in der jüdischen Tradition zu kennen,[140] und er will Swann das Fortleben in einer jüdischen Erinnerung sichern – freilich mit einer wichtigen Veränderung: nicht religiöses, sondern ästhetisches Erinnern, Romankunst, soll den »Widerstand gegen den Tod«[141] verbürgen.

Am engsten ist das so verwirrlich formulierte Bekenntnis im »Jean Santeuil« aber verwandt mit einer anderen Konfession in der ersten Person, einem Brief an Robert de Montesquiou, geschrieben am 19. Mai 1896, drei Tage nach Erscheinen von Zolas aufsehenerregendem Artikel »Pour les Juifs«: »Ich hätte vielleicht nie daran gedacht, es Ihnen zu sagen«, schreibt Proust an Montesquiou, »ich bin der katholische Sohn einer jüdischen

Mutter und habe aus diesem recht starken Grund mit Ihnen nicht coram publico über die Juden« sprechen wollen, »denn da unsere Ideen darüber auseinandergehen, (…) hätten Sie mich in einer Diskussion unabsichtlich verletzen können«. Das schreibt Proust sozusagen mit der Stimme der Gefühle. In den Gefühlssatz eingefügt ist aber, wie ein Bruch der Argumentation, ein abgründiges caveat der Vernunft, das wiederum Prousts Zerrissenheit in jüdischen Dingen offenbart: »Denn da unsere Ideen auseinandergehen, oder vielmehr, da ich nicht unabhängig bin, darüber diejenigen zu haben, die ich vielleicht hätte.« Dieser Einschub ist von beträchtlicher Abgründigkeit. Proust schaut seinen jüdischen Teil, wie es Brunschvicg der philosophischen Aufrichtigkeit angeraten hatte, von außen an und vergleicht die Ideen, die er als Sohn einer jüdischen Mutter hat und die ihn verletzbar machen, mit anderen, die er vielleicht hätte, wenn er, dürfen wir ergänzen, zum Beispiel als Sohn katholischer Adliger groß geworden wäre. Unbefangenheit und Unmittelbarkeit sind in Prousts Verhältnis zum Jüdischen von Anfang an nicht vorgesehen. Zerrissenheit, Ambivalenz, intrikate Verschlungenheit intimer Nähe und reflexiver Distanz sind die Regel.

Dieser Brief wie auch der Fiktionsbruch in »Freuden und Tage« und der Hinweis der »Recherche« auf Auteuil zeigen ein letztes Mal, wie wenig Blanches Wiederverwurzelungsthese zutrifft. Proust brauchte nicht die Affäre, um mit seiner jüdischen Herkunft konfrontiert zu werden. Er verbrachte seine Kindheit in einem jüdisch geprägten Milieu. Und er wurde nach dem Ende der vergleichsweise harmonischen belle époque des französischen Judentums[142] auf sehr aggressive Weise mit seinem jüdischen Erbteil konfrontiert. Wir werden sehen, wie der Krach der Union Générale, die Veröffentlichung von Drumonts antisemitischem Megabestseller »La France juive« und der Panama-Skandal seine Familie sehr direkt betrafen und zu einem

Erwachen von Prousts jüdischem Bewusstsein lange vor der Zeit der Affäre führten. Nur weil er sich bereits seiner jüdischen Herkunft bewusst war, hat Proust 1895, früher als fast alle anderen, an der Schuld von Dreyfus gezweifelt, nur weil er alert war, hat er sich 1897 sofort den Dreyfusards angeschlossen. Wer den Dreyfusard Proust verstehen will, muss nach Auteuil zurückkehren.

KAPITEL 2

Vor dem Sturm: Auteuil als geistige Lebensform

DER KATHOLISCHE PROUST

Marcel Proust wurde katholisch getauft, er wurde gefirmt, und er wuchs als Kind einer jüdischen Mutter auf. Was war das Prägendste in seiner Kindheit? Proust lässt daran nicht den Schimmer eines Zweifels. Das Prägendste war fraglos das immer wieder erzählte Drama des Zubettgehens, das Drama um den lebensnotwendigen mütterlichen Gutenachtkuss. Es war zentral in Prousts Leben – die Weigerung seiner Mutter, zehnmal fürs Gutenachtsagen zurückzukommen, sei ihr »Training« gewesen für den Tag, an dem sie ihn für immer verlassen würde.[1] Und es war zentral in seinem Schreiben – 1895 tauchte das »drame du coucher« im »Jean Santeuil« auf, und 1913 eröffnet es nach der Ouvertüre auch die siebenbändige »Recherche«. Durch wenig aber überrascht die Romanfassung des Kusses einer jüdischen Mutter so sehr wie durch ihren überwältigenden christlich-katholischen Glanz. Der Gutenachtkuss wird geradewegs als Abendmahl erzählt, das Gesicht der Mutter, das Marcel küsst, ist die Hostie, die gut katholisch als »présence réelle«, als göttliche Realpräsenz verstanden wird. Proust muss im Religionsunterricht gut aufgepasst haben. Er nennt das private Abendmahl nicht bloß Kommunion, sondern »Friedenskommunion«[2] und bezieht sich zudem mit der Nennung eines »Friedenskusses«[3]

auf ein seit dem Mittelalter außer Gebrauch geratenes Element der Liturgie, die auch ein osculum, einen Kuss unter den Gläubigen, enthielt. Ihn empfängt er von der Mutter, die »ihr liebevolles Antlitz über mein Bett neigte und es mir darbot wie die Hostie einer Friedenskommunion, bei der meine Lippen ihre leibhaftige Gegenwart und die Kraft einzuschlafen von ihr empfingen«.[4] Diese häusliche Eucharistie spielt sich inmitten einer durch und durch katholisch gezeichneten Welt ab. Man ist in Combray, einer Kleinstadt, die ganz von ihrer katholischen Kirche dominiert ist, im Haus einer Großtante des Erzählers, die man immer zu Ostern besucht. Sonntägliche Messgänge und die Maiandacht sind obligat. Beim Hochamt tragen Marcels Eltern das Messbuch. Der Pfarrer erscheint zu regelmäßigen Hausbesuchen. Und das Katholische strahlt bis in die Natur aus. Der geliebte Weißdorn ist für Marcel »der katholische, köstliche Strauch«,[5] eine Weißdornhecke schildert er als »eine Folge von Kapellen, die unter dem Schmuck der wie auf Altären dargebotenen Blüten verschwanden«, ihr Duft kommt wie von »dem Altar der Muttergottes«, die Staubgefäße erinnern an »spätgotischen Stil«.[6]

Dieses Bild einer Kindheit im katholischen Combray hat maßgeblich zur biografischen communis opinio beigetragen, dass Proust zwar das Kind einer jüdischen Mutter, im Übrigen und vor allem aber ein katholisch getaufter und gebildeter Franzose sei. Und Proust hat auch außerhalb der »Recherche« ziemlich viel zur Ausbildung dieser Auffassung beigetragen. Als er 1919 endlich seine »Pastiches et mélanges«, eine lange geplante Sammlung von Artikeln, publizierte, wählte er, von zwei Ausnahmen abgesehen, unter seinen zahllosen, Hunderte von Seiten umfassenden Aufsätzen nur gerade vier, und just solche, die alle von seiner tiefen Liebe zu den Kathedralen und der Schönheit der Religion zeugten. Programmatisch unter den neu erfundenen Titel »Zum Gedenken an die gemordeten Kirchen« gestellt, bildeten sie die umfangreichste Sektion der »Pastiches et mélanges«. Proust nannte die Kathedralen »den höchsten und ursprünglichsten Ausdruck des Genius Frankreichs«.[7] In den drei Aufsätzen zur Ästhetik John Ruskins sprach er vom »göttlichen Etwas«,[8] von der »Anwesenheit einer ewigen Wirklichkeit«[9] in der Schönheit der Kathedralen. Und im vierten Text, »Der Tod der Kathedralen«, seinem »christlichsten Artikel«,[10] wie Tadié sagt, verteidigte er die Kathedralen gegen die Zweckentfremdung, die ihnen die Gesetze zur Trennung von Kirche und Staat zumuten wollten. Mit diesen Gesetzen könnte die Regierung die Kathedralen in alles »umwandeln, was ihr passt: Museum, Konferenzhalle oder Kasino«.[11] Das wäre freilich das Ende der Kathedralen, die Proust im Sinn hat. »Wenn das Opfer von Christi Fleisch und Blut nicht mehr in den Kirchen zelebriert wird, werden sie ohne Leben sein. Die katholische Liturgie bildet mit der Architektur und Skulptur unserer Kathedralen eine Einheit.«[12] Doch solange die Liturgie lebt, tritt etwas ein, wofür der Wagnerianer Proust seinen höchsten Preis vergibt: »Man kann sagen, dass eine Wagner-Aufführung in Bayreuth (…) recht wenig hermacht neben der Zelebrierung des Hochamts in der Kathedrale von Chartres.«[13] Auch die von Proust so geliebten Theatervorstellungen erfüllen neben dem Hochamt doch nur »recht schäbige literarische Bedürfnisse«.[14]

War Proust also ein sehr katholischer, geradezu gläubiger Franzose? »J'étais moi-même une église«,[15] ich war selbst eine Kirche, steht immerhin auf der allerersten Seite der »Recherche«. Und der Gedanke, seinen Roman wie eine Kathedrale zu konstruieren, hat ihn lange begleitet. Die Idee, einzelne Romanteile als »Portalvorbau, Glasfenster der Apsis« zu betiteln, fand er dann aber selbst »zu prätentiös«[16] und ironisierte sich mit der Sottise, »dass die Israeliten immer einen speziellen Geschmack für die Dinge und Namen der katholischen Religion haben«.[17] Prousts enorme Idealisierung der Kathedralen hat indes nicht konfessionelle, sondern philosophische Gründe. Sie war das ästhetische Gewand seiner metaphysischen Orientierung. Auch die »Recherche« sollte zwar auf die »Wahrheit« zulaufen, die Ruskin in den Kathedralen gefunden hatte: die »Anwesenheit einer ewigen Wirklichkeit«.[18] Proust nannte seinen Roman »ein dogmatisches Werk und eine Konstruktion«, in der er sich »auf die Suche nach der Wahrheit gemacht« habe, »à la recherche de la Vérité«, wie er emphatisch mit orthografisch unüblichem großem V schrieb, »hin zur objektivsten und gläubigsten aller Folgerungen«.[19] Und wenn er diese Wahrheit zu erfassen suchte, das große Außerzeitliche, um das die »Recherche« in der »Wiedergefundenen Zeit« unablässig kreist, fallen ihm ein ums andere Mal christliche Ausdrücke ein, die »Wiederauferstehung« oder das »Jüngste Gericht«. Aber diese Ausdrücke sind rhetorische Figuren, nicht Glaubensinhalte. Proust bekannte zwar, dass er sich an jedem Tag seines Lebens mit »religiösen Fragen«[20] befasse. Die Wahrheiten, zu denen die »Recherche« findet, entspringen jedoch nicht einer christlichen Glaubenserfahrung, es sind Wahrheiten einer dem Ewigen zugeneigten Kunst: »Die Wahrheit beginnt erst in dem Augenblick, in der der Schriftsteller seine Gegenstände einschließt in die zwingenden Glieder eines schönen Stils.«[21]

DIE GLÜCKLICHEN JAHRE IN AUTEUIL

Nein, Proust ist in Wirklichkeit zutiefst jüdisch geprägt. Er empfing seinen katholisch stilisierten Gutenachtkuss nicht im katholischen Illiers, dem Vorbild von Combray, das sich heute Illiers-Combray nennt, er empfing ihn von seiner jüdischen

Mutter im Haus seines jüdischen Großonkels im Kreis seiner jüdischen Verwandten. Das Haus, in dem Proust den Kuss ersehnte, war nicht das heute noch stehende und als Museum dienende Haus von Jules Amiot an der rue du Saint-Esprit (heute: rue du Dr Proust) 4 in Illiers, in dem die Prousts einige Male die Osterferien verbrachten. Es war das Sommerhaus seines Großonkels Lazard Baruch Weil, genannt Louis Weil, im Pariser Vorort Auteuil; Louis war der jüngere Bruder von Nathé Weil, Prousts Großvater mütterlicherseits. In Onkel Louis' Haus kam Marcel Proust im Juli 1871 zur Welt, sein Bruder Robert im Mai 1873. 1876 baute man an die samt Stallgebäude, Kutscherhaus und Park recht luxuriöse Villa für Prousts Familie einen zweistöckigen Pavillon samt Mansardensaal im dritten Stock an. Bis zum Tod von Onkel Louis und Großvater Nathé Weil im gleichen traurigen Jahr 1896 und dem Abbruch des Hauses im Jahr darauf, also in Prousts ersten fünfundzwanzig Lebensjahren, war die rue La Fontaine 96 mit ihrem weitläufigen Garten in den warmen Monaten der eigentliche Lebensmittelpunkt von Prousts weiterer Familie. Und sie war schon vorher, in der Jugend von Prousts Mutter Jeanne, der Treffpunkt der Familie Weil. Der kinderlose Louis Weil hatte das Haus 1852, als Auteuil noch sehr ländlich war und nicht zu Paris gehörte, von der Schauspielerin und Halbweltdame Eugénie Doche erworben. Jeanne war damals drei, ihr Bruder Georges fünf Jahre alt. Das Haus in Auteuil war für die Weils und, später, die Prousts mehr als bloße Sommerfrische. Es war der Ort, an dem Proust seine jüdische Erziehung erhielt. Eine im Glauben war es nicht. Aber eine in jüdischer Kultur durchaus. Das geläufige Bild einer französisch-katholischen Familie, in der einzig die Mutter, wiewohl ohne allen Glauben, aus Respekt vor den Eltern an ihrem Judentum festhält, ist falsch. Proust bewegte sich in seiner Jugend, was die Familie betrifft, fast durchwegs in Kreisen, in denen sein Vater der Einzige ohne jüdische Herkunft war. Und an keinem Ort war diese Erfahrung so ausgeprägt wie in Auteuil, wo Proust so sehr Tag für Tag im Kreis seiner engeren und weiteren jüdischen Verwandtschaft lebte, dass man gut und gern und frei nach Thomas Mann von »Auteuil als geistiger Lebensform« sprechen kann.

Was ist damit gemeint? Eine Erfahrung des tiefen und umfassenden Verbundenseins mit der Geschichte einer, seiner jüdischen Familie in Frankreich. Diese Erfahrung hat viele Seiten. Lassen wir sie mit der Erinnerung beginnen.

Proust hing so sehr an Auteuil, dass er nach dem Verlust des Hauses dessen Existenz sogleich literarisch zu verewigen begann. »Jean Santeuil«, was durchaus an »sans Auteuil«, ohne Auteuil, anklingt, hieß der Held seines ersten Romans, angefangen in jener Zeit. Éteuilles hieß der Ort, an dem er die gleich zu Beginn des Romans zum ersten Mal ausführlich erzählte Geschichte des Gutenachtkusses ansiedelte. Beim Haus der Familie gab es in Éteuilles wie in Auteuil »einen sehr hübschen Garten vor den Toren von Paris mit einer Quelle, die rein zu sein scheint«,[22] einem Springbrunnen, einem Teich, umgeben von Weißdorn.[23] Und am Schluss des Romans hat Proust den Abschiedsschmerz von Auteuil auf einigen seiner bewegendsten Seiten beschrieben. Er dürfte die Passage nicht vor 1898 verfasst haben. Halb in die Zukunft, halb in die Gegenwart blickend, schildert er unendlich zärtlich Jeans Eltern als alterndes Ehepaar. Er schließt dabei fast nahtlos ans damalige Leben seiner eigenen Eltern an. Éteuilles heißt nun erstmals im Roman umstandslos Auteuil. Das Familienhaus ist abgebrochen. Auf den »Überresten« des Gartens stehen »jetzt drei oder vier zum Teil bereits vermietete sechsstöckige Häuser«.[24] Und die Eltern Santeuils haben sich wie diejenigen Prousts einen »den See im Bois de Boulogne« überblickenden »kleinen Besitz« gemietet. In

Wirklichkeit war es ab dem Sommer 1897 ein Chalet im Parc-des-Princes. Wenn bei der Rückkehr »der Wagen auf dem Weg vom Bois nach Paris häufig durch Auteuil«[25] fuhr, wurde Madame Santeuil jedes Mal von Trauer erfasst. »Ein paar Minuten vor dem sechsstöckigen Miethaus, unter dem mit dem Garten von ehedem die glücklichen Jahre von Madame Santeuil und die Erinnerung an zwei Menschen, die ihr so teuer waren, für immer begraben lagen«, pflegte Jeans Vater »zu ihr zu sagen: ›Schließ die Augen‹«. Er wollte ihr die »bis zur Unkenntlichkeit gehende umstürzende Verwandlung ihres eigenen Hauses und Gartens«[26] ersparen. Als Jean, einmal mitfahrend, zu ihr sagte: »›Aber Mama, du brauchst doch die Hände nicht vor die Augen zu halten, um nichts zu sehen, mach sie doch einfach nur zu!‹«, flüsterte sein Vater, »so dass das Geräusch des Wagens und des galoppierenden Pferdes auf dem Pflaster seine Worte übertönten«, ihm ganz leise zu: »›Lass sie doch, du siehst ja, wir sollen nur nicht merken, dass sie weint.‹«[27] Und dann sprachen sie in der Kutsche über den »Garten von Auteuil und von früheren Tagen und von ihrem Vater und ihrer Mutter.«

Zehn Jahre später kam Proust in die gleiche Situation wie seine Mutter 1896, zur Zeit des »Jean Santeuil«. Sie hatte in wenigen Monaten ihren Vater Nathé und ihren Onkel Louis verloren. Proust verlor in ebenso kurzer Zeit seine Mutter und seinen geliebten Onkel Georges. Am 26. September 1905 starb die Mutter, die wichtigste, »am meisten auf Erden geliebte«[28] Person in seinem Leben; sie war 56 Jahre alt. Am 23. August 1906 starb ihr Bruder Georges. Proust musste aus der elterlichen Wohnung an der rue de Courcelles ausziehen und ließ, unbehaust geworden, viele Freunde viele Wohnungen ansehen, bis er sich zum Schluss für eine symbolische Rückkehr nach Auteuil entschied. Er zog an den Boulevard Haussmann 102, in die Stadtwohnung von Onkel Louis, und als Schlaf- und Schreibort bestimmte er geradewegs das Zimmer, in dem er 1896 Onkel Louis hatte sterben sehen. Es kam nur eine Wohnung infrage, die seine Mutter gekannt hatte, und in dieser war er oft mit ihr zum Diner gewesen. Aber nicht nur seine Mutter sollte um ihn sein, auch deren Vorfahren, die sie selbst zehn Jahre früher betrauert hatte. »Ich will alle Photographien aufbewahren«, schrieb er vor dem Umzug, »denn ich möchte, dass meine Großeltern, ja selbst deren Eltern, die ich nicht gekannt habe, aber die Maman geliebt hat, nah bei mir sind.«[29] Und so wie Madame Santeuil beim Gespräch in der Kutsche von Auteuil nach Paris sich nach den Gläsern gesehnt hat, die ihr Vater am Brunnen im Garten von Auteuil immer füllte, so will Proust nun aus Familienanhänglichkeit den alten Schreibtisch aus dem Fumoir nicht gehen lassen, den Mama schon immer bei den Großeltern gekannt hat. »Das ist ein alter, sehr unansehnlicher Freund, der aber alles sehr gut gekannt hat und den ich über alles liebte.«[30]

Und Auteuil sowie all die geliebten Vorfahren kehrten erneut zurück, als Proust sich 1908, nach dem Ende der Trauerzeit, der »Recherche« näherte. Er schrieb, als führe er einfach das Gespräch in der Kutsche aus dem »Jean Santeuil« weiter. Als sei es die natürlichste Sache der Welt, ließ er die Ur-»Recherche«, die 2021 endlich publizierten »Soixante-quinze feuillets«, mit Szenen aus dem Leben einer jüdischen Großfamilie in einem Garten in Auteuil beginnen und nannte, bevor die Fiktion ihr Werk begann, gar sich und seine Vorfahren beim Namen. Adèle, Jeanne, Marcel erklingen, gemeint ist Adèle Berncastel, Prousts für ihn enorm wichtige Großmutter mütterlicherseits. Wir hören das Gekabbel zwischen Onkel Louis und Adèle wieder, das wir aus Prousts Jugendbriefen kennen. Und wir finden auch Adolphe Crémieux namentlich genannt, den außer dem älteren Baron James de Rothschild einflussreichsten und bekanntesten Juden im damaligen Frankreich. Crémieux war über Adèle ein Verwandter der Prousts und nicht nur zweimal, 1848 und 1870, Justizminister Frankreichs in revolutionären Zeiten, sondern auch gleich zweimal einer der Trauzeugen der Familie. 1845 war er Trauzeuge der Braut bei der Hochzeit von Nathé Weil und Adèle Berncastel. 1870, in den krisenhaftesten Tagen des Deutsch-Französischen Krieges, am Tag nach der Niederlage von Sedan und der Gefangennahme des Kaisers, einen Tag vor seiner Ernennung zum Justizminister der neuen Republik fand er Zeit als Trauzeuge der Braut bei der Vermählung von Adrien Proust mit Jeanne Weil. Crémieux als Trauzeuge, das hieß, man gehörte zur jüdischen Elite.

Eine jüdische Familie in Auteuil? Im Roman »Jean Santeuil« sind die Santeuils in ihrem Garten in Éteuilles/Auteuil nicht jüdisch – mit der im ersten Kapitel diskutierten, hervorstechenden Ausnahme des »Wir als Juden«. In der Ur-»Recherche«, in der es sich ganz offenkundig um die jüdische Familie Weil handelt, lässt Proust das Wort jüdisch kein einziges Mal fallen. Fand er es selbstverständlich? Oder wollte er es vermeiden? Vielleicht beides. Als die Ur-»Recherche« sich in die »Recherche« verwandelte, im berühmten, für die Geburt der »Recherche« so wichtigen »Cahier 4«, kam das Jüdische zugleich näher und entfernte sich. Proust ließ das Jüdische so stark einströmen, als wolle er einen jüdischen Roman schreiben. Er schuf seinen jüdischen Helden Swann – eine seiner folgenreichsten Erfindungen – und verlieh ihm kühn Züge seiner, Prousts, jüdischer Vorfahren. Er machte Swann zu einem geliebten Double von Marcel, schrieb Swanns Mutter eine Einwanderungsbiografie auf den Leib, die stark an die von Prousts Mutter erinnerte, und machte Swann zum besten Freund von Marcels Großvater, dem er, wie wir neuerdings wissen, direkt Züge seines eigenen Großvaters Nathé Weil mitgab. Der erfundene Großvater summte, wie der echte, reale Melodien aus »La Juive« und anderen Opern, um jüdische

Freunde Marcels zu dekuvrieren. Anders als der reale war der erfundene Großvater allerdings Christ und Antisemit – das Jüdische begann sich wieder aus der Romanwelt zu entfernen. Noch vor Erscheinen des ersten Bandes der »Recherche« verschwand dieses reichlich komplizierte Spiel mit den Vorfahren aus Auteuil wieder aus dem Manuskript, um später, mutatis mutandis, in der autobiografisch grundierten Figur Blochs, in Marcels Nachfolge Swanns und in der enorm geschärften Sensibilität für Antisemitismus eines Erzählers weiterzuleben, der sich »mehrere Male furchtlos wegen der Dreyfus-Affäre duelliert«[31] hat. Dieses Schicksal des Jüdischen in der »Recherche« wird unser Thema im folgenden Kapitel sein.

ERFAHRUNGEN EINER JÜDISCHEN FAMILIE

Wer aber waren diese so einflussreichen jüdischen Vorfahren Prousts? Und welches die historischen Erfahrungen, die sie für Proust verkörperten? Man hat die Jahrzehnte um Prousts Geburt »als ruhmreiches goldenes Zeitalter für die Juden Frankreichs«[32] bezeichnet. Die drei Generationen seiner mütterlichen Familie gaben Proust ein unmittelbares, großartiges und enzyklopädisch umfassendes Bild der Errungenschaften dieser »âge d'or«. Proust bekam nicht nur am Rande über seine Mutter ein bisschen Jüdisches mit, nein, er war im täglichen Umgang über seine Familie verbunden mit den Hauptströmungen und -erfahrungen des damaligen jüdischen Lebens.

Etwas formelhaft ausgedrückt gab es drei Phasen dieser Erfahrungen. Alles begann mit einem religiös bestimmten autochthonen, wenig in die französische Gesellschaft eingegliederten Judentum in meist provinziellen, ärmlichen Verhältnissen: Prousts Ururgroßvater Lazare Weil (1742–1815) kam 1780 im elsässischen Dorf Nidernai zur Welt. Er schrieb und unterschrieb Hebräisch, war dem Jiddischen näher als dem Französischen. In der nächsten Phase folgte, getrieben vom Emanzipationsangebot der Französischen Revolution, ein starker wirtschaftlicher Aufstieg, oft verbunden mit dem Umzug nach Paris, der Einbürgerung, einer zunehmenden Integration in die französische Gesellschaft und einem abnehmenden Gewicht der Religion: Baruch Weil, Prousts Urgroßvater, geboren in Nidernai, kam in Paris zu Wohlstand und gesellschaftlichem Ansehen. Adolphe Crémieux sowie Prousts Großonkel Godchaux Weil und sein Großvater Nathé wurden Freimaurer, Nathé ließ sich gar im Bruch mit den religiösen Vorschriften kremieren;[33] manche Familienmitglieder gehörten zur Garde nationale, und Prousts Mutter zählte zu den ersten in der Familie, die den Schritt von der Integration zur Assimilation vollzog und eine Mischehe einging. Schließlich kam es, in Prousts Jugendjahren, zu einem heftigen Rückschlag. Die achtziger Jahre sahen, ausgelöst durch den Krach der Union Générale, in Frankreich einen sprunghaften Anstieg des modernen Antisemitismus. Anders als der christliche bestimmte dieser Antisemitismus seinen Judenhass nicht religiös, sondern rassistisch. Die Juden sah er als eine Rasse hassenswerter, unfranzösischer Fremder, egal, ob sie gläubig, ungläubig oder konvertiert waren. Auch wer sich kaum noch als Jude fühlte, wurde als jüdisch angesehen und abgelehnt. Das Judentum wurde den Juden aufgezwungen, das autochthone Judentum hatte dem aufgenötigten Platz gemacht. Die assimilatorischen Hoffnungen der Revolutionsgeneration, gewiss auch die von Prousts Mutter, die Juden würden komplett französisch, das Judentum quasi eine unsichtbare Privatangelegenheit, waren zerschellt. Die Bibel der Antisemiten, Édouard Drumonts zweibändiges Werk »La France juive« aus dem Jahr 1886, wurde der buchhändlerische Erfolg des 19. Jahrhunderts.[34]

Prousts Verwandte wurden darin direkt angegriffen, Adolphe Crémieux in einem umfangreichen Kapitel, Prousts Onkel Georges Weil und einige von Prousts Cousins in namentlicher Nennung.

BARUCH WEIL

Am Anfang der jüdischen Familiengeschichte der Prousts stand als geradezu mythische Gründergestalt der Urgroßvater Baruch Weil (1780–1828). Er machte aus den armen Weils wohlhabende Pariser Juden mit französischer Staatsangehörigkeit, also genau die Art Juden, über die Proust schreiben wird. Baruch Weil[35] hat in seinem kurzen, nur 48 Jahre währenden Leben eine soziale und kulturelle Revolution durchlaufen, die der ästhetischen Revolution Prousts wenig nachsteht. Eine Fotografie, die Proust hätte bei sich haben können, konnte es von Baruch noch nicht geben. Aber Proust trug die Erinnerung in sich, wie sein Großvater »jedes Jahr zum kleinen jüdischen Friedhof an der rue du Repos gegangen ist, um einen Stein auf das Grab seiner Eltern zu legen«.[36]

Baruch Weil kam 1780 (oder 1782) als Kind armer Eltern im elsässischen Nidernai zur Welt. Als er 1828 starb, wohnte er in Paris an der in der jüdischen Finanzwelt geschätzten rue de Bondy, war Besitzer einer hochmodernen, mit Gasofen ausgestatteten Porzellanmanufaktur mit 84 Angestellten und gehörte zu den tonangebenden jüdischen Kreisen. Seine Teller, Platten und Schalen sollten Eingang in die Sammlung des Metropolitan Museum von New York finden. Auf dem Weg zu seinem Erfolg hatte er in vier verschiedenen politischen Systemen gelebt: Seine Kindheit verbrachte er im vorrevolutionären Ancien Régime im Elsass, seine Jugend im Deutschland der Kleinstaaterei, in

Bürgel (heute ein Ortsteil von Offenbach) im Fürstentum Isenburg, wohin die Familie 1788 gezogen war, möglicherweise auf der Flucht vor den notorischen antisemitischen Unruhen im Elsass. Der wirtschaftliche Aufstieg begann, als die Weils 1799 ins eben napoleonisch gewordene Frankreich zogen, das den Juden als erstes Land der Welt rechtliche Freiheit und Gleichheit eingeräumt hatte. Der neunzehnjährige Baruch erwarb in Fontainebleau eine Porzellanmanufaktur im Hôtel de Pompadour. Woher er das Geld und die Kenntnisse hatte, ist nicht bekannt, Porzellanfabrikation könnte er in Obernai, Bürgel oder Niederwiller gelernt haben. Er machte seinen Vater zum Direktor und eröffnete in Paris an zusehends feineren Lagen wie der Galérie de l'Horloge oder der Passage de l'Opéra Verkaufsgeschäfte. In der bourbonischen Restauration, seinem vierten politischen System, erhielt er von Louis XVIII ein Patent für eine neue Glasur und von Charles X das Kreuz der Ehrenlegion. Ein Jahr vor seinem Tod trat er als Autor einer saint-simonistisch inspirierten, marktwirtschaftlich tendierenden wirtschaftspolitischen Publikation auf.

Diese eines Balzac'schen Helden würdige Mobilität verband Baruch Weil mit der Treue zu einer konservativen jüdischen Lebensform. Bei der Heirat war er zwanzig, seine erste Frau, Hélène Schoubach, dreizehn Jahre alt. Ab ihrem siebzehnten Jahr brachte sie für fünf Jahre fast jedes Jahr ein Kind zur Welt, ehe sie 1811 mit vierundzwanzig Jahren starb. Ein Jahr nach ihrem Tod verheiratete Baruch sich erneut und hatte mit Marguerite Nathan bald im Zweijahresrhythmus sechs weitere Kinder. Er war Beschneider in der Gemeinde, mindestens sechshundert Beschneidungen soll er ohne Unfall vorgenommen haben, auch die seiner acht Söhne.[37] Er betätigte sich in Wohltätigkeitsorganisationen der Gemeinde und war Mitglied der Führungsgremien des Consistoire de Paris und des Consistoire centrale israélite, der von Napoleon geschaffenen Verwaltungsorgane der französischen Juden.

Baruch Weils Aufstieg und seine Integration setzten sich in den Berufskarrieren und Lebensformen seiner Kinder fort. Man war in der gutbürgerlichen Mittelklasse angekommen, blieb aber familial sehr eng verbunden. Baruchs Kinder Moïse, Louis, Nathé und Adélaide heiraten alle in den Jahren 1844/45, alle jüdisch – die meisten wohnten nahe beieinander –, Moïse und Nathé hatten gar Schwestern aus der Familie Berncastel geheiratet. Baruchs Nachkommen geben ein aufschlussreiches Spiegelbild der wirtschaftlichen und kulturelle Pluralität des damaligen jüdischen Frankreichs: Moïse Weil wurde Architekt der Stadt Beauvais; Alphonse war mehrfach ausgezeichneter Offizier; der Schwiegersohn Benoît Cohen, ein Amsterdamer Jude, der Baruchs Tochter Merlin geheiratet hatte, war der erste Direktor des späteren Hôpital Rothschild.

GODCHAUX WEIL

Der berühmteste und interessanteste jüdische Vorfahre von Proust war jedoch Godchaux Weil (1806–1878), ein Sohn Baruchs.[38] Er wurde berühmt durch die Erzählungen und Artikel, die er unter dem nom de plume Ben Lévy ab 1840 in der Monatszeitschrift »Les archives israélites« veröffentlichte. Außer Crémieux ist er der einzige unter Prousts Verwandten, der sich je über sein Judentum geäußert hat. Seine Kurzgeschichten geben einen aufregenden Einblick in die historischen Erfahrungen der »drei Generationen französischer Bürger, die derzeit am Leben sind«, wie er in einem Artikel 1841 schrieb. Schlagend ist die Formel dieses Artikels: »Der Großvater ist gläubig, der Sohn zweifelt, und das Kind leugnet.« Hat Proust die Umsetzung dieser Formel in die Erzählung »Grandeur et décadence d'un taleth polonais«[39] (»Größe und Untergang eines polnischen Tallits«, eine Anspielung auf Balzacs »Grandeur et décadence de César Birotteau«) gekannt? Ist sie ihm in seiner Kindheit erzählt worden? Man könnte es fast vermuten – so verblüffend nah kommt Ben Lévy hier Prousts späterer Schilderung von Gilbertes Verrat am Judentum ihres Vaters. Gilberte hat ihren sehr jüdisch klingenden Namen erst verborgen, ihn dann ganz weggelassen und schließlich ihre jüdischen Bezüge verleugnet. Das Gleiche geschieht in Ben Lévys Erzählung über drei Generationen. Am Anfang steht Père Jacob, ein frommer jüdischer Kleiderhändler und Uhrenmacher, wohnhaft im jüdischen Viertel, dem sein Gebetsschal, sein Tallit, seit der Heirat das Ein und Alles ist. Sein Sohn, »sehr viel weniger religiös als sein Vater«, nennt sich »Jacobi«, weil das ein bisschen korsisch à la Napoleon klingt und weil es die jüdischen Spuren verwischt. Er ist Armeelieferant und Lebensgenießer, den Tallit trägt er nur noch an den seltenen hohen Feiertagen, wenn er, hochelegant, in den Tempel geht. Der Enkel schließlich ist ein fast schon dandyesker Elegant, Teilhaber bei einem Wechselmakler, wie Prousts Großvater, bessere Wohnlage, seinen Namen hat er, »um seinen israelitischen Ursprung vollkommen zu verbergen, in »Jacoubé« umgewandelt, und natürlich ist er »nur noch der Geburt nach jüdisch«. Spricht man ihn auf »Père Jacob« an, sagt er: »Was soll das denn sein?« Den Tallit hat er für eine seiner Geliebten zu einem exotischen Kleidungsstück umschneidern lassen.

Ben Lévy und die »Archives israélites« vertraten ein von der aufklärerischen Haskala inspiriertes Reformjudentum. Eher eine »kulturelle Vision, die den Judaismus weniger als eine Beziehung zu Gott, mehr als eine ethische Haltung ansah«, zu der auch, wie bei Cremieux, gehörte, »die Solidarität unter Juden über die nationalen Grenzen hinweg als das Wesen dessen« anzusehen, »was es bedeutet, ein Jude zu sein«.[40] Auch Crémieux schrieb regelmäßig in den »Archives«. Juden, die es in der französischen Kultur weit gebracht hatten, wie die fast zur Familie Crémieux gehörende Schauspielerin Rachel, wurden ausgiebig mit Berichten bedacht. Den reformjüdischen Geist atmete auch Ben Lévys größter Bucherfolg, »Les matinées du samedi, Livre d'éducation morale et réligieuse À l'usage de la jeunesse israélite« (1842).

Undenkbar, dass Prousts Mutter nicht mit diesem Lehrbuch erzogen worden ist. Die Ethik, die sie in ihren Briefen erkennen lässt, ist Ben Lévys ethischer Vision des Judentums ebenso verwandt wie die Ethik, die Proust in der »Recherche« Swann, seiner Mutter und seiner Großmutter, den moralisch so makellosen Angehörigen der »Rasse von Combray«, in den Mund legt. Es gehört zu den Merkwürdigkeiten dieser jüdischen Familie, dass Godchaux Weil, immerhin der Trauzeuge des Großvaters Nathé Weil, in den Briefen der Familie, in den Werken des Sohnes und in seiner Fotosammlung nicht auftaucht, genauso wenig (und noch erstaunlicher) wie Adolphe Crémieux![41] Aber es gehört auch zu ihren Merkwürdigkeiten, dass Marcel und sein Bruder Robert nach dem Tod von Godchaux im Jahr 1878 gehalten waren, an jedem Neujahrstag seiner in Frankfurt geborenen Gattin Friederike Zunz, Tante Friedel[42] genannt, in ihrem Haus an der rue d' Enghien 36 einen Besuch abzustatten (genauso wie der Kontakt zu den Nachkommen Crémieux stets sehr eng sein wird).

NATHÉ WEIL

Am wichtigsten unter Baruchs Nachkommen waren für Proust aber Nathé Weil (1814–1896), sein Großvater, und Lazard Weil, genannt Onkel Louis (1816–1896), sein Großonkel. Beide sah er in Auteuil fast täglich. Beide erhielten ein Denkmal in der »Recherche«. Sie liebten sich, hielten engsten Umgang, starben im Abstand weniger Monate und hätten unterschiedlicher nicht sein können. Nathé führte ein strenges, zurückgezogenes Leben und lieh in der »Recherche« Swanns Vater seinen Beruf, Louis lief auf ausgreifende, flamboyante Weise den Frauen nach und lieh diese Schürzenjägerei gleich zwei Figuren[43] der »Recherche«, Swann und Onkel Adolphe.

Nathé Weil war ein Mann der Stabilitas Loci. Wiewohl als Freimaurer zur Religion auf Abstand, lebte er, von Marcel Proust fleißig besucht, fast sein ganzes Leben im jüdischen Viertel von Paris, zuletzt fast fünfzig Jahre lang in einer Sechszimmerwohnung in einem schönen Wohnhaus hinten im Hof auf der zweiten Etage über dem Zwischengeschoss[44] an der rue du Faubourg-Poissonnière 40a, sonst eher ein Quartier armer jüdisch-russischer Einwanderer. Eine eher bescheidene Wohnung für einen Mann, der eine halbe Million Francs zu vererben hatte. Aber das Bescheidene passte zu ihm. Wenn er sich aus Auteuil zurückkutschieren ließ, und er tat das jeden Abend, denn er hat Paris sein Leben lang nur für eine einzige Nacht verlassen, bat er den Kutscher zwei Straßen früher zu halten, damit die Concierge nicht durch den Anblick seines Luxus betrübt würde. Auch beruflich blieb er im engen Kreis. Der Börsenhandel, dem er sich zuwandte, war eine traditionelle jüdische Berufswahl. Ins Allerheiligste, in die Corbeille de Parquet, wie die Zentralhalle der Pariser Börse hieß, hat Nathé Weil es freilich nicht geschafft. Dort, im innersten Ring, standen, an die kreisförmige, mit Samt überzogene Brüstung gelehnt, die exakt sechzig staatlich approbierten Wechselmakler, die agents de change. Nathé Weil gehörte zu den coulissiers genannten freien Börsenhändlern, die auch im Parquet, aber jenseits der Barriere »auf Stühlen im Säulengang unter dem Barometer«[45] saßen. Die agents de change betrieben den gesetzlich streng geregelten Handel mit französischen Staatspapieren und kotierten Wertschriften. Die Coulisse widmete sich neben dem Handel mit nichtkotierten ausländischen Wertpapieren den spekulativen Geschäften, die dem Parquet verboten waren, inbesondere dem Terminhandel, der als Spiel galt, da er nicht auf dem realen Besitz der zu handelnden Werte beruhte; er war gesetzlich nicht gegen Zahlungsausfälle gesichert und entsprechend riskant. Die Beziehung zwischen dem Parquet und der Coulisse war konfliktuös und ist bis heute unter Wirtschaftshistorikern umstritten.[46] 1865 hatte Nathé Weil in der Coulisse genügend Geld verdient, um sich als Kommanditist in die Agence de change Ramel an der rue Montmartre 18 einzukaufen. Über siebzehn Jahre wird er an seiner Einlage in guten Zeiten zehn Prozent verdient haben. Doch 1882 traf ihn der Krach der Union Générale mit voller Wucht: Ramel gehörte zu den sieben von sechzig agences de change, die zusammenbrachen.[47] Und zum Schaden hatte Nathé auch noch den Spott. Die mächtig sich auftürmende antisemitische Propaganda las den Krach als Ergebnis der Machination jüdischer Finanzleute. Noch Zolas so gut recherchierter Roman »L'argent« aus dem Jahr 1891 befeuerte diese Legende. Nathé Weils verbleibendes Vermögen reichte immerhin für eine Beteiligung an der agence von Alexandre-Auguste Blin, Ramels Nachfolger. Auch hier war sein Glück indes nicht von Dauer. 1890 wurde die Gesellschaft liquidiert. Verluste waren aufgelaufen. »Nathé Weil wurde verurteilt, Blin 80 000 Franken plus die Zinsen zu überweisen, das sind 300 000 € nach dem Stand von 2020, zuzüglich der Gerichtskosten.«[48]

Nathé Weil war ein strenger, eigensinniger und origineller Mann von Prinzipien. Im »Jean Santeuil« hat Proust in der Figur des Monsieur Sandré vor allem des Großvaters konservativ-autoritäre Seite – »ein bisschen reaktionär für die Geschmäcker von Maman«,[49] so Proust brieflich –, aber auch seine liebevoll-sentimentale hervorgehoben. Aber ganz so streng kann ein Großvater nicht gewesen sein, den sein Enkel brieflich um Geld für einen zweiten Bordellbesuch bittet, weil er beim ersten »vor Aufregung nicht vögeln«[50] konnte, und für den »das große Ereignis seines Lebens, weit mehr als unsere Ehe«, wie seine Gattin zu sagen pflegte, der Besuch aller Aufführungen von Offenbachs Operette »La Belle Hélène gewesen«[51] ist. Das rückt den strengen Großvater überraschend in die Nähe des ironisch-geistreichen »esprit de Guermantes«, für den in der »Recherche« niemand so sehr steht wie Meilhac und Halévy, die jüdischen Librettisten der »Belle Hélène« – Halévy ist übrigens der Vater von Prousts geliebtem Freund und Dreyfus-Mitstreiter Daniel. Und was Nathé da wichtiger als die Ehe war, ist natürlich die damals mit skandalisierend-nackter Sinnlichkeit dargestellte Feier des Ehebruchs in Theatern, die durch ihre Kurtisanendichte durchaus etwas Anrüchiges hatten.[52] Eigensinnig war Nathé in der Entscheidung, sich im Bruch mit der jüdischen Vorschrift kremieren zu lassen. Und unkonventionell in der den jungen Proust terrorisierenden Art, die Bekannten seines Enkels, die lieber nicht Juden sein wollten, mit Liedzeilen wie »Israël romps ta chaîne« aus Saint-Saëns' »Samson und Dalila« zu dekuvrieren. Zwei Züge seines Großvaters hat Proust in einem jüdischen Zusammenhang in die »Recherche« übernommen. Die Geschichte mit den Liedzeilen wandert zum Großvater des Erzählers, der freilich nicht Jude, sondern eher leichter Antisemit ist, was die Sache etwas unplausibel macht. Zum andern hat Proust Swanns Vater zum »agent de change« gemacht, ihn also, leicht höher gestuft, mit dem Beruf seines Großvaters ausgestattet. Im Übrigen haben Proust und der Erzähler vom realen Großvater eher den Hang und weniger das Talent zur Börsenspekulation übernommen. Proust wäre reicher geblieben, wenn er öfters auf den Coulissier, den er auch hatte, gehört hätte.[53]

LOUIS WEIL

Von Lazard »Louis« Weil, mit dem er auch einen seiner Vornamen teilte, lernte Proust ein ganz anderes, in jeder Hinsicht weiter ausgreifendes Leben als von Nathé. Und Louis wird auch in der »Recherche« ein üppigeres Nachleben haben. Seine Frau fand er nicht unter den Pariser Juden, sondern 1844 im fernen Hamburg: die vermögende Bankierstochter Emilie Oppenheim. Sein Geld verdiente er zuerst, tatkräftig unterstützt von seiner Frau, deren Bruder Wilhelm und den Verwandten Alphonse und Robert Oppenheim, als Fabrikant von Knöpfen. Die äußerst eindrucksvoll aussehende Fabrik, Eigentum der Firma TWW (Trelon, Weldon, Weil), stand in der rue Bercy-Saint-Antoine 11, ihre Knöpfe von beachtlicher Varietät sind heute Sammlerraritäten.[54] Später verlagerte Louis seine Aktivitäten in den Finanzbereich.[55] Bald verließ Weil die jüdische Nachbarschaft und sein gehobenes Appartement an der rue Bleue 29 und wohnte im Sommer in seiner Villa in Auteuil, die er 1857 von der Schauspielerin Eugénie Doche erworben hatte, berühmt für ihre Schönheit und die Darstellung der »Kameliendame«, die restliche Zeit am Boulevard Haussmann 102, wo er, von Proust und dessen Mutter beim Sterben begleitet, in der Wohnung verschied, in die Proust später einzog, um in Louis' Sterbezimmer, das er zu seinem Korkzimmer umgestaltete, den größten Teil der »Recherche« zu schreiben.

Proust charakterisierte seinen Großonkel als jüdisch – was er sonst eigentlich nie tut. Freilich auf seine Weise. In der Privatsphäre eines Briefes nannte er ihn mit Balzacs klassischer Figur eines jüdischen Bankiers »einen etwas weniger reichen und sehr späten Nucingen«.[56] Das Jüdische muss in Prousts Unterhaltungen mit Louis eine wichtige Rolle gespielt haben, wie Prousts Freund, der Diplomat Robert de Billy, berichtet: »Die Gespräche in Auteuil mit seinem geistreichen und etwas bissigen Onkel, Monsieur Weil, waren sehr wichtig für die intellektuelle Bildung Marcels. Es gab da eine Zuneigung, die für ihn nicht vor dem Wirklichen zurückschreckte und für die er dankbar war. Ich glaube, er hat in diesen Unterhaltungen die Einzelheiten der Struktur der israelitischen Gesellschaft kennengelernt, und dort auch von der Existenz von Charles Haas gehört.«[57]

Den größten Eindruck machte Onkel Louis seinem Großneffen aber zweifellos als »Freund der Horizontalen«.[58] Witwer seit 1870, pflegte er nämlich, vom Rest der Familie misstrauisch beäugt, ausgiebigen Umgang mit Schauspieletten und Halbweltdamen – seine Sammlung von neun Fotoporträts, oft signiert und liebevoll gewidmet, kam nach seinem Tod auf Proust, der sie, genauso wie die Porträts seiner jüdischen Vorfahren, zeitlebens aufbewahrte und oft betrachtete.[59] Die berühmteste von Louis' Errungenschaften war Laure Hayman, damals die begehrteste Kurtisane von Paris. Der Duc d'Orléans, der König von Griechenland und der serbische Thronfolger gehörten zu Louis' Mitbewerbern. Und als Louis ihr Anfang September 1888 in Auteuil den siebzehnjährigen Marcel Proust vorstellte, reihte auch dieser sich sofort und feurig in die Reihe ihrer Verehrer ein. Er promenierte mit Hayman, führte sie zum Essen aus, besuchte sie, vor seinen Schulkameraden aufschneidend, in ihrem Haus an der rue la Pérouse 4, in der »Recherche« die Adresse von Odette, ließ sich von ihr, die ihn »mon saxe psychologique«[60] nannte, »meine psychologische Meissenfigur«, überallhin mitschleppen und vorstellen, er erhielt von ihr einen in die geblümte Seide eines ihrer Dessous gebundenen, ihr gewidmeten Schlüsselroman mit der handschriftlichen Mahnung »N'aimez-pas une Gladys Harvey« (so der Titel des ihr gewidmeten Romans von Paul Bourget).

Prousts Verhältnis zu Laure Hayman verdiente ein Kapitel für sich. Er überschüttete sie mit Chrysanthemen und schrieb ihr über elf Jahre zauberhafte Briefe und geistvoll-bewundernde Widmungen. Er brach in Tränen aus, als zur Beerdigung von Onkel Louis, bei der Blumen nicht erwünscht waren, ein Fahrradkurier in letzter Minute einen Kranz der Hayman übergab – Maman entschied geistesgegenwärtig, dass man den »Onkel mit diesem einzigen Kranz beerdige«.[61]

Aber irgendwann muss es dann etwas kompliziert geworden sein, vielleicht als nach dem Tod des Vaters allen und auch Maman klar wurde, dass auch er zu Laure Haymans Besuchern gezählt hatte. 1906 wehrte Proust höflich, aber bestimmt die Idee der inzwischen zur Bildhauerin gewordenen Hayman ab, fürs Grab des Vaters, in dem inzwischen auch die Mutter lag, eine Büste anzufertigen. Dann begann die vierzehnjährige Schweigeperiode, in der, nach einem Wort Prousts, »die Missverständnisse nicht aufhörten, sich mit Missverständnissen zu verbinden«.[62] Vielleicht fällt in diese Periode auch der geheimnisvolle Vorfall, der dafür gesorgt hat, dass sich von Haymans Beschützer, dem kokottenfreudigen Onkel Louis, und von seinem Haus in Auteuil keine einzige Fotografie und von Louis selbst kein einziger Brief erhalten hat – in einer so brief- und fotoreichen Familie eine wahrhaft mysteriöse Merkwürdigkeit. Wie auf fast alles spielt Proust auch darauf in der »Recherche« an. Als der Sohn von Onkel Adolphes (i.e. Louis') Kammerdiener Marcel die reich gewidmeten Fotos der Schauspielerinnen und Kokotten für Adolphe bringt, äußert er sein Erstaunen, dass Marcel in seinem Zimmer kein einziges Bild seines Onkels habe. Marcel errötet und stottert »Ich glaube, ich habe gar keines.«[63] Auf die fehlenden Fotos von Auteuil spielt Proust 1909 im »Cahier 6« an: »Das Haus (…) steht nicht mehr. Und das Bild, das davon in meiner Erinnerung besteht, ist vielleicht der einzige ›Abzug‹, den es noch davon gibt und nicht mehr lange geben wird.«[64] Hat hier jemand schon zu Prousts Lebzeiten ein Dossier vernichtet?

Sei dem, wie ihm wolle. Laure Hayman und Onkel Louis hatten damals längst ihr anderes, wichtigeres Leben begonnen – ihre Verwandlung in Personen der »Recherche«. Schon 1898 hatte Proust sich mit seinem jungen Freund Maurice Duplay in den Champs-Élysées auf eine Romanrecherche avant la lettre auf Haymans Spuren begeben. Er wollte im heute noch existierenden Restaurant Laurent den Nebenraum sehen, in dem sein Onkel und Laure Hayman, wie er dachte, diniert hatten. »Ich möchte dieses Séparée kennenlernen, mich dort einschließen und eine schöne Weile träumen.«[65] Laures und Louis' Weg führte von Auteuil geradewegs ins jüdische Gravitationszentrum des Romans. Swann erbt von Louis die Züge eines erotischen Abenteurers. Laure Hayman verwandelt sich in Odette und wird aus einem erotischen Abenteuer Swanns zu dessen Gattin und Kindsmutter. Proust macht Odette zu einer etwas dümmlichen, aber strahlenden, stilbewussten Schönheit. Und zu einer Nationalistin, die rund um ihren verstoßen in der Ecke sitzenden moribunden jüdischen Gatten einen antisemitischen Salon aufbaut. Auch einen Hinweis auf einen handfesten Familienkrach um Onkel Louis, der Laure Hayman seinen Neffen Marcel vorstellt, hat Proust in den Roman eingebaut. Marcel besucht seinen Onkel Adolphe, der bei sich wie Louis Schauspielerinnen und Kokotten zu empfangen pflegt, freilich »nur die Creme dieser Art von Frauen«.[66] Er trifft dort eine Dame in Rosa – Odette, wie er später begreifen wird –, die ihn sofort mit den Fotos von ihm und seiner Mutter auf des Onkels Schreibtisch zu vergleichen beginnt, während er sie sofort mit den Fotos von Schauspielerinnen vergleicht, die er, wiewohl blutjung, schon genau kennt; eine fotoversessene Familie eben. Als er gegen Onkel Adolphes Bitte seinen Eltern von diesem Besuch erzählt, kommt es zu einem Zerwürfnis, bei dem »mein Vater und mein Großvater (…) lebhafte Auseinandersetzungen mit Onkel Adolphe hatten, er starb Jahre darauf, ohne dass irgendjemand von uns ihn je wiedergesehen hätte«.[67] Laure Hayman hatte sich in dieser Darstellung erkannt und protestierte im Todesjahr Prousts mit einem wutentbrannten Brief.[68] Im Leben und in der Familie ging es friedlicher aus. Onkel Louis starb im Kreis seiner Familie, und er hat nicht nur seine Angestellte und die armen Juden von Paris, sondern zumal Jeanne Proust und ihre Söhne testamentarisch so großzügig bedacht, dass Marcel und sein Bruder nach heutigen Werten eine Jahresrente von 52 000 Euro bekamen, Jeannes Vermögen vergrößerte sich durch die gemeinsame Erbschaft von Nathé und Louis innerhalb eines Monats um 11,4 Millionen Euro.[69] Von reich mutierte sie zu extrem reich.[70]

DER SALON CRÉMIEUX

Wichtiger als die Männer waren für Auteuil als geistige Lebensform indes wohl die Frauen, Madame Nathé Weil, geborene Adèle Berncastel (1824–1890), Prousts Großmutter mütterlicherseits, und Madame Adrien Proust, geborene Jeanne Weil, Prousts Mutter. Während die Männer, die Proust täglich nahe waren, mit der Welt der Wirtschaft verbunden waren, kamen die Frauen aus der Welt der Literatur und aus derjenigen eines universalistischen politischen Judentums.

Am bedeutendsten für diese Prägung war der berühmte und notorisch weltoffene Salon, den Madame Adolphe Crémieux, geborene Amélie Silny (1800–1888), führte, die geliebte Gattin von Crémieux. Es war der Geist dieses Salons, den Prousts Großmutter Adèle und seine Mutter Jeanne nach Auteuil brachten. Amélie Crémieux war eine Tante von Adèle – ja, mitsamt ihrem Ehemann war sie weit mehr als das. Adolphe Crémieux, der zweifache Justizminister und zweifache Trauzeuge der Weils, war nach der Familienüberlieferung eine Art Tutor von Adèle und ihrer Schwester Amélie.[71] In Amélie Crémieux' Salon an der rue Bonaparte erhielten »die Kinder der Crémieux' und ihre Nichten Berncastel ihre kulturelle Erziehung«.[72] Hier versammelte »sich die liberale und romantische Elite«.[73] Nicht wenige der Autoren, die für Marcel Proust wichtig werden sollten, traf seine Großmutter, und einige trafen später auch seine Mutter und sein Vater in diesem Salon: Lamartine, Victor Hugo, Musset (der Lieblingslyriker des jungen Proust), Mérimée, Georges Sand (deren Bücher die Großmutter in der »Recherche« ihrem Enkel schenken wird und aus deren »François le Champi« die Mutter Marcel in der Nacht des drame du coucher vorliest), Alexandre Dumas, Eugène Sue, den Autor von »Le juif errant« (1844/45), aber auch Männer der Politik und der Wirtschaft, manche Freimaurer, wie Gambetta, Jules Simon oder den Anarchisten Proudhon (dessen Handschriften die Großmutter des Erzählers in der »Recherche« an Saint-Loup verschenken wird), den Baron James de Rothschild. Musiker wie Meyerbeer, Rossini oder Fromental Halévy setzten sich im Salon ans Klavier. Auch die für Marcel so kennzeichnende Theatermanie war bei den Crémieux zu erleben. Adolphe konnte ganze Akte von Molières »Amphitryon« hersagen, wenn er stolperte, half ihm seine Frau.[74]

Aber die Literatur war nur das eine Zentrum dieses Salons. Das andere war die Politik, die republikanische und die jüdische. Lamartine, Wegbereiter der romantischen Lyrik, war auch Außenminister der Revolutionsregierung von 1848. Und Crémieux war nicht nur Abgeordneter und Justizminister (und dabei nicht immer frei von nationalistischen Tönen[75]), er war vor allem seit den vierziger Jahren der wichtigste Repräsentant des französischen Judentums und dabei Vertreter einer moralisch universalistischen Politik. Präsident des Consistoire central und später von 1863 bis zu seinem Tod 1880 der Alliance Israélite Universelle erhielt er 1880 ein Staatsbegräbnis, an dem tout Paris teilnahm, Linke, Republikaner, Aristokraten. Sein Judentum trug wie das von Godchaux Weil weniger religiöse als politische Züge. Sein internationales Engagement sah ihn gleich zweimal in prägenden, seinen Ruhm mehrenden Rollen. In der Damaskus-Affäre erreichte er 1840 zusammen mit Moses Montefiore in Alexandria durch Gespräche mit Mehmet Ali, dem Herrscher über Syrien, die Freilassung der unter erlogenen Ritualmord-Vorwürfen inhaftierten Damaszener Juden, soweit sie unter der Folter nicht gestorben waren. Heinrich Graetz, der führende jüdische Historiker des 19. Jahrhunderts, beschrieb Crémieux' diplomatischen Erfolg »als einen Neubeginn der modernen Geschichte der Juden«.[76] Wichtiger noch war die internationale Organisation, die Crémieux später aus der Taufe zu heben half und fast zwanzig Jahre präsidierte, die Alliance israélite universelle. Ihr kommt »eine Pionierrolle in der jüdischen Diplomatiegeschichte zu«.[77] Sie setzte sich für die Juden Osteuropas und des Orients ein und installierte ein internationales Schulsystem, das in 190 Institutionen fast 45 000 Schüler unterrichtete. Der AIU ging es darum, »zum ersten Mal seit dem Fall des frühmittelalterlichen Gaonats wieder eine jüdische Gesamtautorität zu verkörpern, die bis nach Äthiopien und Zentralasien auch die entlegensten Ausläufer der jüdischen Diaspora einbezog«.[78] Crémieux war, selten damals, wahrhaft universalistisch, wie Heinrich Heine schon 1840 hervorgehoben hat: Er habe »nicht bloß den Juden, sondern den Unterdrückten aller Konfessionen und aller Doktrinen, zu jeder Zeit seine großmütige Beredsamkeit gewidmet«.[79] Und er war sogar so ungewöhnlich tolerant, seiner Frau zu verzeihen, dass sie 1845 hinter seinem Rücken mitsamt ihren Töchtern zum Katholizismus übertrat.

JEANNE WEIL UND DIE FRANZÖSISCHE LITERATUR

Wie lebte der Geist des Salons Crémieux in Auteuil weiter? Am meisten im kulturellen Stil von Großmutter Adèle und der Mutter Jeanne. Die französische Literatur war ihnen eine Art zweiter Heimat geworden, das Medium, in dem sie ihre Gefühle ausdrückten und in dem sie auf eine intimere Weise zu Französinnen wurden als durch den republikanischen Patriotismus. Dass Mutter und Tochter sich über ihre Nähe am liebsten mit Zitaten der gemeinsam geliebten Madame de Sévignè austauschten, gilt inzwischen als Legende.[80] Aber kaum ein Familienbrief kommt ohne literarischen Vergleich aus. Nathé versteht, was gemeint ist, wenn seine Frau Adèle sich kommentarlos mit der Gattin von Labiches Komödiengestalt »Mr Perrichon«[81] identifiziert. Die Trauer um ihre Mutter drückte Jeanne Proust mit Zitaten aus Loti und aus Briefen der Madame de Sévignè aus.[82] Und mit klassischen Zitaten nahm sie sterbend von ihrem über alles geliebten Marcel Abschied, wenn wir seiner Notiz im »Cahier 4« trauen dürfen: »Als sie starb zitierte sie für mich Molière und Labiche.«[83] Prousts Erzähler wird später von sich sagen, er sei »von Kindheit an gewöhnt (…), selbst dem, was stumm ist, die Sprache der Klassiker zu leihen«.[84] Und tatsächlich trieb Proust diese Identitätssuche im Maskenspiel der Literatur von früh auf radikal auf die Spitze. Schon mit fünfzehn Jahren jagt der Früh- und Hochbegabte in einem Ferienbrief an die Großmutter Adèle in entfesseltem Galopp von einer Stilimitation in die andere. Corneille, Racine, Molière und Gautier müssen dran glauben, und am Schluss nimmt er gar das Maskenspiel der Großmutter aufs Korn, ihren Namen Weil unbedingt in reinstem Französisch als Well zu sprechen, um so die Spuren ihrer deutschjüdischen Herkunft zu tilgen, »Adélaide Weilllllll«[85] spottet er – in der »Recherche« wird er das Purgieren des Jüdischen in der Aussprache mehrfach als Beispiel für den Verrat daran verwenden. In einem Brief des Siebzehnjährigen an seinen Freund und Klassenkameraden Robert Dreyfus kippt das literarische Identitätsspiel ins Abgründige: »Indem ich eine Komödie spiele, ein anderer als ich selbst bin, kann ich, ohne dass es ein Verbrechen wäre, über andere herziehen. Auch über mich.« Und so fragt er sich als ein anderer über sich: »Ist er ein P……… (Päderast), ist er ein Irrer, ist er ein Schaumschläger, ist er ein Dummkopf? (…) Am Ende ist er vielleicht alle 4 auf einmal. (…) Jedenfalls hat er den Schlüssel zu einer ganzen Reihe kleiner Romane«[86] – nebenbei Prousts früheste Bestimmung des Romans, als comédie d'identité.

ESTHER

Der Fluchtpunkt solcher literarischer Maskenspiele war in jüdischen Kreisen naturgemäß Racines Tragödie »Esther«, das Lieblingsdrama der Mutter, mit deren Hauptgestalt Proust sie, wie wir sehen werden, geradewegs identifizierte. Maman, Robert und Marcel, damals noch mit dem kindlichen Kosenamen mon loup benannt, hatten das Drama so sehr par cœur, dass sie mit »Esther«-Zitaten etwa über Marcels Wunsch witzelten, in seinem Zimmer nicht gestört zu werden.[87] Doch der »Esther«-Kult war sehr viel mehr als ein Spiel. Die literarische Maskerade bekam im Umgang mit »Esther« eine brennende Aktualität. Wer sich mit Racines »Esther« identifizierte, bezog sich nicht nur auf ein Drama der französischen klassischen Kultur und auf den aristokratischen Katholizismus Frankreichs – die Tragödie wurde im katholischen Mädchenpensionat der Maison Royale in Saint-Cyr vor Louis XIV uraufgeführt –, sondern auch auf eine überaus spezielle Deutung der jüdischen Geschichte und der jüdischen Identität. Die Esther-Geschichte handelte von einem Thema, das französischen Juden im Zeitalter des Antisemitismus nur allzu vertraut war: vom Judenhass und vom Verbergen, Verraten, Vertreten der jüdischen Identität. Und das in wahrhaft bahnbrechender Weise. Das biblische »Buch Esther«, an das sich Racine in »extremer Treue«[88] hält, ist das erste Buch der Bibel, in dem die Bezeichnung Jude nicht mehr auf einen geografischen oder Stammes-Ursprung verweist, sondern auf eine neue Zugehörigkeit: »Plötzlich bezeichnet das Wort eine kollektive Identität, eine Gruppenzugehörigkeit, ein Volk.«[89] Und es ist zugleich das erste Buch, in dem sich auf dieses Volk ein kollektiver exterminatorischer Judenhass richtet: »On doit de tous les Juifs exterminer la race«,[90] heißt es bei Racine, ein Satz, den man in der Dreyfus-Affäre auch auf der Straße hören konnte. In der Bibel wird detailliert der universale, alle Sprachen und alle 127 Provinzen des Reiches umfassende bürokratische Aufwand beschrieben, um den Befehl umzusetzen, »dass alle Juden auszurotten, umzubringen und auszumerzen seien, vom Jüngsten bis zum Ältesten, Kinder und Frauen«.[91] Unvermutet aktuell klangen in der Dreyfus-Affäre auch die antisemitischen Anklagen, die Aman, der Organisator des Judenmordes, vorbrachte. Die Juden seien Fremde im Land, mächtig und reich hielten sie sich von allen anderen fern und widersetzten sich den einheimischen Gesetzen.[92]

Doch es gab noch eine andere, tiefer liegende Aktualität der Esther-Figur. Ihre Art, ihr Judentum erst zu verbergen und sich dann mutig zu ihm zu bekennen, musste den Pariser Juden in der Dreyfus-Zeit bekannt vorkommen. Es ist dies nicht grundlos das Schicksal, dessen Varietäten Proust seinen Figuren Swann, Gilberte und Bloch auf den Leib schreibt. Swann verbirgt und verteidigt, die anderen verbergen und verraten. Und es war diese Haltung des Verbergens und Verteidigens, die Esther unter den sephardischen Juden, zu denen der aus Nîmes gebürtige Crémieux gehörte, seit Langem einen besonderen Ruhm gegeben hatte. Sie war unter den zur Konversion gezwungenen, aber heimlich ihrem Glauben treu gebliebenen spanischen Juden des 15. Jahrhunderts, den Marranen, geradewegs zu einer Heiligen geworden,[93] zu einer jüdischen Figur in katholischem Gewand, »Rhaina Santa Ester«.

Nun sind die französischen Juden auf dem Weg der Assimilation nicht mit Marranen zu vergleichen, sie haben ja ihrem Judentum nicht abgeschworen, sondern wünschten es höchstens diskret zu behandeln. Aber auch sie haben sich lange Zeit, vielfältig und durchaus auch identifizierend auf Esther bezogen. Auch die askenasischen, aus Deutschland stammenden Adèle, Jeanne und Marcel hatten Esther tagtäglich vor Augen. In der elterlichen Wohnung von Jeanne und später in derjenigen von Marcel hing im Esszimmer, als wär's eine »Schutzpatronin«,[94] eine Darstellung von »Esther und Assuerus« von Francken le Jeune.[95] Claude Mauriac, bei dem das Bild später hing, spekuliert geistvoll,[96] ob nicht sogar das von Bergotte so bewunderte »kleine gelbe Mauerstück«[97] Vermeers, eigentlich auf Franckens Gemälde zurückgeht – immerhin keine schlechte Erklärung dafür, dass es niemand auf Vermeers »Ansicht von Delft« je gefunden hat. Und auch an den beiden großen Esther-Renaissancen des 19. Jahrhunderts hatten die Prousts auf ihre Weise teil.

Die erste geht auf den 28. Februar 1839 zurück, als die Comédie Française nach langer Pause wieder Racines »Esther« auf den Spielplan setzte, mit ihrem neuen Star, der achtzehnjährigen jüdischen Schauspielerin Rachel, in der Hauptrolle.[98] Um die jüdische Herkunft ihrer Vedette zu ehren, legte die Comédie die Premiere der »Esther« just auf den jüdischen Feiertag Purim, der bekanntlich am Ende der biblischen Esther-Geschichte ausgerufen wird. Eine Jüdin gab die Esther, und die Comédie Française feierte Purim! Die Anfeindungen blieben nicht aus, doch es wurde ein Riesenerfolg, regelmäßig wiederholt.[99] Zum Purim der Pariser Juden gehörte damals, gewiss auch für Prousts Großmutter, nebst dem jüdischen Purimskarneval der Besuch von Racines und Rachels »Esther« in der Comédie.

Das war freilich auch so, weil Rachel ein Teil der Familie Crémieux war, zu der auch Prousts Großmutter Adèle, drei Jahre jünger als Rachel, gehörte. Rachel mochte weltberühmt werden, empfangen vom deutschen Kaiser und der englischen Königin, geehrt mit Statuen in Paris und auf der Pfaueninsel, geadelt von Gottfried Keller als »die oder vielmehr der größte Künstler, den ich kenne«,[100] durch ihren freien Sprechstil die Racine-Darstellerin schlechthin – sie mochte weltberühmt geworden sein, aber die bisweilen fast täglichen Briefe, in denen sie von ihrem Ruhm berichtete, richtete sie an den »cher papa Crémieux«.[101] Sie war mit Adolphe und Amélie Crémieux seit ihren Anfängen an der Comédie fast wie eine Tochter verbunden, Crémieux gab ihren Briefen an Dritte das stilistische Brio. Rachel, die aus armen und ungebildeten Verhältnissen kam, hatte sich vom elsässischen Jiddisch, ihrer ersten Sprache, dem Französischen als »auserwählter Sprache«[102] zugewandt und durchlief nun im Salon Crémieux ihren Bildungsroman in Sachen französischer Kultur, am gleichen Ort wie Prousts Großmutter Adèle ihre Initiation in die französische Literatur erfuhr. Sie war eine Schwester im Geist von Prousts Großmutter Adèle. Was für Rachels Lebensentscheidung für die französische Klassik als zweiter Heimat gilt, trifft auch für Adèle zu: »Man hat von den deutschen Juden gesagt, da sie nicht Deutsche durch das Bürgerrecht hätten werden können, seien sie es durch ›Goethes Gnade‹ geworden. Rachel, schon französische Staatsangehörige durch die bürgerliche Emanzipation, setzte alles daran, es noch mehr zu werden durch die Gnade von Corneille und Racine.«[103]

Die zweite Renaissance der Esther-Verehrung ist noch intimer mit Prousts Familie und dem jüdischen Esther-Kult verbunden. Wieder heftet sie sich an eine denkwürdige Aufführung. 1905 hatte Sarah Bernhardt, Rachels Nachfolgerin als klassische Racine-Darstellerin ihrer Zeit, die Idee, die Uraufführung der »Esther« historisch getreu zu rekonstruieren. Neu sollte nur die Szenenmusik sein, Soli und Chöre, komponiert von Reynaldo Hahn, Prousts Freund.[104]

Hahns »Esther«-Chöre haben Proust stark und aufs Persönlichste bewegt. Er hat zwar sowohl die Uraufführung am 8. April 1905 im Théâtre Sarah Bernhardt wie auch die Proben für eine Aufführung mit Chordamen der gehobenen Gesellschaft im Haus der Comtesse de Guerne an der Avenue du Bosquet 3 krankheitshalber verpasst. Aber wir finden ihn am 8. Juni an der Avenue du Bosquet 22, wo im splendiden, 600 Plätze fassenden Theatersaal der Comtesse de Béarn die von Hahn dirigierte und den Armen Italiens gewidmete Upperclass-Inszenierung der »Esther«-Chöre über die Bühne ging. Er nannte die Chöre in seinem Bericht über die Comtesse de Guerne, die Solistin bei der Premiere, im Figaro mit auffälligen Nuancen »das Schönste vielleicht, was Monsieur Reynaldo Hahn bisher geschrieben hat, darin alle Reize der biblischen Erzählung und der Racineschen

Tragödie sich umgeformt und gleichsam überhöht haben«[105] – »se sont transposées et comme exaltées«.[106]

Und just solche Transpositionen und Exaltationen Esthers treffen wir wieder, wenn wir uns vom mondänen Proust, der 1905 gerade schrecklich viel zu tun hatte, dem nicht minder aktiven »moi profond« des einsam schreibenden Proust zuwenden. Proust korrigierte in jenen Wochen die Fahnen seiner Übersetzung von Ruskins »Sésame et les lys«, und wenn er dabei sein kunsthistorisches Lieblingswerk, Émile Mâles »L'Art réligieux du XIIIe siécle en France« konsultierte, begann seine Feder bisweilen zu spielen und transponierte Christliches in Jüdisches: Proust pauste auf den Millimeter genau Gravuren und Fotos christlicher Figuren bei Mâle ab und zeichnete sie mit starken Strichen ins Jüdische um. Das Ganze sandte er dann an Reynaldo – der auf den Zeichnungen auch vorkam. So wurde etwa die Fotografie der Statue des heiligen Hieronymus an der Kathedrale von Chartres zu Mardochai umgeformt, dem Juden, der in der Bibel wie bei Racine Esther zu ihrer Rettungstat bewegt hat. Und die Bibel, die Hieronymus, immerhin der Übersetzer der so wirkmächtigen Vulgata, in Händen hält, formt Proust zu einem Buch mit den Initialen R. H. um – es werden die »Esther«-Chöre Hahns gemeint sein, die damit zum Heiligen Buch eines jüdischen Komponisten würden. Dafür spricht, dass Proust auf dem gleichen Blatt die Gravur der Concordia vom Nordportal in Chartres zur Königin »Ester« umgezeichnet hat – mit der Unterzeile »Esther par Reynaldo Hahn«.[107]

Drei Jahre später taucht diese ihn so anziehende »Esther par Reynaldo« wieder auf, in einem Text, der vielleicht der schönste und gewiss der intimste ist, den Proust über seine jüdische Mutter geschrieben hat:

»Und in Gedanken bei jener Esther, die sie höher schätzt als alles andere, summt Mama schüchtern, wie in Furcht, mit zu lauter und kühner Stimme die himmlischen Melodien zu verscheuchen, die sie neben sich spürt: ›Il s'apaise, il pardonne‹, diese göttlichen Chöre, die Reynaldo Hahn für Esther geschrieben hat. Er hat sie zum ersten Mal an dem kleinen Klavier neben dem Kamin gesungen, während ich im Bett lag, indes Papa, der lautlos eingetreten war, sich in den Sessel gesetzt hat und Mama stehen geblieben war, um der Zauberstimme zu lauschen. Mama versuchte schüchtern eine Melodie des Chores, wie eines der jungen Mädchen von Saint-Cyr, das vor Racine probte. Und die schönen Züge ihres jüdischen Gesichts, ganz geprägt von christlicher Sanftheit und jansenistischem Mut, machten aus ihr Esther selbst in dieser kleinen Familienvorstellung, fast einer klösterlichen, von ihr ausgedacht, um den despotischen Kranken zu zerstreuen, der dort in seinem Bett lag. Mein Vater wagte nicht zu applaudieren. Mama warf ihm einen verstohlenen Blick zu, um mit aufwallendem Gefühl sein Glück zu genießen. Und die Stimme Reynaldos nahm die Worte wieder auf, die so genau auf mein Leben mit meinen Eltern passten:

O douce paix,
Beauté toujours nouvelle,
Heureux le cœur épris de tes attraits!
O douce paix,
O lumière éternelle,
Heureux le cœur qui ne te perd jamais!«[108]

Nie zeigt sich der Sinn des seit Auteuil geübten literarischen Maskenspiels so deutlich wie in dieser kleinen Szene. Sie gibt Prousts einziges Bild seiner Mutter als Jüdin. Und seiner Mutter als Esther: »die schönen Züge ihres jüdischen Gesichts (…) machten aus ihr Esther.« Wieder schreitet Proust zu einer Transposition, einer Art Übermalung, über die jüdische Mutter zeichnet er Esther, aber auch Christliches und Jansenistisches. Die Szene macht klar, warum Reynaldos »Esther«-Chöre für Proust so wichtig waren: Sie ermöglichten diese überaus subtil ausgeführte mehrfache Identifikation seiner Mutter. Maman identifiziert sich in einem einzigen Akt sowohl mit einer der großen Tragödien der französischen Literatur als auch mit einer Jüdin, die ihr Judentum verbirgt – »je cachai ma race et mon pays«[109] wäre die Wendung aus »Esther« – und zugleich zu ihm steht, erfüllt vom »amour pour notre nation«.[110] Mit einer Jüdin dazu, die mit einem Nichtjuden verheiratet ist. Eine Jüdin, die für das steht, was Proust immer am Judentum hervorheben wird: für ein »ethisch vorbildliches Judentum«.[111]

Proust hat die Szene im Februar 1909[112], drei Jahre nach dem Tod seiner Mutter, rasch und mit wenigen Korrekturen auf der Seite 6ro seines »Cahier 2« notiert. Die Passage ist kurz, aber dicht und voller Feinheiten. Sie ist präzis auf die Rekonstruktion der »Esther« im Théâtre Sarah Bernhardt ausgerichtet, Maman versucht, wie eines der jungen Mädchen von Saint-Cyr zu singen. Sie bezieht sich auf große Strömungen der französischen Kultur, die christliche Sanftheit und der jansenistische Mut haben die Züge von Mamans Gesicht geprägt. Diese großen Bezüge werden durch das detailliert wiedergegebene Wohnungsinterieur intim gedämpft – das kleine Klavier beim Kamin, das Bett, die Fauteuils – und durch einen zurückhaltenden Gefühlsmodus gemildert – schüchtern, verstohlen, ohne Applaus. Und das große Maskenspiel mit der historischen jüdischen Figur wird weiter relativiert durch ein zweites, familiäres: in den Schlusszeilen bezieht Proust das Lob, das bei Racine zwei »israélites« aus dem »chœur des jeunes Filles Israélites« auf das glückliche Leben in Gott singen, auf sein Leben mit seinen Eltern: »Glücklich das Herz, das dich niemals verliert« (V. 808).

Wie ist dieser Text zu situieren? Ist er autobiografisch? Hat Hahn seine Chöre je bei Prousts gesungen? Von Maman summend begleitet? Noch gar zum ersten Mal? Wir wissen es nicht.

Proust war in der fraglichen Zeit oft bettlägerig. Hahns Gesang bei Prousts Tee-Einladung vom 6. März wird es eher nicht gewesen sein. Hahn und die Comtesse de Guerne sangen dort Mozart-Duette, die Comtesse immerhin auch Gounods »D'un cœur qui t'aime« aus »Athalie«, Racines andere jüdische Tragödie; Mozart und Gounod waren im Fragebogen von 1886 Prousts Lieblingskomponisten. Eine Zugabe aus »Esther« ist denkbar, es wurde damals schon geprobt. Aber der Rahmen war alles andere als intim, einer von Prousts berüchtigten Adelsaufläufen.

Was wir aber wissen: Die Szene ist einige Jahre nach dem Tod der Eltern geschrieben, und sie gehört in den fiktiven Zusammenhang des »Gegen Sainte-Beuve« und der entstehenden »Recherche«, fällt aber in eine Phase der Fiktion, in der Proust häufig zwischen dem Autor und dem Erzähler kaum unterschied[113] und sich gern der realen Namen seiner Familie bediente. Der Bruder Robert taucht unter seinem Namen auf,[114] Marcel wird mit seinem familialen Kosenamen »mein kleiner Wolf«[115] angesprochen, die Mutter heißt »Maman«, noch nicht »mère«, die Dienerin »Félicie«[116], noch nicht »Françoise«.

Auch in der »Recherche« muss man übrigens nicht lange lesen bis zur ersten Esther-Übermalung. Gleich von der ersten Esther auf einem Gobelin in der Kirche von Combray heißt es, sie »trage die Züge einer Edlen von Guermantes«[117], Züge also, in die sich Marcel, als sie im Antlitz der Herzogin von Guermantes wieder auftauchen, sogleich unsterblich verlieben wird. Die Mutter ist Esther ist Guermantes, aus einer marranischen Jüdin wird eine französische Adlige.

AUTEUIL ALS TREFFPUNKT DER JÜDISCHEN VERWANDTSCHAFT

Wir haben uns weit von Auteuil entfernt und sind ihm doch nah geblieben. Das Haus in Auteuil wurde 1897 abgebrochen, Prousts Esther-Übermalungen stammen von 1905 und 1909. Doch die Verbindung riss nie ab. Wann immer Proust nach Auteuil das Schreiben aufnahm, war er sofort wieder in Auteuil, bei seiner Mutter, seiner Familie. Er war es beim herzzerreißenden Schmerz der alten Mutter vor dem verschwundenen Haus im »Jean Santeuil«, geschrieben kurz nach dem Abbruch. Er war es, als er noch zu Mutters Lebzeiten in den Wochen der Esther-Chöre »Tage des Lesens« schrieb, das man die »Geburt des Romans«[118] genannt hat. Sie gingen von den »nicht mehr existierenden Wohnstätten und Teiche[n]«[119] Auteuils aus, wandten sich erstmals in der ersten Person der Kindheit zu und erwähnten häufig die Mutter. Nach dem Tod der Mutter strich Proust Maman vor dem Druck wieder aus dem Text,[120] »damit sie in dem, was ich schreibe, nicht vorkommt, bis etwas vollendet ist, was ich begonnen habe und worin es nur um sie geht«,[121] so Proust 1906 an Lucien Daudet. Und so kam die Mutter auch sofort wieder vor, als Proust sich 1908 in den »Soixante-quinze feuillets« wirklich an die Ur-»Recherche« setzte und Adèle, Jeanne, Marcel samt Auteuil und der ganzen jüdischen Familie wieder erstehen ließ. Auch die »lignes si belles«[122] des mütterlichen Gesichts, die dann in der Hausmusik mit den »Esther«-Chören wiederkehren, sind wörtlich schon da.

Dass man in Auteuil dem literarischen Maskenspiel huldigte, zeigen uns die Familienbriefe. Aber sprach man dort auch über das Jüdische, wie Proust es tat, wenn er seine Mutter mit Esther identifizierte? Wir wissen es nicht. Fest steht nur, dass Auteuil der Ort war, an dem sich Prousts jüdische Familie, seine nähere und weitere jüdische Verwandtschaft regelmäßig getroffen hat und dass der literarische Geist des Salon Crémieux samt der Esther-Verehrung auch in der weiteren Verwandtschaft aus den Kreisen der Politik und der Finanz durchaus weiterlebte. Proust spielte als Jüngling im Garten mit seiner Cousine Amélie Bés-sière und träumte sogar davon, sie zu heiraten.[123] Er führte als junger Mann mit mildem Spott übers altbackene Interieur seine Cousine Valentine Thomson durchs Haus, was diese später in eine flamboyante Story in »Harper's Bazaar«[124] verwandelte. Er begleitete als garçon d'honneur 1892 Gustave Neuburgers Tochter Louise bei der Heirat mit dem Philosophen Henri Bergson.[125]

Und er genoss die reiche Gesellschaft der Erwachsenen. Er neckte George-Denis Weil, Jeanne Prousts älteren Bruder, der in jenen Jahren in ein Richteramt am Pariser Appellationsgericht aufstieg und ein historisches und politologisches Buch nach dem anderen schrieb.[126] Er unterhielt sich mit Jean Cruppi und Gaston Thomson, zwei Politikern, die große Karrieren machen sollten – beide hatten Enkelinnen von Adolphe Crémieux geheiratet.[127] Und er lernte die Brüder Gustave und Léon Neuburger kennen, zwei Direktoren der Pariser Rothschild-Bank, die beide Cousinen Jeannes aus dem Weil-Flügel geheiratet hatten. Gustave Neuburger brachte im September 1882 seinen Neffen Lionel Hauser nach Auteuil, der später als Repräsentant von Warburg sowie Kuhn Loeb NY gemeinsam mit Léon Neuburger Prousts Vermögen verwalten wird.[128] Gustave Neuburgers Frau, Laure Lazarus, war Jeannes Lieblingscousine. Sie wird bei ihrem Tod 1905 an ihrer Seite sein; Proust verzweifelte im Nebenzimmer. Die jüdische Gesellschaft muss glänzend gewesen sein. Auch Marthe Dubois-Amiot, die katholische und nicht so weltläufige Gattin von Prousts Bruder Robert, »sah häufig die jüdische Familie, die Neuburgers, die Mayers, die Thomson, deren brillante, geistvolle und elegante Art ihr Abwechslung vom langweiligen Milieu boten, aus dem sie herkam«,[129] erinnert sich ihre Tochter Suzy Mante-Proust.

Und natürlich hing man auch in diesen Kreisen an Esther. Es zeugt jedenfalls von einer jüdischen Kontinuität sui generis, dass Thomsons Tochter Valentine ihr erstes Buch über die »Esther«-Darstellerin Rachel und ihren Urgroßvater Adolphe Crémieux schreiben wird. Und dass Proust davon derart gerührt sein wird, dass er Biccotot, wie man Valentine en famille nannte, zu ihrem Erstling nicht nur ein edles Möbel schenkte, wie das schon Maman geplant hatte,[130] sondern für sie auch eine Luxusbindung ihres Buches durch den berühmten Buchbinder Marius Michel anfertigen ließ.[131] An jüdischem Familiensinn fehlte es ihm ohnehin nicht. Er hatte schon die Übersetzung von Ruskins »Stones of Venice« durch Valentines Großmutter Mathilde rezensiert.[132] Er las und lobte[133] den Musikerroman »Avant la nuit« von Jean Cruppis Frau, Louise Crémieux, und hielt die angesehene Sängerin, die musikalisch hochkarätige Salondame, Frauenrechtlerin und Aktivistin auch sonst in Ehren: »Sie ist mit meiner über alles geliebten Vergangenheit verbunden, die Abende, da ich sie als Kind zu Hause Mozart singen hörte, singen fort in meiner Erinnerung.«[134]

WENDEPUNKT I: KRACH DER UNION GÉNÉRALE, DRUMONTS »LA FRANCE JUIVE«, DAS SCHRECKLICHE 1892

Prousts erste zehn intensiv in Auteuil verbrachte Lebensjahre fielen zusammen mit dem goldenen Zeitalter der französischen Juden. Die jüdische Verwandtschaft, die sich in Auteuil traf, machte Karriere in Paris (auch Gaston Thomson, der Abgeordneter von Constantine war, in Algerien zur Welt gekommen war und dort auch starb), sie hatten meist seit mehr als einer Generation das französische Bürgerrecht und fühlten sich der Republik und der Armee fest verbunden. Doch als Proust zehn Jahre alt war, begann der Wind sich zu drehen. Im Januar 1882 kam es zum Krach der Bank Union Générale, ein Ereignis, das nicht nur Nathé Weils Börsenagentur in den Ruin trieb und eine fast zehnjährige große Depression der französischen Wirtschaft auslöste, sondern das vor allem als der »Gründungsmoment«[135] des massenhaften französischen Antisemitismus gilt. Die Union Générale war eine implizit gegen die dominierende Rothschild-Bank gerichtete, sich prononciert katholisch gebende, eng mit der Kirche verbundene Neugründung. Ihr Bankrott nach windigsten schuldenfinanzierten Eisenbahn-Schwindeleien brachte zahllose katholische Kleinanleger um ihre Ersparnisse. Zur Zornesumlenkung verbreitete die katholische Presse die Legende, dass eine Machination der jüdischen Hochfinanz, angeführt von den Rothschilds, eine katholische Bank in den Ruin getrieben habe. Von da an war kein Halten mehr. Zwar schrieb der Figaro noch Ende 1892: »Eine antisemitische Bewegung, wie sie in diesem Augenblick an einigen Punkten des Erdkreises in Erscheinung tritt, würde in Frankreich dem öffentlichen Gelächter preisgegeben sein.«[136] Aber dieser Versuch, Frankreich von Deutschland und Russland abzugrenzen, wo der Antisemitismus heftiger war, beruhte auf Wunschdenken. Allein von 1882 bis 1886 erschienen in Frankreich nicht weniger als zwanzig antisemitische Werke[137] und bald auch Zeitschriften, von denen eine, der »Antisémitique« aus Montdidier, 1882 erstmals eine Person aus Prousts jüdischer Verwandtschaft aufs Korn nahm. Er erfand eine Rede des im Februar 1880 verstorbenen Adolphe Crémieux, »in welcher er den Juden alle Reichtümer der Welt« verspricht. Diese Rede wurde zunächst in Deutschland wieder aufgegriffen und später in Russland weit verbreitet.[138]

Der französische Antisemitismus musste also nicht bis zur Dreyfus-Affäre warten, um zu einem hasserfüllten Massenphänomen zu werden. Auf den Krach der Union Générale folgten zwei entscheidende Jahre, 1886 und 1892. 1886 war das Jahr, in dem Édouard Drumonts Jahrhundertbestseller »La France juive« erschien, zwei süffig geschriebene Bände voller Antisemitismus in allen Schattierungen, gefolgt noch im gleichen Jahr von einem dreihundertseitigen Nachklapp »La France juive devant l'opinion«. Der Familie Prousts und ihrer jüdischen Verwandtschaft konnten diese Titel kaum entgehen, denn sie gehörten zu den von Drumont persönlich Angegriffenen.[139] Crémieux bekam am Anfang des zweiten Bandes der »France juive« eines der umfangreichen Hauptkapitel, das ihm vor allem das »décret Crémieux« vorhielt, mit dem er als Justizminister 1870 den algerischen Juden die französische Staatsbürgerschaft verliehen hatte. Auch Jean Cruppi, Gaston Thomson und Mamans Bruder Georges Weil finden Platz in Drumonts Polemik,[140] Cruppi auch noch ausgiebig in »La France juive devant l'opinion«. Thomson und Cruppi werden später mit Drumont heftig aneinandergeraten. Cruppi nennt in einem Prozess gegen Drumont wegen Verleumdung 1892 die »France juive« das »Telefonbuch der Verleumdungen«.[141] Und Thomson, ein besonnener, gerade in jüdischen Fragen zurückhaltender Abgeordneter von Constantine, wird von Drumont im Parlament oft rüde unterbrochen und sieht sich bei den Wahlen von 1898, als Drumont in Alger kandidiert, heftigsten antisemitischen Angriffen ausgesetzt.[142] Auch die Schauspielerinnen aus Prousts Umgebung kommen dran. Auf Rachel wendet Drumont einen Lieblingsvergleich aller Antisemiten an: Sie ist eine »Hyäne«.[143] So nannte man auch Dreyfus,[144] und so nannte Marcel in der »Recherche« seinen Freund Bloch – darauf kommen wir zurück. Über die Schauspielerin Marie van Zandt, eine etwas zu gute Freundin von Prousts Vater, verliert Drumont fünf Seiten. »Ist sie Jüdin?«,[145] fragt er oder hat nur die Gunst Rothschilds sie dazu gemacht? Ungefähr ebenso lang wird in der »Recherche« Marcel über das diffuse Geschlecht der aquarellierten Schauspielerin Miss Sacripant nachdenken – das Vorbild für dieses fiktive Aquarell ist ein Foto ebendieser Marie van Zandt in Männerkleidern mit der Widmung: »Für meinen guten Freund, Herrn Dr. Proust. Aufrichtige und sehr herzliche Erinnerung von Marie van Zandt. Le 23 8bre 1881.«[146] Das Bild gelangte nach dem Tod des Vaters in Prousts Sammlung, vor der Mutter haben es die Kinder verborgen.

Was 1882 mit dem Krach und 1886 mit »La France juive« begann, steigerte sich im Jahr 1892, ganze fünf Jahre vor der Kulmination der Dreyfus-Affäre. Man macht sich von den Erschütterungen dieses Jahres 92 für die französischen Juden nur schwer eine Vorstellung. Im April 1892 gründete Drumont die antisemitische Tageszeitung »Libre Parole«, sie agitiert gegen eine Hochzeit im Haus Rothschild und setzt dann im Mai, antidreyfus avant la lettre, zu einer extrem auflagensteigernden Kampagne gegen die jüdischen Offiziere in der französischen Armee an. In deren Folge kommt im Juni bei einem Duell mit dem weitherum bewunderten antisemitischen Hooligan Marquis de Morès der jüdische Offizier Arman Mayer ums Leben. 80 000 bis 100 000 Pariser nehmen an seiner Beerdigung teil, und es sieht einen Moment so aus, als hätten die Antisemiten ihr Blatt überreizt. Aber dann wird Morès im August freigesprochen, und »La Libre Parole« setzt zum Schluss der Sommerferien dieses annus horribilis am Samstag, dem 3. September, auf ihrer Frontseite nach. Schritt für Schritt enthüllt sie den Panama-Skandal, den »größten politisch-finanziellen Skandal, den die III. Republik gekannt hat«.[147] Es haben dabei mehr Kleinsparer ihr Geld verloren als beim Krach der Union Générale. Die »Libre Parole« deckte auf, wie zwei jüdische Financiers, Baron Jacques de Reinach und Cornelius Herz, drei Jahre zuvor mit enormen Korruptionsgeldern das Parlament und die Presse dazu gebracht hatten, der faktisch bankrotten Panama-Gesellschaft noch einmal Geld zuzuschanzen. Im November nimmt sich Jacques de Reinach, der Schwiegervater von Joseph Reinach, dem Hauptakteur und späteren Historiker der Dreyfus-Affäre, das Leben, sein Mitangeklagter flieht nach England. Im gleichen Monat stürzt die Regierung Loubet und Anfang 1893 noch zwei weitere Kabinette wegen Panama.

Parallel dazu setzt ein von den Historikern noch viel zu wenig bemerkter, den Alltag still durchdringender Antisemitismus ein,[148] es kommt zu Entlassungen von Juden, zu Boykotten. Es ist noch nicht der lautstarke, von Demonstrationen und Ähnlichem begleitete Antisemitismus der Dreyfus-Affäre – die beginnt am 29. Oktober 1894, wiederum mit einer Meldung auf der ersten Seite von Drumonts »Libre Parole«. Aber es ist ein exorbitanter Schub des Judenhasses. Der traditionelle christliche Antisemitismus machte dem modernen in seiner doppelten, sozialkritischen und rassistischen Gestalt Platz. Weiteste Kreise von links bis rechts schenken den zwei Hauptsätzen der antisemitischen Propaganda Glauben, nämlich, dass die Juden der Hochfinanz an allen sozialen Übeln schuld seien und dass die Juden als Fremde, ja Angehörige einer anderen Rasse nie richtige Franzosen werden könnten, ja dass sie eigentlich gar nicht nach Frankreich gehörten. Man solle sie, wurde bis ins Parlament gefordert, nach Jerusalem zurückschicken.

Es ist nicht bekannt, wie Prousts Familie und Verwandtschaft auf den Antisemitismus seit Drumont reagiert hat. Nicht unwahrscheinlich, dass sie sich schon damals an die »skrupulöse

Neutralität«[149] hielten, die nach der Beobachtung von Léon Blum und Marrus[150] in der Dreyfus-Affäre das öffentliche Verhalten weiter jüdischer Kreise bestimmt hat, wie beunruhigt sie privat auch waren. Der Autor Godchaux Weil, das Familienmitglied, das unter dem Pseudonym Ben Lévy die schwierigen Erfahrungen seiner Generation auf dem Weg der Assimilation mutig zum Thema gemacht hatte, war seit 1878 tot.

1892: PROUSTS ANFÄNGE ALS AUTOR DES JÜDISCHEN

Aber nicht alle haben geschwiegen. Godchaux Weil fand in Auteuil einen Nachfolger: Marcel Proust. Und der musste nicht auf die Dreyfus-Affäre warten, um über den Antisemitismus zu schreiben.

Während seine Eltern, von der Kühnheit ihrer Mischehe einmal abgesehen, sich strikt an den diskreten Comment der jüdischen bürgerlichen Kreise hielten und politisch vornehm schwiegen, begann ihr Sohn Marcel seit 1886, dem Jahr des Erscheinens von Drumonts »La France juive«, zusehends einen saufrechen, rebellischen Lebens- und Schreibstil an den Tag zu legen. Das Rebellische wandert von den Familienbriefen über die Briefe an Schulkameraden in die ersten Veröffentlichungen. Der kritische politische Einschlag findet sich, wie ironisch auch immer, schon in den frühesten Arbeiten des Sechzehnjährigen: »Sollte ich jemals in Platons Manier eine Republik gründen, gründete ich sie auf die völlige Dekadenz; die Ideen wären aus ihr verbannt, die Bürger betrachteten den Himmel und träumten«,[151] so schreibt der Gymnasiast Proust 1887, im Jahr eins nach Drumont. Bald lobt er, als schriebe er ein Programm für sich selbst, die spöttische Wesensart der französischen Satire, die von Anfang an zur Literatur Frankreichs gehöre, einer Satire, die »zugleich moralisch, sozial und politisch ist«, die »die Gesellschaft und die Regierung« angreift, deren Werk weder adlig noch nichtadlig, noch kirchlich ist, sondern das »eines besonderen Wesens, das nicht in die Gesellschaft passt«.[152] Und nicht lange wird es dauern, bis dieses kritische Schreiben sich jüdischen Themen zuwendet. Zwar beginnt Proust damit indirekt und leise. Aber die implizite und explizite Auseinandersetzung mit dem Antisemitismus gehört als dauerhaftes Lebensthema zu ihm, auch wenn er am Ende ganze zwanzig Jahre brauchen wird, bis er in der »Recherche« die Erfahrungen der Pariser Juden mit dem Antisemitismus der Dreyfus-Zeit in aller Breite und mit geradezu prophetischem Zorn erzählen konnte. Und bis er den antisemitischen Sturm und die Erfahrung des Ausgeschlossenseins zum Lebenstrauma schlechthin seiner jüdischen Helden Swann und Bloch machen konnte.

Doch das erste Zeichen, dass Proust sich auf diesen Weg gemacht hat, fällt just in dieses dramatische Jahr 1892, in die Zeit der Gründung der »Libre parole« und der Panama-Affäre. Proust hat das Abitur, den einjährigen Militärdienst und die Salonanfänge hinter sich, er hatte in der Zeitschrift »Le Mensuel« 1890/91 seine ersten zehn gedruckten Aufsätze veröffentlicht und gründete dann im Januar des Jahres, in dem Drumont die »Libre Parole« gründen wird, zusammen mit den Freunden Fernand Gregh, Robert Dreyfus, Louis de la Salle und Horace Finaly die nach Platons »Symposion« benannte Zeitschrift »Le Banquet«. In Anspielung auf die anarchistische Bombenwelle jener Jahre erklärte die Redaktion kokett, sie wolle »in Sachen der Literatur die subversivsten anarchistischen Lehren anwenden«. Explodiert ist in dieser Zeitschrift aber vor allem Proust als Schriftsteller. Der angeblich ganz den snobistischen Saloneitelkeiten ergebene einundzwanzigjährige Müßiggänger publizierte 1892 in einem Exploit sondergleichen ganze dreiundzwanzig Beiträge, die meisten im »Banquet«, darunter, im April dieses Jahres, auch den ersten, in dem er sich explizit mit einem jüdischen Thema befasst. Weitere werden ihm alsbald folgen.

Fast wichtiger als die explizite ist aber die implizite Auseinandersetzung mit dem Jüdischen. Man hat diese Prosatexte, die meisten werden in Prousts Erstling »Les Plaisirs et les jours« von 1896 Eingang finden, ganz zu Recht »ein regelrechtes intimes Tagebuch«[153] genannt. Man hörte in ihnen »einen ›Fremden‹, der auf die Welt einen bitteren und ernsthaften Blick wirft«,[154] Lucien Daudet sah ihn als jemanden, der die Schönheiten der Salons wie ein Botaniker und nicht wie ein Blumennarr liebt.[155] Es ist, als wären diese Texte von dem von Proust antizipierten »besonderen Wesen« verfasst, »das nicht in die Gesellschaft passt«. Was alles damit zusammenhängt, dass viele dieser Stücke nur leicht verhüllt vom Antisemitismus handeln, dem die Juden damals in den Salons begegneten. Als Colette Proust 1895 im Salon von Madame Arman de Caillavet kennenlernte, nannte sie ihn einen »jeune youpin de lettres«,[156] »ein junges Literatenjüdchen«. Der Maler J.-E. Blanche attestierte dem Proust von 1890 das Gesicht »eines jungen Assyrers«[157] (wie Proust es Bloch attestieren wird). Kaum eine der zeitgenössischen Beschreibungen, die nicht in für heutige Ohren subkutan antisemitischer Terminologie sein Aussehen als »jüdisch« taxiert. »Orientalisch« ist dabei das rekurrente Hauptwort. »Marcel Proust hatte einen matten Teint, rabendunkles Haar, schwere Augenlider und die großen schwarzen Augen eines Orientalen. Selbst seine Stimme hatte das bei den Semiten häufig belegte und ein bisschen näselnde Timbre. Vom Aussehen her war er also jüdisch«, schrieb Benjamin Crémieux, eminenter Literaturkritiker, der feinste unter den frühen jüdischen Interpreten Prousts;

selbst Prousts Asthma nannte er eine »bei den sesshaften Israeliten verbreitete Krankheit«.[158]

Léon Blum, der mit einem ähnlichen dandyesken Aussehen in den gleichen Salons wie Proust verkehrte, hat diese Erfahrungen treffend charakterisiert. »Dies war kein Pogrom-Antisemitismus der gewalttätigen und blutigen Aktionen; außer in Algerien gab es auch gar keine Ansammlungen von Juden, die hierfür groß genug gewesen wären. (…) Dieser Antisemitismus war in den exklusiven Zirkeln der Pariser Gesellschaft entstanden, wo sich die feine Welt und die freien Berufe trafen; seine unmittelbare Ursache war das indiskrete Vordringen reich gewordener Juden oder das als allzu rasch empfundene Aufrücken fleißig-begabter Juden gewesen. Praktisch äußerte er sich nicht eigentlich in der Verfolgung der Juden, sondern in einer Tendenz zur Ausschließung.«[159]

Schon die erste Erörterung eines jüdischen Themas im April 1892 gibt eine Idee der Komplikationen, in die Proust die Begegnung mit dem Antisemitismus und mit seiner jüdischen Seite stürzen wird. Sein jüdischer Freund Robert Dreyfus wird Prousts Argumentation in diesem journalistischen Erstling umstandslos als antisemitisch bezeichnen. Unter dem Titel »Ein Buch gegen die Eleganz« bespricht Proust in der April-Ausgabe des »Banquet« das zeitkritische Büchlein eines Anonymus mit dem Titel »Sens dessus dessous« (Drunter und drüber).[160] Die Schrift befasst sich mit der Dekadenz-Krise, in die die französische Gesellschaft geraten sei, und verficht die aparte These, dass, in den Worten des Autors, »die elegante Kleidung, diese Pest der französischen Gesellschaft (…) nach und nach die Grundmauern des sozialen Gebäudes erschüttert hat und dass die Ursachen dieser Pest in der demokratischen und egalitären Tendenz« zu suchen sei. Proust hält nichts von dieser These. Die Pest der Eleganz habe es zu allen Zeiten gegeben, und sie sei heute bestimmt nicht in republikanischen und demokratischen Milieus zu finden. In Prousts Widerlegung tauchen nun aber unvermittelt zwei von der Sache her nicht unbedingt naheliegende Bezüge auf »elegante Jüdinnen« auf. Von der berühmten Aussteuer einer Ehrendame am Hof der Valois sagt Proust, sie lasse »die Aussteuern der elegantesten Jüdinnen unserer Zeit weit hinter sich, Aussteuern, deren Beschreibung die Lektüre katholischer Zeitungen so interessant macht«. Diese Formulierung ist mehrfach bemerkenswert. Warum bezieht sich Proust auf die luxurierende Eleganz von Jüdinnen und nicht beispielsweise auf die legendäre der Comtesse Greffulhe, die er bald über alle Maßen adorieren wird – man konnte ihre hinreißenden Toiletten 2015 in einer Ausstellung im Palais Galliera bewundern?[161] Warum nennt er die eleganten Damen, die sich gewiss als »Israelitinnen« bezeichnet hätten, in Übernahme der Sprache der antisemitischen katholischen Presse »Jüdinnen«? Dreyfus' Zorn richtete sich aber gegen eine zweite, den Artikel abschließende Stelle. Proust zitiert »ein Faktum, das Monsieur Théodore Reinach mitteilt. Die jüdischen Frauen von Lyon lebten im 13. Jahrhundert in so übertriebenem Luxus und opferten der Eleganz soviel, dass man sich veranlasst sah, sehr strenge Verordnungen gegen sie zu erlassen. Dem Autor von ›Sens dessus dessous‹ ist insofern zuzustimmen, als die von Paris sich heute einer größeren Toleranz erfreuen.« Robert Dreyfus ist das Anrüchige der Passage nicht entgangen, und er kommentierte sie 1926 in seinen »Souvenirs« so: »Obwohl er selbst nicht Antisemit war, wie sein Verhalten in der Zeit der Affäre bewiesen hat, gibt Marcel Proust zum Schluss dem Antisemitismus der Salons eine hier noch geistvolle und lockere Zusicherung, die aber später auf gewissen Seiten seiner Bücher sehr viel weniger zurückhaltend und einnehmend hervortreten wird.«[162]

Zum Durchtriebenen der Passage gehört in der Tat die Unterstellung, dass die Pariser Jüdinnen es mit dem Luxus wirklich übertreiben. Proust, dessen Familie Ziel des Antisemitismus war, schreibt hier ein bisschen so, als stehe er den Antisemiten näher als den Juden. In der »Recherche« wird sich die Solidarität mit den Juden mit größter Distanz verbinden. Bei der Beschreibung Blochs wird Proust, satirisch kaum gemildert, tief in die Klischeekiste des Antisemitismus greifen. Wir kommen im nächsten Kapitel auf dieses Hin und Her zwischen Nähe und Abstand zurück.

Zur Ironie der Passage gehört, dass Proust sein dubioses Witzchen auf »Monsieur Théodore Reinach« als Quelle stützt. Er bezieht sich damit, ohne es wirklich zu sagen, auf Théodore Reinachs 1884 erschienene »Histoire des Israélites depuis l'époque de leur dispersion jusqu'à nos jours«. Es ist paradox, dass Proust dieses Werk, das eine Bibel der versöhnenden Assimilation des franco-judaïsme aus der Feder eines der führenden jüdischen Intellektuellen ist, in einen spalterischen antisemitischen Kontext einrückt. Und paradox war schon das Erscheinen von Reinachs »Histoire«. Sie sang mit langem historischem Atem das Loblied der Assimilation und tat das just 1884, als diese Assimilation durch den Krach der Union Générale zwei Jahre davor in eine Krise geraten war, die zwanzig Jahre dauern sollte. Reinach hatte das gespürt, er nannte sein »in wenigen Monaten« niedergeschriebenes Werk eine Antwort »auf ein dringendes Bedürfnis«.[163] Proust scheint das Werk, aus dem er ein Detail von Seite 93 anführt, recht genau zu kennen. Und auch wenn er es nie wieder erwähnen wird, hat Reinachs Buch seinen Einfluss auf Prousts Bild des Judentums gehabt. Seine Auffassung eines nicht in Instinkt und Heredität, sondern in Vernunft und Reflexion gründenden Judentums[164] ist dem rational prüfenden Umgang Prousts mit seinen jüdischen Gefühlen im »Jean Santeuil« verwandt. Und seine Identifikation der unité morale d'Israël mit der charité,[165] der Nächstenliebe, kehrt wieder in der ethischen Vorstellung des Judentums, die Proust in einer frühen Fassung der »Recherche« Swann in den Mund legt.[166]

JÜDISCHE SALONGASTGEBERINNEN UND DER CHIC DER HERZOGINNEN

Wie immer Proust den Antisemitismus erfahren haben mag, er kannte ihn und kehrte immer wieder zu ihm zurück. Im Juli 1893 publiziert er in Form eines Pastiches auf Flauberts »Bouvard und Pécuchet« eine kenntnisreiche Satire[167] auf die beiden als hartgesottene Antisemiten. Sie wollen die Juden zwar nicht gerade »vertreiben, man muss liberal sein«, aber sie »hassten« es, »mit ihnen zusammenzusein«. Im Übrigen hatte Proust ihre Köpfe mit einem enzyklopädischen Sammelsurium antisemitischer Vorurteile gefüllt. Die »Hakennase« fehlte so wenig wie die »außergewöhnliche Intelligenz«, die Schönheit der Frauen, das gemeine Gewinnstreben und die Größe der »Vermögen« unbekannter Herkunft. In einer Fußnote zur Erstveröffentlichung distanzierte[168] Proust sich von den Ansichten seiner Figuren! Im gleichen Jahr widerspricht er in seinem Briefroman »hinsichtlich Judäas«[169] einem Antisemiten und lässt den Romanhelden eine Tragödie über »douairières«[170] planen, ältere Damen der feinen Gesellschaft, die ihre Zeit mit dem Einfädeln von Heiraten mit reichen jüdischen Erbinnen verbringen.

Mehrfach wandte er sich noch im Jahr 1892 den eleganten Jüdinnen seines ersten Aufsatzes zu. Die eleganten Gastgeberinnen der Salons waren damals der Mittelpunkt der Welt, in welcher der schöne junge Proust, über die Maßen fasziniert von besseren und besten Kreisen, leidenschaftlich verkehrte. Sie waren auch ein Mittelpunkt seines Schreibens. Zu den gefragten aristokratischen Salons des Faubourg Saint-Germain erhielt Proust erst später, wenn überhaupt, Zutritt. Meist verkehrte er damals in den Salons jüdischer Gastgeberinnen, etwas bei Madame Arman de Caillavet, einer geborenen Léontine Lippmann, deren Attraktion ihr Geliebter, der Romancier Anatole France, war, oder bei Geneviève Straus, einer geborenen Halévy, die in erster Ehe mit Georges Bizet, dem Komponisten der »Carmen«, verheiratet war und dann Émile Straus, einen einflussreichen Wirtschaftsanwalt und unehelichen Sohn[171] von Baron James de Rothschild, geheiratet hatte.

Allein in dem für die Juden so kritischen Jahr 1892 schrieb Proust in »Le Banquet« drei Prosastücke mit direkten Anspielungen auf die elegante Madame Straus, dazu kommen zwischen 1890 und 92 sieben Briefe an sie voller Anbetung und alles dementierender hochraffinierter Selbstironie. Das Wechselspiel zwischen den Briefen und der Prosa, zwischen Leben und Schreiben ist aufregend. Manche Briefe sind fast so durchgearbeitet wie die Prosastücke. Einer verweist die Adressatin auf die Prosastücke, in denen sie vorkommt (manchmal schickte Proust seine Stücke geradewegs an die Gemeinten). Und einer bindet Madame Straus an die Lyrik der französischen Romantik, schon Alfred de Vigny habe sie »vorausgefühlt« und »glorifiziert«, schreibt der neunzehnjährige Proust an die zweiundzwanzig Jahre ältere Adorierte.

Worum geht es in diesem Schreibgewitter, das Proust über die Mutter eines Schulkameraden niedergehen lässt? Snobismus, lautet die gewöhnliche Antwort. Sie ist nicht verkehrt. In der Tat buhlt Proust brieflich allerorten ums mondäne Arrivieren, und er beschreibt als Schriftsteller sein Double von Madame Straus als eine Frau, die ganz das Gleiche tut. Wie Proust ersehnt sie nichts so sehr wie den Zutritt zu den feinen Kreisen der Herzöge und Herzoginnen. Man kann die von Madame

Straus inspirierten und einige mit ihnen verbundenen Stücke Prousts geradezu eine Theorie des Snobismus nennen. Freilich war Proust, der im Leben ein peinlich hochverlogener Salonschmeichler sein konnte, in diesen Miniaturen nicht part of the problem, sondern part of the solution. Er schrieb seine kleine Theorie des Snobismus nicht in der romantisierend verblasenen Schmelz-und-Seelen-Prosa, die es in den »Freuden und Tagen« auch gibt. Er schrieb sie in einem Stil des kritischen Durchblicks, in analytisch scharfen, syntaktisch knappen, formal hochdestillierten Sätzen.[172] »Beziehungen« entwickeln sich »nach mathematischen Gesetzen aus einer Ausgangsposition«,[173] heißt es im »Jean Santeuil«. Die Miniaturen in »Freuden und Tage« wirken oft wie mathematische Beweisanordnungen oder logische Syllogismen – Obersatz–Untersatz–Schluss: »Sie hasst sie«,[174] schließt kurz »Die Freundinnen der Gräfin Myrto«; »Sie können mich also auch nicht lieben«,[175] das noch knappere »Héldemone, Adelgise, Ercole«.

Das mehrfach wiederkehrende Codewort dieser Anordnungen ist der Chic. Und wo der Chic genannt wird, sind auch die Herzöge und Herzoginnen nicht fern, die für Proust von diesen ersten Anfängen bis zur Duchesse de Guermantes in der »Recherche« der Inbegriff des Chic sind. Eine nach Madame Straus modellierte »Frau streitet nicht ab, dass sie Bälle liebt, Pferderennen, ja sogar das Spiel. Sie sagt es, bekennt sich schlicht dazu oder rühmt sich dessen. Versuchen Sie jedoch nicht, sie sagen zu lassen, sie liebe den chic; sie würde es heftig abstreiten, würde ernstlich böse werden. Das ist die einzige Schwäche, die sie sorgsam verbirgt, zweifellos weil nur sie die Eitelkeit demütigt. Sie gibt gerne zu, von Spielkarten abhängig zu sein nicht aber von Herzögen.«[176] Diese Schwäche für den Chic teilen auch die »Frauen von Geist« im nächsten Stück, die »Elianthe« im übernächsten und die »Gräfin Myrtho«. Rund um die Abhängigkeit vom Chic baut Proust eine ganze soziologische Theorie des Snobismus auf. Es geht um eine hierarchisch geschichtete Gesellschaft im Wandel, die durch den Aufstieg der Juden »zu lästigen Einladungen gezwungen werden«[177] könnte. Es geht »um Frauen, die im Aufstieg« und »Frauen, die im Abstieg« begriffen sind. Es geht um »die Lockerung aller moralischen und sozialen Bande« und um den damit verbundenen emotionalen Stress, um Gefühle der »Abhängigkeit«, der »Demütigung«, der »Inferiorität«.

Von Jüdischem ist in diesen Stücken allerdings mit keinem Wort die Rede. Und doch geht es genau darum. Der Leidenskern dieser Skizzen ist die jüdische Erfahrung des Ausschlusses aus der besseren Gesellschaft, also eben des Antisemitismus, der »sich nicht eigentlich in der Verfolgung der Juden [äußerte], sondern in einer Tendenz zur Ausschließung«.[178] Man muss nur dem Herzog von Guermantes zuhören, wie er mit seinem Freund Swann abrechnet, nachdem dieser sich im Lauf der Dreyfus-Affäre wieder zu seinem Judentum bekannte. Er habe geglaubt, »dass ein Jude ein Franzose sein kann, ich meine ein anständiger Jude, der der Gesellschaft angehört«, sagt er mit dem Hauptklischee des Antisemitismus der Dreyfus-Zeit. Er habe sich »getäuscht«. Da stelle sich doch dieser Swann glatt »gegen eine Gesellschaft, die ihn aufgenommen, ihn wie einen der ihren behandelt hat. (…) Ah! Er lohnt es uns schlecht.«[179] Hier hört man den eigentlichen Subtext der Stücke aus »Freuden und Tage«. Es geht um antijüdische Ausschließung. Und wem dieser Sprung aus »Freuden und Tage« fünfzehn Jahre voraus in die »Recherche« zu kühn ist, der kann den gleichen Weg auch mit den abgesicherten Trippelschritten der Philologie gehen. Denn Proust erzählt diese Geschichte einer jüdischen Abhängigkeit von den Herzögen und ihrem Chic mit allen Zeichen persönlicher Obsession von »Freuden und Tage« über den »Jean

Santeuil« bis in die »Recherche« immer wieder. Und in der Intimität der »Carnets« nennt er sogar die jüdischen Klarnamen hinter seinen literarischen Umsetzungen.

Im »Jean Santeuil« ist es Madame Marmet, ein anderes Double von Madame Straus, die gegen den Ausschluss ankämpft. Erst starrt sie die Herzogin von La Tour-Acquevive »mit einer wahren Gier an, doch auch einer gewissen Reserve, durch die sie der Herzogin zu verstehen geben wollte, sie sei nicht eine der Frauen, die sich den Herzoginnen an den Hals werfen, also ein Snob, vielmehr würdevoll und reserviert«. Aber alles, was sie mit ihren Schmeicheleien ergattert, ist ein Lächeln der Herzogin, bei dem »man hätte befürchten können, sie werde sich gleich erbrechen«. Dann ist es die Herzogin von Doudeauville, der Madame Marmet verzweifelt vorgestellt werden möchte; als auch das fehlschlägt, »legte sie sich mit einem Fieberanfall zu Bett, der mehrere Tage anhielt«.[180]

Im »Carnet 3«, das er zwischen 1913 und 1918 führte, schreibt Proust die Szene mit Madame Marmet etwa fünfzehn Jahre später weiter und macht aus Madame Marmet endlich die Jüdin, die sie immer schon war. Es sind die Jahre, in denen er sich intensiv mit der Darstellung der Juden in der »Recherche« beschäftigte und etwa die Szenen mit Bloch in Balbec verfasste – sie werden uns im nächsten Kapitel begegnen. Im Mai oder Juni 1916 denkt er in einem Brief[181] an Lucien Daudet über seine Nichtzugehörigkeit zu bestimmten Eliten nach und erkundigt sich nach den »Memoiren der Madame de la Ferronays«. Wenn man ins »Carnet 3« schaut, weiß man, warum. Die Zugehörigkeit zu Eliten und Madame de la Ferronays tauchen dort in der Weiterentwicklung der Marmet-Geschichte aus »Jean Santeuil« wieder auf.

»Capital«, notiert Proust ganz am Ende der Taschenagenda[182], auf der Seite 49, wie immer, wenn etwas Wichtiges folgt, das er keinesfalls vergessen will. »Capital wenn die Cousine von Madame Swann Lady (Wagram) Madame de la Ferronays empfängt.«

»Hinzufügen«, schreibt Proust zwischen die Zeilen.

Proust will also zu den Gallimard-Fahnen der »Mädchenblüte«, an denen er gerade arbeitet, eine kapitale Szene mit dem Empfang der Madame de la Ferronays bei Lady (Wagram) hinzufügen. Und er nennt im Entwurf im Notizbüchlein auch erstmals die Namen der realen Figuren, auf die sich seine Szene bezieht. Die historische Madame de la Ferronays (übrigens nur eine Comtesse), deren Memoiren aus dem Jahr 1899 sich strikt auf der Ebene von Hoheiten bewegen, steht für den alten Adel Frankreichs. Die gleichfalls historische Princesse de Wagram hat als Gastgeberin ein doppeltes Manko. Die Wagram gehören nur der minderen, von Napoleon kreierten noblesse d'Empire an. Und die Princesse ist erst noch eine geborene Berthe de Rothschild, baronne immerhin, aber halt die Tochter von Mayer Carl von Rothschild, eine »schöne und brillante Multimillionärin«, während die Comtesse zwar eine hässliche arme Kirchenmaus ist, aber unter Adelsaspekt eine »geistige Großmacht«. In Prousts Erfindung brennt nun die Princesse de Wagram seit ewig darauf, der Comtesse vorgestellt zu werden. Als sie es endlich schafft, entbietet sie ihr grandiose Grüße, während Madame nur eine Bewegung macht, als »schüttle sie Schnee vom Ärmel«.

Das Interessante ist nun: Während Proust seine immer wieder abbrechenden Sätze ins hochformatige schmale Notizbuch kritzelt, übrigens ein Neujahrsgeschenk von Madame Straus, verändert sich unter der Hand seine Geschichte. Die historische Princesse de Wagram verwandelt sich im Lauf der Notiz in eine von Proust erfundene »Lady Rufus Israëls«. Aus »Lady (Wagram)«, einer französischen Adligen mit jüdischer Herkunft, wird eine prominente Upperclass-Jüdin eigenen Rechts. Zeile um Zeile hatte sich dieser Wandel angebahnt. Das »Lady (Wagram)« in der Überschrift auf der Seite 49 des Notizbuchs war schon etwas schwankend, eine Kombination von englischem Titel und französischem Prinzessinnennamen in Klammern. Auf der Seite 49 verso steht dann erst nur noch »Lady«, einige Zeilen darauf heißt es »Lady de«, worauf das »de« gestrichen und »Lady Rufus Israëls« geschrieben wird – eine wichtige Gestalt der »Recherche« war geboren, während Madame de la Ferronays zur »Ctesse de xxx« schrumpft. Im Gegensatz zu Madame Marmet wird Lady Rufus nicht nur vorgestellt, sondern auch empfangen und erhält sogar die Ehre eines Gegenbesuchs, bei dem sich allerdings ein Malheur zuträgt. Madame Swann taucht auf, eine berüchtigte ehemalige Kurtisane, inzwischen Gattin von Charles Swann, dem Cousin der Lady – oh Gott, »was wird die Ctesse de x denken«, so schließt Proust seine Notiz.

Die Darstellung des Ausschlusses ist seit den 1892 verfassten Miniaturen der »Freuden und Tage« explizit mit Blick aufs Jüdische und auch nuancierter geworden. Marmet und ihre Nachfolgerinnen werden nun empfangen. Nicht unwahrscheinlich, dass hier die Erfahrungen miteingeflossen sind, die Proust ab 1893 in der besseren Gesellschaft gemacht hat. Denn auch er verkehrte bei der Princesse de Wagram! Und nicht nur bei ihr. Prousts Aufstieg in höhere Salonkreise vollzog sich über die in der upper class arrivierten jüdischen Gastgeberinnen wie die Princesse de Wagram oder die Princesse de Polignac, vielleicht auch die Duchesse de Gramont, geborene Marguerite de Rothschild, die Schwester der Princesse de Wagram.

Und bei der Princesse de Wagram konnte er eben lernen, dass bei solchen Gastgeberinnen durchaus auch der alte Adel erschien – am 1. Juli 1893 sah er bei der Princesse de Wagram, zu der ihn ganz bescheiden der Pferdeomnibus aus Auteuil gebracht hatte, da die Eltern ihm die Kutsche verweigert hatten, erstmals die Comtesse de Greffulhe, für ihn der Inbegriff feinsten französischen Adels; bei ihrer Verwandlung in die Oriane de Guermantes der »Recherche« musste aus der Comtesse natürlich eine Duchesse gemacht werden, chic oblige. Aber der Ausschluss war übrigens nicht vorbei – die Kapriolen, mit denen Proust in den Salon der Comtesse de Greffulhe vorzudringen hoffte, sind eine Tragikomödie für sich.[183]

Die Skizze aus dem »Carnet 3« hat Proust nun aber trotz capital und ajouter nicht in die »Recherche« aufgenommen. Er hat für seinen Roman die Ausschluss-Thematik aus der Straus-Marmet-Wagram-Rufus-Geschichte nochmals weiterentwickelt. Aus den Nahkampfskizzen eines stummen Salonbeobachters in »Freuden und Tage« war die distanzierte, kritische Marmet-Episode des »Jean Santeuil« geworden und aus dieser die explizite, aber tastende Skizze des »Carnet 3«. Welche Weiterentwicklung gibt uns die »Recherche«? Natürlich wieder eine Salonszene, nicht bei der Comtesse de la Ferronays, sondern bei der Comtesse de Marsantes. Im Mittelpunkt der Szene steht die eben erst tastend erfundene Lady Rufus Israëls. Aber alles Tasten ist passé und radikal verändert das Gesamtbild!

Proust platziert den Salon Marsantes mit Lady Rufus exakt an der kapitalen Stelle, an der er in der »Recherche« zum ersten Mal die Geschichte entdeckt – man vergisst gerne, dass die »Recherche« ja ebenso von Klio, der Muse der Historiografie,[184] geschrieben ist wie von Kalliope, der Muse der erzählenden Dichtkunst. Er verbildlicht die Geschichte und deren alles umschaffenden Wandel mit der berühmten Metapher des sich drehenden Kaleidoskops und erzählt also von der gesellschaftlichen Stellung der Juden nicht mehr in den geschichtslosen Momentaufnahmen von »Freuden und Tage«, sondern eingebettet ins konfliktbeladene Auf und Ab der Geschichte. Sein erstes Beispiel führt gleich zum Salon Marsantes und zu Lady Rufus. Und die Art, wie Proust es einführt, hat es in sich! Es kehrt an diesem Neuanfang just die »elegante Jüdin«[185] wieder, die schon am Anfang, 1892 in Prousts erster Veröffentlichung mit einem jüdischen Thema, aufgetaucht war. Aber was hat sich nicht alles verändert! Proust erzählt nun die Geschichte dieser eleganten Jüdin angelehnt an sein eigenes Leben, an die Erfahrung des Aufstieges und der Bedrohung der französischen Juden, die das Thema unseres Kapitels sind.

»In den Tagen meiner Kindheit«, beginnt sein Erzähler Marcel, »war das mondän, was sich im Rahmen der konservativen Gesellschaft bewegte (…). Die Menschen, die in diesen Milieus lebten, bildeten sich ein«, dass alles ihnen Wichtige »ewig bestehen werde wie die Petroleumlampen und der Pferdeomnibus. Doch gleich einem sich manchmal drehenden Kaleidoskop stellt die Gesellschaft nach und nach die Elemente, die man für unbeweglich hielt, in anderer Weise zusammen, so dass sich ein anderes Bild ergibt.«

»Ich hatte noch nicht meine Erstkommunion hinter mir«, fährt er fort, »als Damen aus regierungstreuen Kreisen zu ihrer maßlosen Verwunderung bei Besuchen auf eine elegante Jüdin stießen. Solche neuen Konstellationen im Kaleidoskop kommen durch etwas zustande, was ein Philosoph als einen Wandel der Kriterien bezeichnen würde.«[186]

Mit diesem Passus bezieht sich Proust auf das »goldene Zeitalter für die Juden Frankreichs«, das auch den Hintergrund für die Assimilation und den Aufstieg seiner Verwandtschaft gebildet hatte. Auch den Rückschlag und die Bedrohung der Juden bindet er an die eigene Erfahrung zurück.

»Die Dreyfus-Affäre führte kurz nach der Zeit, als ich angefangen hatte, zu Madame Swann zu gehen, einen derartigen neuen Wandel herauf, und das Kaleidoskop wirbelte noch einmal seine kleinen bunten Rauten durcheinander. Alles, was jüdisch war, kam nach unten zu liegen, sei es selbst die elegante Dame, und obskure Nationalisten nahmen ihren Platz ein.«[187]

So entwirft Proust, quasi autobiografisch und mit Blick aufs Jüdische, den geschichtlichen Rahmen für den Auftritt von Lady Rufus. Und auch den präsentiert er wieder in biografischer Rückbindung:

»Zu der Zeit, als ich bei Madame Swann verkehrte, hatte die Dreyfus-Affäre noch nicht begonnen, und einige bekannte Juden besaßen große Macht, niemand mehr als Sir Rufus Israëls, dessen Frau, Lady Israëls, Swanns Tante war.«

Auf dem kurzen Weg von der Skizze im »Carnet 3« zu den Gallimard-Fahnen hat sich fast alles auf den Kopf gestellt. Lady Rufus, eben noch eine hingekritzelte Textvariante, ist zu einer gesellschaftlichen Großmacht geworden – zweimal wird das Wort »puissance«, das im »Carnet 3« noch für die »Ctsse x« reserviert war, nun auf sie angewendet.[188] Und während es im »Carnet 3« noch Lady Rufus peinlich war, dass plötzlich Madame Swann bei ihr auftauchte, ist es nun die altadlige Madame de Marsantes, die aus diesem Grund auf Nadeln sitzt, denn sie weiß, dass Lady Rufus eine Kampagne gegen das Empfangen von Madame Swann führt.[189]

Lange kann Lady Israëls ihr Glück freilich nicht genießen. Als die Affäre sich in einen Sturm verwandelt, will Madame de Marsantes nichts mehr von ihr wissen. »Ich bin entschlossen, sie fortan nicht mehr zu kennen. Sie scheint eine der schlimmsten zu sein und macht keinen Hehl daraus. (…) Ich werde mit niemandem mehr verkehren, der dieser Nation angehört.«[190] Schade nur, dass Proust ein Manuskriptfragment nicht eingearbeitet hat, das Lady Rufus in einer unerhörten Wendung zu einer positiven Heldin jüdischen Widerstands gemacht hätte. Auf fünf Blättchen über ihren letzten Besuch im Salon Villeparisis lesen wir über sie:[191] »Ihre tiefe Anhänglichkeit für ihre Religion und ihre Rasse« bewirkt, dass sie aus den Salons nicht »wie eine Pestkranke« fliehen will. Ohne ihn zu verstehen, lässt sie den Antidreyfusismus gelten, aber betrachtet den Antisemitismus als »ein persönliches Unrecht, das man bei seinen Freunden nicht tolerieren kann«.[192]

DIE DEGRADIERUNG VON DREYFUS

Mehr als zwanzig Jahre brauchte Proust, bis er die gesellschaftliche Erfahrung von Juden, für die er doch schon so früh in seinem Schreiben hellhörig war, mit solchem Wissen, solcher Deutlichkeit, solcher Nuance beschreiben konnte. Wann beginnen, auf diesem langen Weg die Dinge sich zu wenden? Wann wechselt Proust vom gedämpften und indirekten literarischen Sprechen über Jüdisches zu offenerer Stellungnahme? Es begann am gleichen Punkt seines Lebens wie bei seinem Erzähler Marcel in der »Recherche« damit, dass eine Drehung des Kaleidoskops ihn zwang, der Geschichte in all ihrer Bedrohlichkeit in die Augen zu sehen.

Man kann dieses Ereignis auf den Tag genau datieren. Es ist der 5. Januar 1895, der Tag, an dem der Hauptmann Alfred Dreyfus im Hof der Pariser École militaire in einer abscheulichen Zeremonie degradiert wurde. Der Judenhass, der bislang die Spezialität antisemitischer Blätter wie der »Libre Parole« gewesen war, wurde zum Kampfruf des Mobs und zur Schlagzeile der Mainstream-Presse. Und Proust musste erschüttert zur Kenntnis nehmen, dass die Verfasser der antisemitischen Berichte im »Figaro« und in der »Cocarde« keine anderen waren als sein Freund Léon Daudet und der lange bewunderte Maurice Barrès.

An Grausamkeit wurde am Morgen dieses 5. Januar 1895 wahrhaftig nicht gespart. Alfred Dreyfus schrieb schon vor der Zeremonie an seine Frau, dass bei der Degradierung »die höchste Erniedrigung«[193] auf ihn warte, seinem Anwalt schrieb er, dass das Abreißen der militärischen Ehrenzeichen »sein Herz aufs Schrecklichste foltern«[194] werde. Doch was ihn in den Schneeschauern dieses eiskalten und windigen Samstagmorgens in der Cour Morland, dem größten Hof der École militaire an der place de Fontenoy, erwartete, hat er schwerlich vorausgesehen. Man hatte ihm eine Situation der peinigendsten Einsamkeit bereitet. An allen Seiten des Hofes standen 4000 Mann der Garnison von Paris, jedes Pariser Regiment hatte zwei Abordnungen abkommandiert. Begleitet von einem Offizier und vier Artilleristen musste Dreyfus über den riesigen Hof gehen. Zuletzt steht er, nun mutterseelenallein, vor General Darras, hoch zu Pferd. Das Urteil wird verlesen, und Darras, aufrecht in den Steigbügeln, den Säbel hoch erhoben, verkündet: »Alfred Dreyfus, Sie sind nicht mehr würdig, Waffen zu tragen. Wir degradieren Sie im Namen des französischen Volkes.« Dreyfus schreit mit sich überschlagender Stimme: »Soldaten, man degradiert einen Unschuldigen! Soldaten, man entehrt einen Unschuldigen! Es lebe Frankreich! Es lebe die Armee!« Dann reißt Oberfeldwebel Bouxin von der Garde Républicaine, ein Riese, Dreyfus mit wütenden Händen die Tressen vom Keppi und den Manschetten, die Knöpfe vom Uniformrock, das rote Band von den Hosen, die Gradabzeichen von den Schulterpatten, wirft alles in den Staub und zerbricht Dreyfus' Säbel überm Knie. Zum Schluss dieser langen Folge von Demütigungen muss Dreyfus mit zerrissenen Kleidern die Front der versammelten Regimenter abschreiten.

Zu dieser institutionellen Grausamkeit gesellt sich die des Mobs. Während Dreyfus und die Vertreter der Streitkräfte noch am Diskurs von Armee und Republik festhalten, verraten die

Hassschreie der Menge deutlich, worum es wirklich geht: »Tod! Tod den Juden! Nieder mit Judas! Tod dem Verräter!«, erklingt es aus der Menge, die sich, von der Polizei mühsam zurückgehalten, gegen das Hofgitter drängt und die umliegenden Straßen schon frühmorgens füllt, an die 20 000 Neugierige. Und der Antisemitismus beschränkt sich durchaus nicht aufs sogenannte einfache Volk, er durchdringt auch die Gespräche der Diplomaten, Journalisten und prominenten Persönlichkeiten, für die man auf dem Hof eine Sondertribüne errichtet hat. Dort sitzt, in der Uniform eines Leutnants der Artillerie, etwa Maurice Paléologue, ein sechsunddreißigjähriger Diplomat, der fürs Außenministerium die Affäre beobachtet; Proust kannte ihn aus den Salons von Madame Aubernon und Geneviève Straus, er wird ihn auch in der »Recherche« erwähnen. Paléologue fragt den rechts neben ihm sitzenden Chef des Geheimdienstes, Jean Sandherr, der an der »Untersuchung« gegen Dreyfus beteiligt war, warum nur der Hauptmann die Entwürdigung so ganz ohne Widerstand über sich ergehen lasse. Sandherr, der schon bei seinen Besuchen in Paléologues Büro immer antisemitische Sprüche von Stapel ließ, antwortet: »Man sieht, dass Sie die Juden nicht kennen! Diese Rasse hat weder Patriotismus noch Ehre, noch Stolz. Seit Jahrhunderten betreiben sie nichts anderes als den Verrat.«[195] Dreyfus, der an die Ehre der Armee appellierte, wusste selbst durchaus, was vorging. »Mein einziges Verbrechen ist, dass ich als Jude geboren bin«, hatte er am Vorabend der Degradierung seinem Gefängniswärter Forzinetti geklagt.[196]

Es ist freilich die dritte Form der Grausamkeit, die Prousts Erschütterung auslösen wird: die Berichterstattung der Presse. Der »Figaro«, die damals am meisten gelesene Zeitung, beschreibt in seiner Ausgabe vom 6. Januar die Degradierung als »physische Folter« und nennt Dreyfus »eine abscheuliche und verräterische Bestie. (…) Sein Gesicht trägt die Farbe des Verrats. (…) Er ist ein Ausländer, ein Wrack aus irgendeinem Ghetto. (…) Dieser Schurke war kein Franzose.« Gegen ihn beschwört die Zeitung den »Glauben an das Vaterland, der unsere Rasse, unsere Sprache, das Blut unseres Blutes, das uns in Verbundenheit eint, immer beschützen wird«.[197]

»La Cocarde« vom 6. Januar übertrifft die Grausamkeit des »Figaro« noch um einiges. Auch dieser Berichterstatter hebt Dreyfus' »ethnische Nase, (…) sein fremdrassiges Gesicht« hervor. Aber vor allem umrahmt er seinen Artikel mit abscheulichen Tötungsfantasien, deren unausgesprochener Hintergrund eine zehn Tage zurückliegende, heftige Debatte in der Deputiertenkammer über die Frage der Todesstrafe für Verräter wie Dreyfus war.[198] Das Spektakel der Degradierung sei aufregender als das der Guillotine im Morgengrauen auf der place de la Roquette, wo man kürzlich den Anarchisten Émile Henry hingerichtet hatte. Für Henry, meint der Berichterstatter gegen Schluss, habe er »im Herzen die aufrichtigste Brüderlichkeit für einen Unglücklichen meiner Rasse« empfunden. Aber was solle man mit diesem sogenannten Dreyfus anfangen? Niemand auf der Welt könne »dieses Individuum akzeptieren. Er ist nicht geboren, um in Gesellschaft zu leben. Allenfalls ein Ast in einem verrufenen Wald streckt sich zu ihm. Dass er sich daran aufhänge.«[199]

Es waren keine Dutzendjournalisten, die diesen Hass in die Welt setzten. Der siebenundzwanzigjährige Léon Daudet, der im »Figaro« schrieb und der zweiunddreißigjährige Maurice Barrès, Autor des »Cocarde«, gehörten zu den angesehenen Schriftstellern jener Jahre. Mit beiden war Proust persönlich bekannt, mit Daudet sogar bald eng befreundet. Beide hat er bewundert und blieb mit ihnen, bei aller Ablehnung ihres Antisemitismus, sein Leben lang verbunden.

PROUSTS FRÜHE ZWEIFEL AN DER SCHULD VON DREYFUS

Im Rückblick mag es unglaublich wirken: Fast niemand glaubte damals an die Unschuld von Alfred Dreyfus. Bis in jüdische Kreise war die Idee verbreitet, man solle Dreyfus einfach erschießen.[200] Joseph Reinach, der große jüdische Chronist der Affäre, schreibt in seiner »Histoire de l'affaire Dreyfus«, dass damals außerhalb der Familie nur zehn Gerechte an der Schuld von Dreyfus zweifelten.[201] Zwei dieser Gerechten offenbarten ihre Zweifel an der Demütigung von Dreyfus bei zwei Pariser Diners noch am Abend des 5. Januar.

Der eine, Émile Zola, war an jenem Abend wie so oft ins legendär gastfreundliche Haus von Alphonse Daudet an der rue de Bellechasse 31 geladen – auch Proust war just zehn Tage zuvor zum ersten Mal von seinem Geliebten, dem Komponisten Reynaldo Hahn, zu den Daudets mitgenommen worden; wir kommen darauf zurück. Léon Daudet, Alphonse Daudets älterer Sohn, berichtete Zola voller Feuer von der Degradierung und skizzierte den Bericht, den er am folgenden Tag im »Figaro« veröffentlichen wird. Zola gab ihm scharf kontra: »Man darf unter keinen Umständen an die Masse appellieren. Ich missbillige energisch die Grausamkeit der aufgewühlten Menge gegen einen Einzelnen, mag er hundert Mal schuldig sein.«[202] »Meine Erregung aus menschlicher Sicht: alle gegen einen, der seine Unschuld herausschreit, die Grausamkeit der Menge«,[203] schrieb Zola nach dem Streit am 5. Januar 1895 in sein Notizbuch. Dem Hause Daudet blieb er fortan fern. An die Unschuld von Dreyfus glaubte er indes, bei allen Zweifeln, damals noch nicht.

Das andere Diner fand in der Nachbarschaft der Prousts statt, an der rue de Panthièvre bei Professor Simon Duplay, einem klinischen Chirurgen, Kollegen und alten Studienfreund von

Adrien Proust, dem Vater von Marcel. Die Duplays und die Prousts luden sich oft wechselseitig ein. Maurice Duplay, vierzehnjähriger Sohn der Familie und mit dem zehn Jahre älteren Marcel befreundet, hatte auf den Heimweg vom Lycée eine der Abendzeitungen gelesen und war durch den aufrichtigen Ton von Dreyfus' Protest ins Zweifeln geraten. An der Tafel mit lauter eminenten Medizinprofessoren stach den leicht anarchistisch angehauchten Gymnasiasten der Hafer: »Plötzlich trieb mich die Idee um, all diese Prinzen der Wissenschaft samt Gattinnen zu schockieren. An meinem Tischende murmelte ich zu meinen Nachbarn: ›Und wenn Dreyfus unschuldig wäre?‹ Die gesuchte Wirkung trat ein, mein Satz (…) lief um den Tisch von einem Ohr zum anderen und machte Skandal. (…) Doch nach Tische nahm mich Mme Proust, die mich immer aufs Zärtlichste verwöhnt hatte, beiseite, in eine Ecke des Salons.

Du hättest also Zweifel an der Schuld von Dreyfus? Nun stell dir vor, Marcel denkt wie du. Er hat den Bericht von der Degradierung in ›Le Temps‹ gelesen und meint, dass Dreyfus nicht den Eindruck eines Schuldigen mache.«[204]

Proust muss ähnlich empfunden haben wie Zola. »Der Gedanke, was jemand erleiden könne, habe ihn einst zum Dreyfus-Anhänger gemacht«,[205] wird er 1920 sagen.[206] Dass Proust so früh geneigt war, an Dreyfus' Schuld zu zweifeln, darf man auf Auteuil als geistige Lebensform zurückführen. Zum Gefühl für die Fragilität der jüdischen Lage, was zumal die Veröffentlichungen aus dem Jahr 1892 bekunden, war aber noch etwas hinzugekommen. Am 22. Mai 1894 lernte er auf einer Soirée bei Madame Lemaire den Komponisten Reynaldo Hahn kennen; er wird für zwei Jahre sein Geliebter und für den Rest des Lebens sein enger Freund sein. Am 13. Oktober wird Alfred Dreyfus verhaftet, und in dem aufziehenden antisemitischen Sturm wird Hahns jüdische Familie rasch ein scharfes Bewusstsein ihrer Bedrohung an den Tag legen.[207] Reynaldo war wie Proust bereits am 5. Januar 1895 mit dem kleinen Netzwerk der Zweifler verbunden und aufs Feinste informiert. Als Marcel seinen petit ami Maurice Duplay bald nach dem 5. Januar wiedersah, erzählte er ihm: »Ich weiß nicht (…), ob wir recht haben, denn wie du habe ich Zweifel. Allerdings sind wir nicht die einzigen. Es scheint, dass ›Le Journal‹ eine Reportage Paul Brulats über die Degradierung zurückgewiesen hat, in der er die Hypothese eines Justizirrtums vorbrachte. Und noch besser: der Direktor des Gefängnisses Midi, der Kommandant Forzinetti, soll von der Unschuld des Verurteilten überzeugt sein. Er habe ihm voller Gefühle die Hand geschüttelt, als er in die Ecole militaire aufbrach. (…) Ich habe das alles von Reynaldo.«[208] A propos »nicht die einzigen«: Zu den wenigen Gerechten gehörten auch Victor Barrucand und Félix Fénéon, die insgeheim anarchistischen Redakteure der »Revue Blanche«,[209] der Zeitschrift, in der Proust und die Créme der französischen Literatur publizierten. In ihrer Kolumne »Passim« polemisierten sie im Januar und im Mai 1895 gegen die »lynchmordähnliche Tollwut« und das »ausgefuchste Folterwesen« der Dreyfus-Gegner.

WENDEPUNKT II: DER DAUDET-PASTICHE

Proust und Hahn gehörten zu der verschwindend kleinen Minderheit, welche die an Dreyfus verübte Grausamkeit nicht gleich wieder vergaß. In einem Jahr, in dem so gut wie niemand über die Affäre sprach, taten sie es weiterhin. Nur mit Marcel könne er »über die Affäre reden«,[210] schrieb Hahn an Suzette Lemaire. In den größtenteils unveröffentlichten Briefen Hahns aus dem Sommer 1895 ist häufig von der Affäre die Rede.[211] Einfach war der Weg für die Zweifler indes nicht. Es wird noch einige Monate dauern, bis Prousts gewachsenes Bewusstsein für das antijüdische Unrecht ein erstes Mal in sein literarisches Schreiben durchschlägt. Die Frontlinien, die 1897 so klar sein werden, sind jetzt noch kaum entwirrt. Nirgendwo zeigt sich das so deutlich wie im Verhältnis von Proust und Hahn zu Barrès und Alphonse Daudet.

Barrès wird 1897 die große, gehasste Enttäuschung der dreyfusistischen Jugend sein. Wir haben gesehen, wie hartnäckig Proust sich an seinen »Déracinés« rieb. 1895 war die Abgrenzung noch komplizierter. Barrès, dessen flagranten Antisemitismus Biografen bis heute gern übersehen,[212] gehörte zu den Journalisten, die den Rassenhass in die gutbürgerlichen Zeitungen trugen. Sein spezieller Stolz war es, den angeblichen Verrat von Dreyfus essentialistisch aus einem unterstellten Wesen des Jüdischen herzuleiten. Am 24. Dezember 1894 hatte er in »La Cocarde« das Urteil gegen Dreyfus kommentiert. Wie immer setzte er einen schreienden Titel. Das »Motiv des Verrats« lief zuoberst quer über die ganze erste Seite. »Es waren nicht der Hass, nicht der Ehrgeiz, nicht die Liebe noch Spielschulden, die entschieden. Was also ist der Preis seiner Infamie? Der Preis, fragen Sie – Also … dreißig Silberlinge.« Diese Anspielung auf Judas nahm nicht nur den Titel von Barrès' nicht minder infamem Bericht über die Degradierung vorweg – »La parade de Judas« –, sie präludierte auch den berühmtesten antisemitischen Satz, den Barrès über Dreyfus formulieren sollte: »Dass Dreyfus zum Verrat fähig ist, schließe ich aus seiner Rasse.«[213] »Ich weiß, dass es hart war, sich von Barrès abzuwenden«,[214] räumte Proust an seinem Lebensende ein, und so war es schon, als er vierundzwanzig war. Ein halbes Jahr nach Barrès' unsäglicher »Parade de Judas« ist Proust am 18. Juli 1895 schon wieder untröstlich, ein Wiedersehen mit Barrès verpasst zu haben.[215] Eine Woche später gibt er sich zusammen mit Reynaldo Hahn vergnügt gehobenem Barrèsismus hin. In Saint-Germain-en-Laye, im Landhaus von Hahns Schwestern Clarita Seminario und Maria, arbeitet Hahn an einer kammermusikalischen Umsetzung des Romans, der Barrès zum prince de la jeunesse gemacht hatte: »Illustrations pour le Jardin de Bérénice«. Den letzten Teil der bis heute unveröffentlichten Komposition widmet er Proust. Melancholische Tagebuch-Notizen Hahns zieren die Partitur, eine Federzeichnung Prousts bezieht sich auf sie.

Ähnlich war das Hin und Her um Alphonse Daudet. Seit seinem ersten Besuch bei den Daudets am 27. Dezember 1894, drei Tage nach Dreyfus' Verurteilung, war Proust zu einem Habitué der berühmten Donnerstagsempfänge der Daudets geworden. Man war entzückt von seiner exquisiten Höflichkeit und wohl auch von den herzerweichenden Schmeichelbriefen, mit denen er Julia und Alphonse Daudet eindeckte. Proust warf ein Auge auf den ausnehmend gut aussehenden jüngeren Sohn der Familie, den sechzehnjährigen Lucien, der sein nächster Geliebter werden sollte. Und er folgte mit Hahn im Juli 1895 einer Einladung auf den Landsitz der Daudets in Champrosay. Proust wusste natürlich, dass Daudet nicht nur Turgenjew und Henry James zu Gast hatte, dass er nicht nur Theodor Herzl empfing (übrigens just in der Zeit, als auch Proust bei ihm ein und aus ging), sondern dass er auch eng mit dem Chefideologen des französischen Antisemitismus, mit Édouard Drumont, befreundet war. Daudet war von Drumonts hasserfüllter »La France juive« so begeistert, dass er die Publikation ermöglichte. Als eifriger Leser der Tagebücher der Brüder Goncourt kannte Proust die heftigen Aufwallungen des Daudet-Goncourt'schen Antisemitismus in diesem »Journal«. Doch wie Zola im Salon Daudets von Léons Grausamkeit abgestoßen war, so hatte auch Proust eines Tages genug vom notorischen Antisemitismus der Daudets.

Es war wieder ein Donnerstagsempfang, der vom 14. November 1895. Proust hatte sich nun fast ein Jahr in diesem Salon umgesehen und umgehört, auch an diesem Abend beobachtete und staunte er in Begleitung von Reynaldo Hahn. Zum ersten Mal traf er an diesem Abend den berühmten Edmond de Goncourt. Proust vergnügte die Gesellschaft mit einer seiner berüchtigten Montesquiou-Imitationen, dann ging er nach Hause und tat etwas, was er noch nie getan hatte.

Er nahm eines der Schulhefte, in die er damals die Entwürfe seiner Artikel zu notieren pflegte, und spießte auf vier furiosen Seiten den Rassismus, den »Antisemitismus« und den »fürchterlichen Materialismus« des Kreises um Daudet auf.[216]

Man kann die Bedeutung dieser vier Seiten nicht überschätzen.

Die Erkenntnis ihrer Bedeutung beginnt damit, dass man diese Attacke nicht als Brief missversteht. Obwohl sie keine Anrede, keine Abschiedsklausel und keine Unterschrift tragen, haben alle Editoren von Kolb über Leriche bis Picon, Ritte und Fischer die vier Seiten in ihre Ausgaben von Prousts Korrespondenz übernommen. Aber warum sollte Proust Hahn einen Brief schreiben, der mit dem Satz beginnt »Gestern Diner bei Daudets mit meinem kleinen Genstil« (so lautet ein Zärtlichkeitsname für Hahn), wo doch Hahn selbst dabei war? Jean Milly[217] hat bereits 1970 darauf hingewiesen, dass Proust mit dieser Wendung den Tagebuch-Stil Goncourts pastichiere. Picon und Keller sind 2007 dieser Vermutung gefolgt. Aber Klarheit entstand erst, als später in diesem Jahr in einem Katalog des Antiquariats Vrain eine Abbildung der vier herausgerissenen Schulheftseiten auftauchte. 2009 hat Luzius Keller die Konsequenz gezogen:[218] das Ganze ist editorisch gesehen kein Brief, sondern ein literarischer Text, der nicht in die Brief-, sondern in die Werkausgabe gehört. Es handelt sich um den Pastiche eines »Journal«-Eintrages von

Goncourt, den ersten von mindestens sechs Goncourt-»Journal«-Pastiches, die Proust in seinem Leben schreiben wird, in seinen Briefen, in der »Lemoine-Affäre« und in der »Wiedergefundenen Zeit«. Der einzige freilich, in dem er nicht Goncourt sprechen lässt, sondern selbst spricht. Und wie! Erstmals mit Klartext und in der ersten Person zum Antisemitismus.

Dieser skizzenhafte literarische Text ist nichts anderes als die Urzelle der vielen Stücke, in denen Proust sich den Antisemitismus in den Salons seiner Zeit vornehmen wird. In jeder Werkausgabe würde diesen Seiten ein Ehrenplatz zukommen. Die vier Seiten des Vierundzwanzigjährigen aus der frühesten Inkubationszeit der Dreyfus-Affäre sind das Präludium der großen antisemitismuskritischen Salonszenen in »Guermantes« und »Sodom und Gomorrha«. Und dass diese eher unscheinbare Schreibübung tatsächlich in diese Filiation gehört, zeigt die Präsenz eines Motivs, das mit wörtlichen Anklängen sowohl im »Jean Santeuil« wie in der »Recherche« wieder auftauchen wird. Proust berichtet nämlich nicht nur vom Hass der Daudets auf die Juden, den er gut zu kennen scheint. Er setzt diesem Hass auch ein Lob der Juden zur Seite, eines von nur dreien in seinem Werk, ein viertes hat er geschrieben und gestrichen. Natürlich kann diese kleine Lobes-Konfession nur zustande kommen, weil hier im Gegensatz zu den anderen Goncourt-Pastiches Proust und nicht der notorische Antisemit Edmond de Goncourt spricht. Proust spricht erst von der »wahren Überlegenheit des Adels« über die Bourgeoisie in Sachen »Höflichkeit, Liebenswürdigkeit, Charme« und stellt dem Adel dann die »Juden« an die Seite: »Die Juden haben das auch, auf andere Weise, eine Art Barmherzigkeit in der Selbstliebe, eine Herzlichkeit ohne Stolz, die äußerst wertvoll ist.«

Ein Jahr später wird dieses Lob im »Jean Santeuil« wiederkehren, im Preis der Madame Marie.[219] »Sie war Jüdin.« Ihre

»ungewöhnliche Klugheit, göttliche Güte und ein geradezu überirdischer Charme lassen auf der Stelle kein rechtschaffenes Wesen ungerührt.« Sogar »Madame Santeuil, die aus einem Milieu hervorgegangen war, in dem man Juden mit tiefstem Misstrauen begegnete«, hatte sich in ihr »an eine Jüdin wie an eine Schwester anschließen können«.

Und 1910 findet das jüdische Lob sein Telos aufs Beziehungsreichste in der Restaurantszene in »Guermantes«, einem Herzstück der »Recherche«, der intimsten und ambivalentesten Szene, die Proust je über seine jüdische Seite geschrieben hat – wir werden auf sie zurückkommen. Auch hier wird die jüdische »Großzügigkeit des Herzens« hervorgehoben, Juden seien, heißt es in einem Satz ohne Parallele, »Leute, die man tief lieben könne«.[220] Zur Typik des Motivs gehört, dass an allen drei Stellen das Lob der Juden mit einem Vergleich verbunden ist. Die antisemitische Madame Daudet mache eine »beklagenswerte« Figur neben »Madame de Brantes oder Madame Lyon«, also einer adligen und einer jüdischen Gastgeberin; die Rede ist von Madame Charles-Léon Lyon-Caen, geborene Marguerite May – so der Vergleich im ersten Lob. »Die Seele einer solchen Jüdin war Unserem Herren ein angenehmerer Duft als all die Seelen der Christen, der Pfarrer und der Heiligen« – so wird Madame Marie im »Jean Santeuil« verglichen. Neben dem »geistigen Horizont« und der »Aufrichtigkeit« der Juden machten Adlige wie »die Mutter Saint-Loups und der Herzog von Guermantes eine traurige Figur (…) mit ihrer inneren Dürre« – so der Vergleich in der »Recherche«.

GESELLSCHAFTSKRITISCHER FRONTWECHSEL IM »JEAN SANTEUIL«

Wie nah ist Proust in diesen wichtigen vier präludierenden Blättchen aus dem Jahr 1895 den großen Darstellungen des Antisemitismus in der »Recherche«? Fern, ganze vierzehn Jahre fern, sagt die Proust-Forschung. Erst mit der Erfindung der Figur Swanns im »Cahier 4« im Jahr 1909 wurde die »Recherche« geboren und der Weg frei für die großen Salonszenen. Dass man sich nicht täusche! Proust war damals der Erfindung Swanns deutlich näher, als angenommen wird. Am 1. September 1897 schrieb er aus dem Oranienhof in Bad Kreuznach, »Creusnach«, wohin er seine Mutter begleitet hatte, einen Brief an Madame de Brantes, die in Marienbad kurte. Madame de Brantes war eine Cousine des Hochadelsexperten Robert de Montesquiou, die Proust immer wieder über Adelssitten ausnahm. In diesem Brief taucht ganze zwölf Jahre vor dem Anfang der »Recherche« zum ersten Mal unter Prousts Feder Charles Haas auf, das Vorbild von Swann. Proust erkundigt sich, ob es zu den »Tiks, Vorurteilen, Gewohnheiten« im antisemitischen Hochadel gehöre, einem Juden wie »M. Haas oder M. Schlumberger nur die linke Hand« zu geben. Er möchte das für seinen Roman »Jean Santeuil« verwenden, zumal für das Bild des Salonverhaltens seines brandreaktionären Duc de Réveillon. Plante Proust also schon damals, einen Monat bevor die Dreyfus-Affäre in ihre heiße Phase trat, eine Swann-ähnliche Figur in einen Guermantes-ähnlichen Salon zu schicken?

Nun, es ist nicht dazu gekommen. Jüdische Helden ließ Proust erst in der »Recherche« auftreten. Und auch fiktive antisemitische Salonszenen in der ersten Person wird es erst dort wieder geben. Aber auch wenn der fremde Charles Haas noch nicht hineingefunden hat: Proust ist in den Jahren zwischen 1895 und 1897, der Zeit also, in der Dreyfus verhaftet, degradiert und deportiert worden war, die Affäre aber noch nicht in ihre heiße Phase getreten war, literarisch auf radikale Distanz zur französischen Gesellschaft seiner Zeit gegangen. Der Abstand des »Jean Santeuil« zur Prosa des Salon-Chouchous in »Le Banquet« ist in Stil und Sache eklatant. Proust hat im »Jean Santeuil« den Ton und fast auch die Front gewechselt.[221] Er setzte in seinem Romanentwurf neben den Entwicklungsroman Jean Santeuils einen historischen und gesellschaftskritischen Roman, den er einmal selbst einen »historischen Essay über die französische Gesellschaft am Ende des 19. Jahrhunderts«[222] nennt – eine ähnliche Doppelung werden wir in der »Recherche« wieder treffen.[223] Und er geht darin mit einer klassenkämpferischen Verve zur Sache, die man so explizit später nicht wieder finden wird. Als die hochadligen Réveillons zum ersten Mal vom bürgerlichen Jean, dem Freund ihres Sohnes, hören, fürchtet die Herzogin, Jean »sei sicher dazu (erzogen) worden, uns alle zu hassen. Man sagt, sein Vater habe sehr fortschrittliche Ideen.«[224] Jeans Vater arbeitet als Spitzenbeamter für das neue republikanische Kabinett, und von dem hält der Herzog eher wenig: »Ha, diese Bande von Kanaillen! Erschießen lassen würde ich sie samt und sonders, und zwar im Handumdrehen.«[225] Für einen Réveillon ist »Jean (das heißt ein kleiner Bürgerlicher)« der Klassenfeind oder, wie sich der »Jean Santeuil« in der Sprache der Antike für Emporkömmlinge und Gegner ausdrückte, »der homo novus, der Fremde, der ›hostis‹ der Römer«.[226] Letztlich sind die Republikaner den Juden hörig. Die Herzogin, eine Cousine des Kaisers von Österreich, weiß genau, dass der erste Platz in den Schulen »von den regierungsfreundlichen Lehrern bekanntlich jüdischen Schülern vorbehalten wurde«.[227] Während der Hochadel sich natürlich seit Generationen von den Juden fernhielt. Den Urgroßvater eines Fürsten der minderen noblesse d'Empire etwa hätten sie »wegen seiner niedrigen jüdischen Herkunft und seiner revolutionären Gesinnung nicht einmal als Jagdhüter« haben wollen.[228]

So greift Proust schon einige Zeit vor der Dreyfus-Affäre den Antisemitismus bisweilen durchaus deutlich auf. Häufiger aber weniger deutlich: in neutralisierter, codierter, verschwiegener Form. Etwa im wunderbaren Kapitel über Charles Marie, einen einflussreichen Politiker, der in der Panama-Affäre wegen Korruption zu Fall kommt. Marie war mit »zwei oder drei Bankiers verbunden, die nicht zu den ehrenhaftesten gehörten«. Im Lauf der Affäre sind sie »von der Bildfläche verschwunden (...) der eine hat sich umgebracht, ein anderer lebt in Amerika«.[229] Das war eine deutliche Anspielung auf Jacques de Reinach und Cornelius Herz, die beiden Finanzleute, die in der Panama-Affäre das Lieblingsziel der Antisemiten waren. Aber Proust nennt weder die Panama-Affäre noch ihre jüdischen Akteure beim Namen, obwohl er eine mit feinsten historischen Details gespickte Darstellung des Skandals um Charles Marie gibt. Ähnlich verhält es sich mit dem reichhaltigen und soziologisch anspruchsvollen Gesellschaftspanorama des Romans. Proust stellt der von Tradition geleiteten Welt des Adels die von Geld besessene Welt der Emporkömmlinge gegenüber. Die Darstellung ihrer rein utilitaristischen sozialen Aufstiegstechniken und ihrer zeitgeistgesteuerten Inneneinrichtungen hat ein Air von Bourdieu avant la lettre. Und natürlich spielten darin auch eine »amerikanische Milliardärstochter«[230] und eine »bezaubernde, steinreiche, für das Leben in der Gesellschaft schwärmende Amerikanerin«[231] eine Rolle. Realiter waren das oft Amerikanerinnen jüdischer Herkunft wie Winnaretta Singer, die erst Monsieur de Scey-Montbéliard und dann den Prince Edmond de Polignac heiratete, oder Anna Fould, die erst den Marquis Boni de Castellane und dann Hélie de Talleyrand-Périgord, Prince de Sagan, heiratete, alles Bekannte von Proust.

So machte Proust im »Jean Santeuil« bereits in der Zeit vor der Dreyfus-Affäre das Jüdische zum Thema, aber öfters dejudaisiert, ohne wirklich davon zu sprechen. Es ist dies eine ähnliche Ambivalenz wie diejenige, die ihn nach dem Ausbruch der Affäre in den Dreyfus-Kapiteln dieses Romans das Aussprechen seiner jüdischen Gefühle so widerspruchsvoll und schwer gemacht hat. Und es ist eine Ambivalenz, die in anderer Form, in der Mischung aus Kritik und Liebe, auch die Réveillon-Kapitel des »Jean Santeuil« durchdringt – und zuletzt und zuerst natürlich Prousts Leben. Die gleichen Réveillons, die in den historisch-soziologischen Passagen als beinharte antirepublikanische Monarchisten erscheinen, werden in den Passagen, die zum Entwicklungsroman Jeans gehören, zum Zentrum einer gigantischen Proust'schen Erlösungsfantasie: Sie avancieren zu Jeans herzensguten Rettern vor den bösartigen Intrigen der krypto-jüdischen Madame Marmet.

Wie im Schreiben, so im Leben: Die im privaten Goncourt-Pastiche als krasse Antisemiten decouvrierten Daudets bleiben im Leben für immer Prousts geliebte Freunde und er der ihre. 1896 verbrachte Proust eine Woche Ferien mit Léon, dem älteren Sohn von Alphonse Daudet, der Juden und also auch Prousts Mutter in seinem Artikel über die Degradierung im »Figaro« gerade noch als »Getto-Abfall« geschmäht hatte. Sie logierten im Hôtel de France et d'Angleterre in Fontainebleau, wo Proust, zu einer Zeit, als von Dreyfus wenig die Rede war, seine qualvolle Verlassenheit im fremden Hotelzimmer mit der von Dreyfus in der Zelle vergleicht. Der stets wachsende Antisemitismus Léons, der seit ihrer Gründung Mitglied der Ligue Nationale Antisémitique de France war, wird der Herzlichkeit ihrer Freundschaft nie etwas anhaben können – Daudet verschafft Proust 1919 den Prix Goncourt, und Proust revanchiert sich 1920 mit einer Widmung von »Guermantes«, dem dritten

Band der »Recherche«, an den unvergleichlichen Freund. Als die Affäre gerade am Explodieren war, eilten am 16. Dezember 1897, nachdem Alphonse Daudet mitten im Satz bei einem Diner in seinem neuen Heim an der rue de l'Université gestorben war, Proust und Reynaldo Hahn noch am gleichen Abend brüderlich und verzweifelt ins Trauerhaus. »Die folgenden drei Tage hatte ich ohne Unterbruch die Unterstützung ihrer Anwesenheit bei mir«,[232] erinnert sich Lucien Daudet, dessen Affäre mit Proust sich schon wieder zu Freundschaft gemildert hatte. Proust sah zu, wie die Elite der französischen Literatur von France über Zola bis Barrès am Totenbett Abschied nahm, und er ließ es sich nicht nehmen, diese Beobachtungen zwei Tage später der »La Presse« in einer sehr schillernden Mischung aus Gesellschaftsreportage und Heiligenverehrung zu überlassen. Der tote Daudet wird darin zum »Gekreuzigten: Man kann nicht umhin zu weinen, wenn man auf seiner Brust dies Silberkreuz sieht (...), dies Symbol Unseres Herrn (...), dem er glich und der wie er so viel gelitten hat.«[233]

Aber Prousts Ambivalenz war auch nicht seine allein. Auch Émile Zola, der größte aller Dreyfusards, ging durch sie hindurch. Im Mai 1896, als er im »Figaro« seinen berühmten Artikel »Für die Juden« schrieb, hielt er Dreyfus noch immer für schuldig. Doch als er im Herbst 1897 durch seine viel beachtete Folge von Artikeln wiederum im »Figaro« zum berühmtesten Vorkämpfer für Dreyfus' Sache geworden war, fand er zum Antisemiten und Antidreyfusard Alphonse Daudet zurück. Und nicht nur er. Am 20. Dezember konnte man bei der Beerdigung von Alphonse Daudet eine Szene beobachten, die sinnbildlich für die so komplizierte literarische Kultur Frankreichs in jenen Tagen war: Die unversöhnlichsten Gegner in Sachen Dreyfus – Zola, Drumont (mit dem Zola sich duelliert hatte), der Romancier Hervieu und der Kritiker Lemaître – waren zusammengekommen und hielten bei der Sarglegung je eine Kordel des Bahrtuchs von Daudets Sarg. In der Grabrede wandte sich der Dreyfusard Zola liebevoll an den von ihm so kritisierten Antidreyfusard Léon. In keinem Buch finden sich diese so schwer verständlichen Verwerfungen der französischen Kultur so eindringlich dargestellt wie in der »Recherche«, unserem nächsten Sujet.

KAPITEL 3

Nach dem Sturm: Die »Recherche«, ein jüdischer Roman?

So wichtig das Jüdische für Proust stets war, lange Zeit hat er darüber nur wenig, knapp, andeutend und indirekt geschrieben. Das ändert sich mit der »Recherche« – sie ist jüdisch von der ersten Zeile der Entwürfe bis zum letzten Zettelchen aus der Todesnacht.

Beides darf man wörtlich nehmen. Natürlich ist die Redeweise von einer ersten Zeile der »Recherche« gewagt. Schließlich füllte Proust seit Februar 1908 eine lange Reihe von Notizbüchlein, »carnets«, und Schulheften, »cahiers«, mit handschriftlichen Notizen und Entwürfen. Und wann genau sich dabei der Plan einer halb essayistischen, halb erzählerischen Arbeit über den Kritiker Sainte-Beuve in die Arbeit an der künftigen »Recherche« verwandelt hat, ist eine Frage der Interpretation. Interessanterweise glauben aber auch die feinsten Kenner der Handschriften, den Übergang zur »Recherche« auf Tag und Manuskriptseite genau angeben zu können. Die umfangreichste Rekonstruktion von Prousts Schreibprozess gibt in drei Bänden der Brite Anthony R. Pugh. Er findet die entscheidenden Zeilen auf der Seite 35recto des »Cahier 4«;[1] Proust soll sie nach seiner Annahme um den 20. Mai 1909 geschrieben haben. An dieser Stelle taucht auf der großen Straße, die nach Combray führt, vor des Erzählers Auge »eine Kalesche auf, in der man eine junge Frau mit goldblondem Haar erahnen konnte. Das ist die Comtesse de Garmantes, sagte uns ein Bauer«. Pugh nimmt an, dass hier erstmals eine kohärente erzählerische Struktur für bislang Getrenntes entstanden sei; Garmantes band Paris und Provinz, Kindheit und Erinnerung, Fiktion und Realität zusammen; auch Claudine Quémar sieht in diesem Satz »die entscheidende Erleuchtung«.[2] Ohne Zweifel, schreibt Pugh, »musste das Auftauchen dieser Struktur, die es ihm ermöglichte, seine Erfahrung in all ihrem Reichtum zu verkörpern und sie in ein ästhetisches Register zu übertragen, Proust als das bedeutendste Ereignis seines Lebens vorkommen«.[3] »Prousts Roman war geboren.«[4] Proust selbst drückte es 1910, kurz nach seiner eigenen schriftstellerischen Geburt, so aus: »Und dann, eines schönen Tages entdeckten alle diese Elemente bei sich eine geheime Affinität zueinander und vermengten sich zu einem einzigartigen Kompositum: der Schriftsteller war geboren.«[5] (To be honest, Proust sagte das nicht über sich, sondern über Lucien Daudet.)

DIE ERFINDUNG SWANNS

Zu diesem einzigartigen Kompositum gehört aber noch etwas Zweites – das Jüdische. Marcel, wie wir den Erzähler nennen wollen, hatte im Mai 1909 noch eine andere erste Begegnung. Am Anfang des Spazierganges, auf dem er die Kalesche erblickt, taucht zum ersten Mal auch »M. Swann« auf, der große jüdische Held des Romans, im gleichen entscheidenden »Cahier 4« auf der Seite 25recto. Bald gefolgt von »Mlle Swann«, seiner Tochter, der künftigen Gilberte, Seite 31recto. Auch diese mit der ersten durch eine Promenade direkt verbundene Begegnung hat man das »wahre Geburtsdatum«[6] der »Recherche« genannt. Und was hier zur Welt kommt, ist nichts anderes als die »Recherche« als jüdischer Roman in einem durchaus präzisen Sinn.

Wie diese Geburt erfolgt, ist ein staunenswerter und in seiner Tragweite noch viel zu wenig beachteter Vorgang.[7] Während die anderen Elemente des künftigen Romans sich nur langsam und umständlich entwickeln, kommt der jüdische Roman wie eine Sturzgeburt schnell und ausgereift zur Welt. Er ist da, als fast alles andere noch unklar ist. Wie aus dem Nichts, ohne Vorzeichen im früheren Werk und mit von Anfang an fertigem Namen präsentiert Proust mit Charles Swann eine fast zur Gänze frei erfundene, biografisch auf Anhieb recht komplett ausgestattete jüdische Hauptfigur, in der er nicht nur ein jüdisches Leben, sondern, umfassender noch, sein ganzes eifersuchtszerquältes, angstzerfressenes Liebesleben darstellen wird. Charles Haas, Swanns reales Vorbild, war dafür wirklich nur »Ausgangspunkt«.[8] Swann ist eine der größten, folgenreichsten Erfindungen Prousts, tragend in allen Bänden der »Recherche«, ein Spiegel, ein »double« von Proust selbst, »ein jüdischer Marcel Proust«.[9] Swann ist der Held, mit dem der Erzähler durch alle Entwürfe und Bände seines Werkes hindurch eine privilegierte und für den Sinn der »Recherche« konstitutive Beziehung unterhalten wird.

Schon nach zwanzig Seiten im Fieber der gerade frisch erstehenden »Recherche« wird Proust auf der Seite 46recto schreiben: »Swann war einer der Menschen, denen ich mich am nächsten fühlte und den ich am meisten hätte lieben können. Swann war jüdisch.« Das nimmt fast wörtlich den Fanfarenstoß aus der Restaurantszene in »Guermantes«, Prousts turbulentester Szene über Juden, vorweg: dass »die Juden Menschen waren, die man zutiefst lieben«[10] könne. Und wieder zwanzig Seiten darauf bekennt der Erzähler auf Seite 62ro seines Entwurfheftes von Swann: »Ich fühle mich ihm so nah, dass ich nicht aufhören kann, von ihm zu sprechen.«

So ist es geblieben. Proust hat in der Tat sein Leben lang nicht mehr aufgehört, von Swann zu sprechen. Er schildert am Beispiel Swanns, dem bald Bloch folgen wird, die andere jüdische Figur, die in allen Bänden der »Recherche« auftaucht, eine Erfahrung, die seine eigene war: was es heißt, als Jude im Frankreich der Dreyfus-Zeit zu leben. Er beginnt im »Cahier 4« mit der Zeit vor Dreyfus, mit der Erinnerung des Erzählers an den assimilierten Swann seiner Kindheitstage. Er erzählt in der »Recherche« Swanns Liebe zu Odette und die Rückkehr des alten Swann zur jüdischen Tradition in der Dreyfus-Krise. Er bekräftigt in der »Wiedergefundenen Zeit« bilanzierend die Bedeutung Swanns für sein Schreiben und sein Leben: »Wenn ich es mir genau überlegte, hatte ich alles in allem den Stoff meiner Erfahrung, der auch der meines Buches sein würde, von Swann«, selbst der »Entschluss« zum Schreiben kam von ihm.[11] Und er besiegelt diese Innigkeit, als er sich 1922, selbst dem Tod nah, dem Tod und dem Nachleben Swanns widmet. Dreimal kommt Proust in seinem letzten Jahr in erhabener Steigerung auf Swann zu sprechen, eine identifikatorische Rückkehr zum jüdischen Swann, mit dem er 1909 seinen Roman begonnen hatte, kulminierend in einem Zettelchen, das er in der Todesnacht seiner Haushälterin Céleste Albaret diktierte, ultima verba, fast eine Antwort auf die ersten Zeilen von 1909.

Zuerst fügt Proust 1922 mit zunehmend klarerer Sicht auf den eigenen Tod den Bericht von Swanns Tod dem Typoskript der eigentlich abgeschlossenen »Gefangenen«[12] hinzu. Dieser Tod habe ihn damals »erschüttert«, lässt er den Erzähler sagen, »lange Zeit« sei für ihn »der Tod Swanns schmerzlicher gewesen als jeder andere Trauerfall«. (Auch als derjenige der Großmutter, hätte man ihn gerne gefragt.) Er meint »den ganz besonderen Tod, der vom Schicksal für Swanns persönlichen Bedarf entsandt worden war«.

Aber es bleibt nicht beim toten Swann. Im Sommer 1922 steht Swann plötzlich wieder lebendig vor Proust. Anfang Juli schreibt ihm Lucien Daudet, es sei im Pavillon de Marsan des Louvre ein Bild ausgestellt, auf dem »M. Haas très Swann«[13] zu sehen sei. Bald darauf schickt ihm Paul Brach einen Ausriss aus »L'Illustration« vom 10. Juni mit der Reproduktion des Gemäldes, es war James Tissots »Le balcon du cercle de la rue Royale en 1867«,[14] und es zeigte Swanns Modell Charles Haas in einer Position, die Proust vertraut war, als Bürgerlicher am Rand einer Gruppe von Adligen.[15] Proust war von der Reproduktion »verzaubert«[16] und bat seine Haushälterin Céleste ständig um den Ausschnitt – nicht ohne Folgen: Das Bild von Haas hat ihn dazu gebracht, die Hinzufügung vom Tod Swanns im August 1922 durch eine zweite Hinzufügung zu ergänzen.

Die paar Zeilen dieser zweiten Ergänzung gehören nun zum Verrücktesten in der »Recherche«. Marcel Proust verlässt kurz vor seinem Tod den Rahmen seines Romans und spricht aus der Fiktion hinüber in die Wirklichkeit zu Swann und dessen Vorbild Charles Haas. Er tut es in Sätzen, die unentscheidbar zwischen Autobiografie und Fiktion oszillieren, und er gerät dabei in solche Aufregung, dass er den Sinn etwas aus den Augen verliert. Der Anfang ist noch klar: »Und doch, lieber Charles Swann, den ich so wenig gekannt habe, als ich noch jung war und Sie schon dem Grab nahe waren, fängt man wieder von Ihnen zu reden an, und vielleicht leben Sie in Zukunft weiter, weil derjenige, den Sie für einen jungen Toren halten mussten, Sie zum Helden eines seiner Romane gemacht hat« – so beginnt das Addendum, und es macht die »Recherche« zu einem jüdischen Roman in einem präzisen Sinn: Der Roman erfüllt in Kunstform Swanns Wunsch nach dem Fortleben seines jüdischen Namens, den ihm die Tochter Gilberte durch ihren Verrat am Jüdischen verweigert hatte. In diesen Zusammenhang des Weiterlebens von Namen wollte Proust auch das Zettelchen aus der Todesnacht eingefügt wissen.[17] Eher verwirrlich ist der zweite Teil des Satzes: »Wenn man über Sie auf dem Gemälde von Tissot ›Le balcon du cercle de la rue Royale‹, wo Sie mit Galliffet, Edmond de Polignac und Saint-Maurice zu sehen sind, so viel spricht, dann deshalb, weil sichtlich einige Züge von Ihnen in die Figur des Swann eingegangen sind.«[18] Eine gewisse Schiefheit dieser Formulierung ist schon früh Prousts Freund Robert Dreyfus aufgefallen, auch Raczymow und Fraisse haben sie erörtert.[19] Züge von Swann sollen in Swann eingegangen sein? Fast alles würde sich sinnvoll auflösen, wenn Proust statt »lieber Charles Swann« »lieber Charles Haas« geschrieben hätte. Züge von Haas wären dann in Swann eingegangen, wie es ja tatsächlich der Fall ist. Proust hat ja gleich nach Erscheinen des ersten Bandes der »Recherche« eingeräumt, dass Haas der »Ausgangspunkt« seines Swann gewesen sei, »freilich von mir mit einer ganz anderen Menschlichkeit ausgestattet«.[20]

Wie dem auch sei, ein handschriftliches Original des Addendums mit der Anrede von Swann-Haas scheint nicht zu existieren. Aber Komplikationen, wie sie in diesen letzten Satz über Swann eingegangen sind, gehören zum Umgang Prousts mit seinem Helden. Prousts Verhältnis zu Swann mag lang, intensiv und bedeutend gewesen sein, einfach war es nicht. Und die Schwierigkeiten hängen meist mit Prousts ambivalentem Verhältnis zum Jüdischen zusammen. Sie ergeben sich aus dem Wechsel von Nähe und Ferne zu Swanns Judentum, verbunden mit dem Widerspruch zweier Modelle, deren sich Proust bei der Erzählung von Swanns Leben bedient. Einmal ist Swann ein Mensch, der sich in großer Freiheit und Kühnheit von seinem Herkunftsmilieu gelöst hat – was ja auch bei Proust der Fall war. In der anderen Blickweise ist er determiniert von den Gegebenheiten seiner »Rasse«, ein Terminus, den Proust in Übereinstimmung mit der damaligen Wissenschaft[21] und nahezu dem ganzen jüdischen Diskurs seiner Zeit[22] mit heute schwer verständlicher Selbstverständlichkeit verwendet. Proust greift auch bei der Beschreibung Marcels oder Albertines auf das deterministische Vererbungsmodell zurück.[23] Aber nirgendwo kommen die Spannungen zwischen den beiden Modellen so stark zum Ausdruck wie bei Swann, Bloch und deren adliger Gegengestalt Saint-Loup. Wir kommen auf Prousts Theorien zurück.

DER FREIE SWANN

Das frühe, so rasch entstehende »Roman-Porträt von Swann«[24] steht noch ganz im Zeichen der Freiheit. Es blendet zurück in die Jahre des Second Empire und schildert den rasanten Aufstieg des sich assimilierenden Swann. Nirgendwo zeigt sich so deutlich, dass Prousts Interesse an jüdischem Leben lange vor der Dreyfus-Affäre einsetzt. Auch der Antisemitismus, dem Swann an seinen Anfängen begegnet, ist noch nicht der hasserfüllte, rassistische der Dreyfus-Zeit, der Erzähler nennt ihn eine »dieser kleinen Schwächen, der absurden Vorurteile«,[25] wie sie gerade bei rechtdenkenden Naturen vorkämen, etwa wie das Vorurteil gegen Zahnärzte bei gewissen Medizinern.

Proust beginnt sein Porträt Swanns und seiner jüdischen Identität mit Momentaufnahmen und weitet diese dann aus zu einer aufregenden historischen und soziologischen Betrachtung der sozialen Stellung assimilierter Juden in der französischen Gesellschaft.

Die Momentaufnahmen zeigen einen Swann, der sich den Gepflogenheiten der nichtjüdischen Franzosen so sehr angeglichen hat, dass er, wie es scheint, nicht mehr als Jude diskriminiert wird. Wie Marcels Großonkel[26] war auch Swanns Vater ein reicher »associé d'agent de change«,[27] er soll seinem Sohn fast vier Millionen vererbt haben; dass er Jude war, ging in Combray so gut wie unbeachtet durch. In einer späteren Version sind die Swanns seit Generationen getauft. Der junge Swann ist inzwischen der beste Freund des christlichen Großvaters von Marcel. Auch in den höchsten Adelskreisen ist er so sehr akzeptiert, dass, je nach Fassung, der Comte de Chambord oder der Comte de Paris, immerhin die bourbonischen oder orleanistischen Thronprätendenten, ihn adoptieren und ihm einen französischen Adelstitel verschaffen wollen. Freilich ist diese Assimilation unterlegt von bitteren Ambivalenzen. Von Anfang an tritt bei Proust kein Jude ohne den Schatten des Antisemitismus auf. Schon der Adoptionsvorschlag zeigt, dass man, um ganz zu arrivieren, eben keinen jüdischen Namen wie Swann tragen darf. Doch was Chambord verschwinden lassen will, will Swann gerade perpetuieren. Er hat sich dem Vorschlag »absolut widersetzt, er wollte den Namen seiner Eltern so bewahren wie er war«.[28] Und wird später auf nichts so sehr Wert legen wie darauf, dass seine Tochter diese jüdische Namenserbschaft lebendig erhält, ja verewigt.[29] Als Gipfel der Ambivalenz wird er aber selbst den Namen englisch als Suann[30] aussprechen, damit niemand an seine jüdische Herkunft denke – schon der fünfzehnjährige Schüler Proust hat sich über den Fimmel seiner Familie mokiert, den jüdischen Familiennamen seiner Mutter als Well und keinesfalls als Weil auszusprechen.

Ähnlich Ambivalentes wie in den Adelskreisen trägt sich in Combray zu. Der Großvater, der Juden nicht mag, aber einen zum besten Freund hat, empfängt Swann jedes Mal mit ausgedehnten antisemitischen Witzeleien. Wortlos summt er Melodien aus Halévys Oper »La Juive«. Das Kind, das Marcel damals war, kennt die Libretto-Zeilen zu den Melodien offensichtlich auswendig, was wenig mit erzählerischer Plausibilität und mehr mit der Formation des jungen Proust im Milieu von Auteuil, dem wahren Vorbild von Combray, zu tun hat. Auch die Gewohnheit des Großvaters im Romanentwurf stammt direkt von Prousts Großvater mütterlicherseits, der freilich jüdisch war. Swann, den wir uns als getauft denken dürfen, macht gute Miene zum bösen Spiel, und zwar mit einem überraschenden Loblied der jüdischen Ethik. »Sie werden eines Tages erfahren, dass all das, was Sie schätzen und was, wie Sie glauben, den Juden fehlt, die Großzügigkeit, die Barmherzigkeit, die Solidarität, das Vergeben von Beleidigungen, die Rechtschaffenheit, der Zartsinn bis hin zur Liebe zu denen, die uns schlagen, dass genau das die jüdischen Tugenden sind.«[31] Ambivalent ist auch Marcel. Er, der sich doch liebend mit Swann identifiziert, identifiziert sich in Sachen Antisemitismus eher mit dem Großvater. Unsicher schwankt er in der Bezeichnung Swanns zwischen »Jude«, »Israelit« und »jüdischer Rasse«, wobei er »Rasse« sofort streicht und »Ursprung« darüberschreibt,[32] und er redet des Großvaters Abneigung gegen Juden – das Wort Antisemitismus fällt noch nicht – als »kleine Schwäche« schön. Im »Cahier 8« ist es statt des Großvaters der Großonkel, der antisemitisch und mit Swann befreundet ist.

Neben die anekdotischen Momentaufnahmen tritt die jüdische Familiengeschichte Swanns und seiner Mutter. Und wie Proust deren Lebensläufe erzählerisch umsetzt, ist wohl das Interessanteste in dieser frühen Skizze eines jüdischen Romans. Er gibt sie ohne alle Rassenterminologie als historische und soziologische Analyse jüdischer Identität. Swanns Familie ist »vor kurzem aus dem Osten gekommen«. Und mit dieser Wendung »fraîchement débarquée« zitiert Proust selbstironisch das »nouvellement débarqués«, das die »Libre Parole« ihm und seinen Freunden 1898 antisemitisch um die Ohren gehauen hatte[33] – doch was damals die kulturelle Unterlegenheit der jüdischen Immigranten denunzieren sollte, wird nun gerade zu deren Überlegenheit. Dem kastenartigen Klassendenken der christlichen Bourgeoisie, etwa seiner Familie aus Combray, stellt Marcel nämlich die geistige Beweglichkeit und kulturelle Neugier von Swanns Mutter gegenüber. Sie hätte diese Eigenschaften nicht gehabt, schreibt er, »wäre sie nicht Jüdin gewesen, das heißt ein Mitglied der Bourgeoisie weit neueren Datums als die Ehefrauen der Kollegen ihres Gatten, noch unbeschwert von dem erdrückenden Gewicht der Vorurteile und eingewurzelten Gepflogenheiten, das ihr die Gewandtheit, die Beweglichkeit geraubt hätte, wie ein Wechsel des Milieus sie erfordert. Ihr Aufstieg war wie der einer leichteren und glänzenderen Luftblase, die still hochperlt mitten unter den Molekülen einer Flüssigkeit, deren Kohäsion ihnen größere Unbeweglichkeit abverlangt. Vor Kurzem aus dem Osten gekommen (ihre Familie lebte erst seit fünf oder sechs Generationen in Frankreich), verfügte sie noch über die Unbeständigkeit, die Freude am Neuen und die Geschmeidigkeit des Organismus, der tut, was ihm gefällt, dank deren ein Reisender, kaum hat es ihn in ein neues Land verschlagen, sich auf einen Ausflug begibt, für den er weder Kraft noch Lust, noch das geringste Interesse aufbrächte am Ort seines Wohnsitzes und seiner Gewohnheiten.«[34]

Dieser »Wechsel der Stellung von Madame Swann inmitten der Welten«,[35] »au milieu des mondes«,[36] radikalisiert sich bei ihrem Sohn Charles Swann zu einer »Emigration«,[37] einer »kompletten Revolution«,[38] geradezu einer Art sozialer Heimatlosigkeit. Wie seine Mutter bewegt auch Swann sich in der sozialen Mobilität anders als der Durchschnitt. Andere steigen auf oder ab, Swann dagegen gehört zu jenen, »die kommen und gehen«, sagt der Erzähler. Er wechsle die Milieus in »konsequenter Anwendung seines Systems, seine soziale Position in der feinen Welt gegen eine andere zu tauschen, die unter bestimmten Umständen günstiger war«.[39] Statt wie die konservative christliche Bourgeoisie lebenslänglich in der gleichen Steuerklasse zu verharren, führt Swann in Potenzierung des mütterlichen jüdischen Lebensmusters ein ruheloses, wechselvolles und ausschweifendes experimentelles Leben. Man sollte sich durch die stets wiederholte Formel vom Swann des Jockey-Clubs und des Faubourg Saint-Germain nicht irreführen lassen. Der Swann, der als Abendgast in Marcels Kindheit in Combray auftaucht, hat schon mehrere Leben hinter sich: den Militärdienst im Deutsch-Französischen Krieg, die Zeiten als Chouchou der Aristokratie, eine Periode als frenetischer erotischer Abenteurer, der in die Salons vorzugsweise zurückkehrte, um eine aktuelle Flamme zu beeindrucken. Als Marcel ihn kennenlernt, ist er in einer Mesalliance mit der ehemaligen Kurtisane Odette de Crécy, die er vor allem geheiratet hat, um dauerhaft bei der gemeinsamen Tochter Gilberte sein zu können, auf der, freilich bald verraten, all seine Hoffnungen ruhen.

Das alles steht in den frühen »Cahiers«, manches nur in Andeutungen, das meiste ausgeführt, einiges, etwa die fabelhafte Biografie von Madame Swann, hat es bis ins Typoskript von »Unterwegs zu Swann«, »Du côté de chez Swann«, des ersten Bandes der »Recherche«, geschafft.

Welch schöner Roman über einen freien jüdischen Swann war da im Entstehen!

Aber, hélas!, nach 1911 hat Proust die Typoskripte seines ersten Bandes auf einen Schlag dejudaisiert. Alle Hinweise auf die jüdische Lebensgeschichte der Swanns wurden gestrichen, ebenso wie die antisemitischen Witzeleien des Großvaters. Swann schrumpft zum unglücklichen Liebhaber Odettes im Salon Verdurin, kriegt für diese Rolle freilich einen ganzen Roman im Roman, »Eine Liebe Swanns«, abweichend vom Rest der »Recherche« in der dritten Person erzählt. Von seinem so ausführlich dargestellten Judentum bleiben die mageren Wörtchen eines späten Einschubs – »sogar sein Freund Swann war jüdischer Herkunft«[40] – und eine antisemitische Anspielung in »Eine Liebe Swanns«.[41] Die Typoskriptseite mit den antisemitischen Witzeleien hat Proust umpaginiert und im Typoskript 2 tel quel zum Besuch von Marcels Freund Bloch verschoben[42] – aus dem großen jüdischen Roman einer Hauptfigur war ein Episödchen einer, was den ersten Band betrifft, Nebenfigur geworden. Über Prousts Motive darf gerätselt werden. Luzius Keller nimmt an, sie seien »wie andere dem Leben zu nahe stehende (oder tretende) Elemente schließlich gestrichen«[43] worden.

DER UNFREIE SWANN

Als Swann seinen nächsten Auftritt als Jude bekommt, hat sich fast alles verändert. Die Dreyfus-Affäre ist nun auch in der »Recherche« auf ihrem Höhepunkt, der Antisemitismus hat ins Register krassen Rassenhasses gewechselt. Und Proust beschreibt seinen Swann nicht mehr als freien Menschen, sondern in den rassentheoretischen Termini seines anderen, des deterministischen Modells. Swann ist ihm ferner gerückt. Aus dem Freund seiner Eltern ist der »ehemalige Freund« geworden, und schon im ersten Absatz des zweiten Bandes wird angesichts seiner »neuen Persönlichkeit« als Gatte von Odette die Frage laut, ob Swann nicht einfach, »wie gewisse Israeliten, (…) die verschiedenen Stadien aufgewiesen haben mochte, die die Angehörigen seiner Rasse durchlaufen hatten, vom naivsten Snobismus und von gröbster Flegelei bis zur erlesenen Höflichkeit«.[44]

Die Paradestelle für die neue, rassentheoretische Optik ist aber die Begegnung des Erzählers mit dem todkranken Swann auf der Soirée der Fürstin von Guermantes im Band »Sodom und Gomorrha«. Swann hat sich aufgrund der Dreyfus-Affäre vom aristokratischen Verkehr, den er als Assimilierter gepflegt hatte, abgewandt und ist wieder »in den religiösen Frieden seiner Väter«[45] zurückgekehrt. Der Erzähler beschreibt Swanns Auftritt in starker Anlehnung an antisemitische Klischees wie Nase und Rassentyp: Swanns Pulcinellanase wirkte jetzt »wie die eines alten Hebräers. Auch »ließ in diesen letzten Tagen die Rasse den für sie charakteristischen Typ bei ihm rein körperlich (…) wieder in Erscheinung treten. (…) Es gibt gewisse Juden, sehr feinsinnige und durchaus kultivierte Herren, die einen grobschlächtigen Kerl oder einen Propheten in Reserve halten, hinter den Kulissen, damit er zu gegebener Zeit in ihrem Leben wie in einem Theaterstück auf die Bühne tritt. Swann war im Alter des Propheten angelangt.«[46]

Die Blaupause für diese Beschreibung ist eine ganz und gar deterministische Reflexion Marcels in der »Mädchenblüte«[47] über die »jüdische Rasse« als »erste Ursache« unserer geistigen Tendenzen. Schon hier taucht die Metapher von den hinter den Kulissen in Reserve gehaltenen Zügen auf, wie bald ein weiteres Mal in der »Mädchenblüte«;[48] eine gewisse Obsession ist nicht von der Hand zu weisen. Marcel diskutiert am Beispiel der jungen Mädchen das Auftreten vererbter Züge; diese sind für ihn »ebenso tief, ebenso unentrinnbar wie jüdischer Patriotismus oder christlicher Atavismus bei denen, die sich frei dünken von allen Banden ihrer Rasse«. Sie werden »in Reserve gehalten, warten in der Kulisse, bereit, auf die Bühne zu treten: unvorhergesehen, schicksalsmäßig, ganz wie etwa diese oder jene Art von Dreyfus-Anhängerschaft, von Klerikalismus, von nationalistischem und von feudalistischem Heldenmut, die der Appell der Umstände aus einer dem Individuum selbst vorausgehenden Natur plötzlich hervorbrechen lässt, dank der es denkt, lebt, sich entwickelt, stärker wird oder stirbt, ohne dass es sie von den speziellen Beweggründen, die es mit ihr verwechselt, unterscheiden könnte. Selbst in geistiger Beziehung hängen wir von den Naturgesetzen weit stärker ab, als wir denken, und unser Geist besitzt von vornherein wie gewisse Kryptogamen oder Grasarten Eigentümlichkeiten, für die wir uns frei zu entscheiden vermeinen. Doch wir erfassen nur die sekundären Ideen, ohne die erste Ursache zu bemerken (jüdische Rasse, französische Familie, etc.), aus der sie notwendig hervorgegangen sind und die sich zum gegebenen Zeitpunkt in uns manifestiert.«[49]

Das könnte in seiner kruden Mischung aus Physiologie und Rassismus von Barrès sein, an den Proust bei all seinen Überlegungen über Vererbung unangenehm stark erinnert. Auch Barrès' Satz »Ich bin die Kontiunuität meiner Eltern« hat ihn stark beeinflusst[50].

Aber die steilen Thesen, die Proust immer wieder über die determinierende Kraft der jüdischen Rasse vertritt, sind meist nicht sein letztes Wort. Er bringt sie vor, um sie sogleich mit so vielen Reservationen, Relativierungen und Kautelen zu überschütten, dass sie sich nicht selten in ihr Gegenteil verkehren. Aus der Ferne der Rassenbeschreibung rücken die Juden durch dieses Wirken der Ambivalenz wieder in die kulturelle Nähe.

Gerade die Paradestelle aus der Soirée der Fürstin von Guermantes ist ein feines Beispiel hierfür. Swanns Nase ist nicht einfach die eines Hebräers, sondern sie »scheint« bloß »eher die eines alten Hebräers zu sein als die eines merkwürdigen Valois«, was der Erzähler überdies, als wären es lediglich Details, erst am Ende einer recht langen Passage erwähnt, die Swanns Gesicht in ausführlichen Erörterungen seiner krankheitsbedingten Veränderung beschreibt. Am Nachmittag vor der Soirée und später in ihrem Verlauf führt Marcel die Veränderung des Gesichts ohnehin ausschließlich auf die Krankheit und nicht auf die Wirkung der »Rasse« zurück.[51] Aber auch hier relativiert er das Wirken der »Rasse«. Sie lässt bei Swann nicht einfach »den für sie charakteristischen Typ rein körperlich wieder in Erscheinung treten«. Sie habe das nur »vielleicht« getan, steht in einer ersten Relativierung. Und eine zweite Relativierung besagt, dass der Rassentyp nicht vollständig aus heiterem Himmel fällt, sondern nur »ausgeprägter« wiederkehrt. Noch interessanter ist der zweite Teil des Satzes. Hier heißt es, die »Rasse« habe eventuell gleichzeitig mit der physischen Akzentuierung auch »das Gefühl moralischer Solidarität mit den anderen Juden« wiederkehren lassen, »das Swann sein ganzes Leben lang vergessen zu haben schien und das die tödliche Krankheit, die Dreyfus-Affäre und die antisemitische Propaganda, alle einander überlagernd, wiedererweckt hatten«.

Auch diesen Satz sollte man, wie den über Swann und Haas, eher nicht auf die Goldwaage legen – die Rasse lässt etwas wiederkehren, was Krankheit, Affäre und Propaganda wiedererweckt haben. Schon klar, es wartete in der Kulisse, und der gegebene Moment hat es zum Vorschein gebracht, man ist eben nicht frei von den Banden der Rasse. Nur sagt der Satz, was er sagen will, so gewunden und hölzern, dass man ins Fragen kommt. Warum also?

Proust hat sich beim Schreiben über Jüdisches erkennbar unkomfortabler gefühlt als bei dem über die Homosexualität. Er hat dabei in keiner Zeile die Gelassenheit und Finesse, mit denen er etwa die Seelenwindungen des homosexuellen Charlus beschreibt. Zu schweigen von der hinreißenden Nuance, die Swanns Liebesleben, also seiner nichtjüdischen Seite, zuteilwird. Sobald es um Jüdisches geht, sinkt Proust sofort tief unter sein Niveau. Er wird durchgängig thetisch, nicht selten holzschnittartig, sogar der Holzhammer kommt zum Einsatz, wenn es etwa darum geht, Bloch als »Hyäne« zu traktieren. Aus Scheu, sein Sujet nuanciert in all seinen Varianten und mit seinem alles zum

Vorschein bringenden Wahrheitsdrive anzufassen, bedient sich Proust, wenn's ums Jüdische geht, bei den Simplifikationen des fertig bereitliegenden rassentheoretischen Diskurses, der damals bis in jüdische Kreise (und bis in Swanns Weltanschauung[52]) verbreitet war. Die Vorbehalte gegen wenig assimilierte Juden, die Proust mit seiner Mutter in den Briefen aus den Kurorten austauschte, wandern ins literarische Schreiben ein. Aber es dauert nie lange, und Proust geht mitten in seinen rassentheoretisch unterfütterten Beschreibungen auf Gegenkurs. Er scheint die Schwäche seiner Position zu ahnen. Von »der Verachtung (…) des am stärksten dejudaisierten für den kleinen Juden«[53] lesen wir selbstkritisch in den Entwürfen von »Sodom und Gomorrha I«. Auch dass es »im tiefsten Inneren fast aller Juden einen Antisemiten gibt«, finden wir da. Im gedruckten Text von »Sodom und Gomorrha I« steht, dass der »Name der Rasse (…) als die größte Beleidigung gilt«.[54] Proust verwendete die Klischees, und er misstraute ihnen.

So kommt der Schleuderkurs im hölzernen Satz über Swanns Rassentyp zustande. Von der kruden Rassenprägung einer Nase bewegt sich der Satz über Relativierungen zu dem doch ganz anderen Bereich eines durch antisemitische Propaganda wachgerufenen Gefühls moralischer jüdischer Solidarität. Und das Schleudern setzt bei den zwei Begegnungen des Erzählers mit Swann an diesem Tag noch zwei Mal ein. Zwei Mal entfernt sich der Erzähler vom naiv jüdisch gewordenen Swann und nähert sich ihm doch wieder an, macht ihn gar zum Träger einer wichtigen »Wahrheit« und vereinigt sich schließlich mit ihm in einem stilistisch einzigartigen Prosaduett von enormer jüdischer Innigkeit. Das wird alles noch stark übertroffen, wie wir sehen werden, von den Schleuderbewegungen und abenteuerlichen Kursverlusten des Erzählers beim Beschreiben von Bloch.

Was Swann betrifft, so setzt der Schleuderkurs schon am Nachmittag vor der Soirée ein, als Marcel Swann im Heim des Herzogs und der Herzogin von Guermantes trifft. Marcel nennt dort Swanns »Parteinahme für Dreyfus außerordentlich naiv«. Alle Adligen seien gegen Dreyfus, weil sie Antisemiten seien, sagt Swann. Und dass sie Antisemiten seien, sehe man daran, dass sie gegen Dreyfus seien. Marcel haut ihm diese »Petitio principii« um die Ohren und mokiert sich über seine »komische Verblendung«. Aber er macht auch eine Gegenrechnung auf. Die Rückkehr zum Judentum nennt er »ehrenhaft«, und er führt auf sie eine besondere Hellsichtigkeit Swanns zurück. Es sei ihm nämlich »dank der von seinen Vorfahren geerbten Gaben gegeben, scharfblickend eine Wahrheit zu sehen, die der gehobenen Gesellschaft noch verborgen war«.[55] Gemeint ist die Unschuld von Dreyfus. Und selbstredend ist sich Marcel mit Swann in der Erkenntnis dieser Wahrheit einig.

SWANNS MONOLOG IM STURM DES ANTISEMITISMUS

Dieses Spiel von Ferne und Nähe wiederholt sich wenige Stunden später auf dem Abendempfang. Diese Soirée will recht verstanden sein. Sie ist ein solches Sprudelbad von Einzelbeobachtungen, dass die Fundamentaldaten leicht übersehen werden. Aber die Soirée ist ohne Zweifel der Gipfelpunkt der antisemitischen Aufwallungen in der »Recherche«. »Die gegen Dreyfus gerichtete Opposition (…) (ist) sehr viel heftiger und aus einer zunächst rein politischen zu einer sozialen Bewegung geworden«, ordnet der Erzähler den Anlass fast wie ein Historiker ein, »(…) die Wogen des Zorns hatten Zeit gehabt, eine Macht zu bekommen, wie sie sie niemals zu Beginn eines Sturmes haben.«[56]

Später wird Marcel auch von einer »antisemitischen Bewegung«, vom »in der feinen Welt verbreitete(n) Antisemitismus«[57] sprechen. Der Spitzendiplomat Norpois sagt seit jeher antisemitisch Svann statt Souann, der Herzog sagt deutsch Bloch statt gut französisch Blok. Die Stimmung im Saal ist jedenfalls förmlich vom Judenhass durchzuckt. Marcel sah beim Eintreffen Swanns, »wie der Fürst von Guermantes, anstatt an Ort und Stelle dem Gatten Odettes guten Abend zu sagen, diesen sofort mit der Gewalt einer Saugpumpe in den Garten hineinzog«.[58] Augenblicklich schießen die Gerüchte hoch. Oberst von Froberville weiß es ganz genau: »Der Fürst hat ganz einfach Swann eine Standpauke gehalten, wie unsere Väter sagten, kundgetan, dass er sich nicht mehr bei ihm zu zeigen habe in Anbetracht der Ansichten, zu denen er sich bekennt. Meiner Meinung nach hat mein Onkel Gilbert tausendmal recht gehabt, ihm diese Standpauke zu halten, und eigentlich hätte er schon vor mehr als einem halben Jahr mit einem so eingefleischten Dreyfus-Anhänger Schluss machen sollen.«[59] Nun ist kein Halten mehr. Den Anfang macht Swanns enger Duz-Freund Monsieur de Guermantes, der Herzog, bei dem Swann wenige Stunden zuvor noch zuvorkommend als Duzfreund empfangen worden war: »Aber was Swann anbetrifft kann ich ganz offen sagen, dass sein Verhalten uns gegenüber jeder Beschreibung spottet. (…) Er hätte sich offen gegen die Juden und die Parteigänger des Verurteilten erklären müssen. (…) Bis heute (…) war ich so einfältig zu glauben, dass ein Jude Franzose sein kann, ich meine ein anständiger Jude, der der Gesellschaft angehört. Und für Swann traf dies in vollem Umfang zu. Nun gut, er zwingt mich anzuerkennen, dass ich mich getäuscht habe, da er jetzt Partei für diesen Dreyfus ergreift (…) gegen eine Gesellschaft, die ihn aufgenommen, ihn wie einen der ihren behandelt hat.«[60] Da kann die Herzogin natürlich nicht zurückstehen. Sie flötet oder heuchelt zwar noch

»Ich mag Charles schrecklich gern«,[61] fürchtet sich aber, ihm »in diesem antisemitischen Milieu die Hand geben zu müssen«.[62]

Gesellschaftlich gesehen ist das der Augenblick von Swanns größter Einsamkeit. Nachdem er schon zu Hause unbehaust ist, weil Odette zu einer glühenden antidreyfusistischen Nationalistin geworden ist und als Frau eines Juden vorzugsweise Antisemiten in ihren Salon einlädt,[63] ist er nun auch in seinem Milieu der feinen Gesellschaft vollkommen verlassen.

Nur einer sucht beharrlich seine Nähe – Marcel. Er ist zwar schockiert über Swanns krankes jüdisches Propheten-Aussehen und enttäuscht, dass er für ihn nicht mehr das »große Geheimnis«[64] aus den Zeiten der Liebe zu Gilberte ausstrahlt. Und doch will er sofort mit ihm sprechen, wird aber immer wieder abgehalten. Er sorgt sich rücksichtsvoll um Swanns Gesundheit und möchte wissen, was es mit der Unterhaltung Swanns mit dem Fürsten auf sich hat. Und als sie endlich miteinander ins Gespräch kommen, ereignet sich etwas, was in der »Recherche« seinesgleichen nicht hat. Wir lesen einen immer wieder gestörten, sehr ernsthaften, ganz einer Sache gewidmeten siebenseitigen Monolog. Nie spricht in der »Recherche« eine Person so lange. Und die Person, die es tut, ist jene, die sonst nur knapp, witzelnd und stets ausweichend spricht: Swann. Er will Marcel von der Unterhaltung mit dem Fürsten berichten. »Ich werde sie nur einer einzigen Person erzählen, und diese Person sind Sie.« Damit nimmt Swann in der »Recherche« die spezielle Beziehung zu Marcel auf, die dieser am genetischen Anfang der »Recherche« zu Swann aufgenommen hatte.

»›Ich berichte Ihnen jetzt Wort für Wort‹, sagte er zu mir, nachdem wir uns gesetzt hatten, ›meine Unterhaltung mit dem Fürsten, und wenn Sie sich erinnern, was ich Ihnen heute Nachmittag gesagt habe, werden Sie sehen, weshalb ich Sie zum Vertrauten erwähle.‹«[65] Das kann nur heißen: Swann spricht zu

Marcel, weil er ihn als Einzigen weit und breit für keinen Antisemiten hält.

So ungewöhnlich nun die Tatsache dieses langen Monologs ist, noch ungewöhnlicher ist seine Form. Denn die Person, die in diesem Monolog Swanns »ich« sagt, ist nicht Swann, es ist der Fürst von Guermantes. Swann leiht dem Fürsten seine Stimme und erzählt, als Fürst sprechend, was der Fürst ihm erzählt hat,[66] nämlich wie der Fürst und die Fürstin unabhängig voneinander von Antidreyfusards zu Dreyfusards geworden sind, wie sie beide bei Abbé Poiré Messen für Dreyfus lesen ließen, bis der Abbé dem Fürsten eines Tages verraten hat, dass noch eine andere Person solche Messen lesen ließ und dass diese Person seine Frau sei.

Die Form dieses Monologs sagt nichts anderes, als dass Swann, also ein jüdischer Erzähler, hier für eine lange und wichtige Episode das Amt des Erzählers von Marcel übernommen hat. Swann macht in Mimesis und macht es so detailsatt, wie es sonst nur Marcel kann. Und so wie Swann hier für eine Weile die Form des Erzählens von Marcel übernimmt, so wird Marcel, wie er später selbst sagt, im Ganzen des Romans von Swann den Stoff des Erzählens und das Amt der jüdischen Erinnerung übernehmen. Die Identifikation von Marcel mit Swann, die am Ursprung der »Recherche« stand, kehrt im Verlauf des Romans also an zwei Kernstellen wieder und definiert seinen jüdischen Sinn: im intimen Rollenwechsel dieses Monologs, als Swann in einem Moment enormer Einsamkeit mit Marcel gleichsam eins wird; und in der Anrede Marcels an Swann-Haas auf dem Gemälde Tissots und dem Vorsatz, Swanns Fortleben mit den Mitteln seines Romans zu sichern.

Proust hat den Sinn der Einheit von Marcel und Swann in der Soirée betont, indem er in ihr das mot clé verwendet, das Judentum und Romankunst verbindet. Das Wort »résistance à la mort«, »Widerstand gegen den Tod«. Fünf Mal beschwört Marcel diesen »Widerstand«, als er in der »Mädchenblüte« über den Tod der Großmutter nachzudenken beginnt,[67] hinter dem sich, wie die Taschenagenda[68] zeigt, der Tod der Mutter verbirgt. Und er setzt das der Sache nach fort, als er in »Sodom und Gomorrha« immer wieder mit der schon toten (Groß-)Mutter zu sprechen versucht und diesen Widerstand gegen den Tod mit dem Wesen der Romankunst und ihrem Potential einer Wiederauferstehung verbindet, bis hin zur Frage in der »Wiedergefundenen Zeit«, ob ein Kunstwerk für »das Geschick« der toten Großmutter »wirklich eine Erfüllung sein würde«.[69] Nur eine Person widmet sich in der »Recherche« auf ähnliche Weise dem Widerstand gegen den Tod: Swann mit seiner jüdischen Erinnerungskultur, Swann, der hofft, dass seine Tochter »ihn lebendig erhalten, je verewigen«[70] werde. Marcel unterstreicht diese Gemeinsamkeit, indem er das Wort, das für seine intimsten Ängste und Bestrebungen steht, auch auf Swann anwendet. Dieser gehöre, sagt er auf der Soirée unmittelbar vor Swanns Monolog, »zu dieser starken jüdischen Rasse (…) des Widerstands gegen den Tod«.[71]

Aber nicht nur die Tatsache und die Form dieses Monologs sind aufregend, auch sein Inhalt ist es. Denn Marcel und Swann erleben den Kollaps der rassentheoretischen atavistischen Vorstellungen, die diesen Tag so sehr dominieren. Am Nachmittag hatte Swann seine Version des Liedes von der Rasse als erster Ursache gesungen: »Man hat nicht ungestraft tausend Jahre Feudalwesen in seinem Blut. Natürlich meinen sie, es mache für ihre Meinungen nichts aus.«[72] Am Abend hatte Marcel sein Dogma vom Jüdischen, das die Rasse im richtigen Moment aus der Kulisse treten lasse, verkündet. Und nun stehen sie beide vor zwei Uraltadligen, die in Sachen Dreyfus ihrer kritischen Vernunft und ihrem freien moralischen Urteil folgen. Marcel notiert immerhin noch, dass Swanns Atavismus widerlegt worden sei. Und er dokumentiert mit einem schönen Hinweis, dass auch seine rassistische Sicht Swanns nicht standhält: Swann hat nicht das Todesritual gehabt, von dem Marcel vor Swanns Bericht von der Unterhaltung mit dem Fürsten noch salbaderte, die Agonie des alten Juden, von dem man bald »nichts mehr sieht als einen Prophetenbart und darüber eine ungeheure Nase, die sich aufbläht, um die letzten Atemzüge zu tun vor der Stunde der rituellen Gebete und jener, zu welcher der pünktliche Vorbeizug der entfernteren Verwandten beginnt, die mit automatischen Bewegungen wie auf einem assyrischen Tempelfries vorbeischreiten.«[73] Im Gegenteil: Der vermeintlich durch Rassendetermination so jüdisch gewordene Swann bezeugt in seinem letzten Willen just dessen Freiheit. Nicht nur hatte er testamentarisch längst festgesetzt, dass er in der Kirche von Combray eine christliche Abdankung erhalten solle.[74] Als der Dreyfusismus in den Antimilitarismus kippte, trug er aufs Mal wieder seine Auszeichnung aus dem Deutsch-Französischen Krieg. Und er »fügte seinem Testament ein Kodizill hinzu, in dem er verlangte, dass – entgegen seinen früheren Dispositionen – seinem Grad als Ritter der Ehrenlegion militärische Ehren erwiesen würden«.[75] Um die Kirche von Combray versammelte sich bei Swanns Abschied eine Reiterschwadron. Außer dem Dreyfusismus verband Swann (und Proust) und den Fürsten von Guermantes eben auch »die Liebe zur Armee«.[76]

BLOCH UND DIE BEWUNDERNSWERTE KRAFT DER RASSE

Zur »Recherche« als jüdischem Roman gehört indes nicht nur der Roman von Swann, sondern auch der wohl fast noch kompliziertere Roman von Bloch, dem sehr jüdisch (und übrigens auch gut) aussehenden Schulfreund Marcels. Das unendlich wiederholte Klischee besagt, dass Swann der sympathische assimilierte Jude sei, mit dem Marcel sich identifiziere, Bloch dagegen der nichtassimilierte, den Marcel auf Distanz halte. Das ist noch nicht einmal die halbe Wahrheit, ganz abgesehen davon, dass Swann zum Schluss nicht assimiliert, Bloch dagegen vollkommen assimiliert ist. Zur Komplikation der so spannenden Figur Blochs gehört nämlich, dass Proust und Marcel mit dieser ihnen so fremden Figur womöglich identischer sind als mit Swann. Was sich auch daran zeigen könnte, dass Bloch in der »Recherche« eben den umfassenden, von prononciertem Interesse zeugenden Porträtroman bekommt, der Swann durch die frühen Streichungen verweigert wurde. Über Swann und das Jüdische hat Proust, wenn wir vom Monolog absehen, keine vier, fünf Seiten stehen lassen. Über Bloch dagegen hat er, meist durch späte Hinzufügungen in der Kriegszeit, einen umfassenden Romanteil eingerückt. Von Combray über Balbec, zwei große Szenen in »Guermantes« und den Auftritt in der »Wiedergefundenen Zeit« zählt er gut vierzig fast ganz im Zeichen des Jüdischen stehende Seiten. Und in der Mitte dieses Romans im Roman, in der Restaurantszene in »Guermantes«, verliert Proust, wie wir sehen werden, so sehr die Kontrolle über seine Ambivalenzen, dass er contre cœur mehr Bekenntnisse der Identifikation ablegte, als ihm bewusst war.

Nach Identifikation sieht es allerdings gar nicht aus, als Marcel im Band »Guermantes« seinem Bloch im Salon Villeparisis einen ersten großen Gesellschaftsauftritt gewährt. Es ist sozusagen der Gegenauftritt zur Identifikation mit Swann im gestrichenen jüdischen Roman. Weiter weg von sich, sollte man meinen, hat Marcel keine Figur in seinem Roman gestellt. Man ist versucht, diese Szene der Distanzierung aufgrund ihrer rassistischen Tonalität Prousts Herz der Finsternis nennen. Der Leser hat Bloch schon in der »Mädchenblüte« im Seebad Balbec kennengelernt. Er gehörte dort zur kaum assimilierten, sich abschottenden homogenen »jüdischen Kolonie, stets beieinander, mit keinem anderen Element durchsetzt«, einer auf Marcel keineswegs anziehend wirkenden geschlossenen »Phalanx, ja Horde schlecht erzogener Mädels« und Männer eines »übertrieben ausgeprägten« jüdischen Typs.[77] Beim Salonauftritt Blochs radikalisiert Marcel diese Beschreibung nochmals: »Ein Israelit, der seinen Einzug hält, als käme er aus der tiefsten Wüste, mit hyänenhaft gekrümmtem Leib, schräggestelltem Kopf und unter unaufhörlichen ›Salaams‹, anzuschauen wie ein Jude von Decamps«, dem auf orientalische Sujets spezialisierten französischen Maler, so beschreibt Marcel Blochs Auftritt. Sein Kommentar kann das aber noch steigern: »Bewundernswerte Kraft der Rasse, die aus der Tiefe der Zeiten bis in das moderne Paris hinein, in den Korridoren unserer Theater, hinter den Schaltern unserer Büros, bei einer Beerdigung, auf der Straße eine intakte Phalanx vorrücken lässt, die die moderne Haartracht stilisiert, den Gehrock absorbiert, vergessen lässt, bändigt und schließlich alles in allem jener der assyrischen Schreiber im Festgewand gleichgeblieben ist, die auf dem Fries eines Bauwerks aus Susa die Tore zum Palast des Darius verteidigt.«[78]

Ist das nicht die schockierendste Passage, die Proust je über einen Juden geschrieben hat – er biete den unschönen Anblick einer gekrümmten Hyäne, und er sei allem Assimilationsschein zum Trotz der Rasse gleichgeblieben, die aus dem Palast des Darius stammt? Schon Blochs Onkel Nissim Bernard hatte Marcel in diese rassische Filiation eingeordnet. Sein Gesicht scheine »aus dem Palast des Darius zu stammen«, er sei »eine Gestalt aus dem alten Susa«![79] Nissim wie Bloch hätten den krausen blauschwarzen Bart des Königs Sargon, und Nissims Name gebe allem die »orientalische Krönung«, er umrausche ihn mit den »Flügelschlägen eines menschenköpfigen Stiers von Khorsabad«.

In der Tat ist eine Nähe dieser Passage zu Gobineaus »Essai sur l'inégalité des races humaines« und zu Drumonts antisemitischem Bestseller »La France juive«, diesen Klassikern des Rassendenkens, nicht von der Hand zu weisen. Die semitisch-assyrische Herleitung gibt es bei Gobineau,[80] den Proust aus der Monografie seines Freundes Robert Dreyfus kennen konnte,[81] aber auch aus dem »Traité d'Hygiène« seines Vaters, des Medizinprofessors Adrien Proust. »Es ist die weiße Rasse und in ihr der arische Zweig, dem die definitive Vorherrschaft zukommt; reicher ausgestattet als die anderen, geht sie siegreich aus dem Kampf um die Existenz hervor«,[82] konnte Proust bei Papa lesen. Den Vergleich von Juden mit Hyänen gibt es bei Drumont,[83] Barrès zieht den mit »stinkenden Schakalen«[84] vor. Im Fluchtpunkt des Vergleichs steht aber Prousts erstaunliche Obsession mit dem Palast des Darius in Susa, auf den er die Familie Bloch zurückführt. Was hat es damit auf sich?

Das französische Archäologenpaar Dieulafoy[85] hatte 1884–86 im Iran den Palast von Susa ausgegraben und die Funde im Louvre zu einer äußerst suggestiven lebensechten Rekonstruktion des Thronsaals zusammengebaut. Die Rekonstruktion wurde 1891 eröffnet. Eine größere Fassung davon hatte man schon auf der Pariser Weltausstellung von 1889 gezeigt. 1912 diente ein unter Jane Dieulafoys Leitung rekonstruierter Thronsaal als Bühnenbild für Dumas' Drama »Esther, princesse d'Israël«.[86]

All das scheint Proust beeindruckt zu haben. Die Ausgrabungen der Eheleute Dieulafoy waren bereits 1886 das Pariser Stadtgespräch, ausführlich begleitet von der Tageszeitung »Le Temps«, die man bei Prousts las. Zumal die Rekonstruktion des Thronsaals im Louvre galt als umwerfend. »Plötzlich fand man sich 2500 Jahre zurückgeworfen, als sei man ein Untertan des großen Königs.«[87] Man war in diesem Thronsaal gleichsam am Ort, an dem die biblische Esther-Geschichte und Racines »Esther« spielten, am Ort auch, dessen malerische Gestaltung auf dem Gemälde von Francken dem Jüngeren die Prousts bei jedem Essen vor sich hatten. Bis heute gilt der (inzwischen im Louvre ganz anders und kritischer arrangierte) Thronsaal als eines der wenigen Beispiele, die den realen Ort einer biblischen Geschichte zeigen.

Die Aufregung um den rekonstruierten Thronsaal wird zu Prousts Faszination durch den Palast von Susa beigetragen haben. Für Klarheit hat sie indes nicht gesorgt. Warum die jüdische Rasse aus diesem Palast stammen soll, bleibt ein Rätsel. Das einzig Jüdische daran wäre die biblische Esther-Geschichte. Auf die bezieht Proust sich jedoch mit keinem Wort. Und die Bezüge, die er stiftet, sind Ausdruck einer beklagenswerten Konfusion. Schreiber gibt es auf den Friesen von Susa nicht zu sehen, nur Bogenschützen und Löwen. Es gab und gibt einen berühmten altorientalischen Schreiber im Louvre, aber der stammt aus Ägypten. Auch sind die Figuren des Frieses beileibe nicht assyrisch. Sie sind achämenidisch. Proust bringt hier die Funde von Susa mit den assyrischen der vierzig Jahre älteren französischen Grabung durch Paul-Émile Botta in Khorsabad durcheinander, auf die er ja Nissim Bernard zur Sicherheit auch gleich noch zurückführt. Schon in der »Mädchenblüte« hatte er Susa mit Khorsabad verwechselt.[88]

Diese Verirrungen des sonst so faktensicheren Proust deuten

auf eine Verwirrung in der Sache hin. Wie bei Swanns rassistischer Markierung setzt er fast spielerisch eine gegen die Ambivalenz gerichtete pointierte These, dieses Mal mit dem Palast des Darius geradezu eine konfuse Holzhammer-These. Aber wieder traut er seiner Sache nicht ganz und führt die übertriebene Eindeutigkeit, den Flirt mit dem rassistischen Jargon seiner Zeitgenossen, auf der Stelle wieder ins Reich der Ambivalenz zurück. Und wie bei Swann laufen auch bei Bloch die Relativierungen in ihrer Summe auf das Gegenteil der Holzhammer-These hinaus.

Die Zweideutigkeit beginnt schon im Hyänen-Vergleich selbst. Bloch mag die »geschmeidigende Gymnastik des ›Faubourg‹« noch nicht durchlaufen haben, er mag zu ungehobelten Auftritten neigen und prononciert jüdisch aussehen, unangenehm gar, wie Marcel einmal sagt. Er mag trotz seiner »europäischen Kleidung« anzuschauen sein »wie ein Jude von Descamps«, dem Maler orientalistischer Sujets. Aber Bloch hat die Agrégation erlangt, ist literarisch eher bewandert als Marcel und würde, wie wir von all seinen Auftritten wissen, nie im Leben unaufhörliche »Salaams« vor sich hin murmeln – einmal davon abgesehen, dass ein Jude, oh Proust, Schalom und nicht Salaam sagen würde. Wenn man genauer hinsieht, zeigt sich dann auch, dass Marcel seinen Hyänen-Vergleich nicht auf Bloch, sondern auf einen namenlosen, bloß als abstraktes Beispiel gewählten Israeliten bezieht. Von Bloch sagt er sogar, er könne im Salon »unbemerkt bleiben«.

Die nächste Relativierung steckt in der Bewertung des so ungeheuerlich klingenden Vergleichs. Bei der Begegnung in Balbec hat Marcel das Aussehen Blochs noch als »unangenehm« beschrieben und ihn als »unerzogen und neuropathisch«[89] bezeichnet. Im Salon Villeparisis hat er die Bewertung auf positiv umgestellt. »Rumänen, Ägypter und Türken mögen die Juden verabscheuen«,[90] sagt er. »Doch in einem französischen Salon sind die Unterschiede zwischen den Völkern nicht derart ausgeprägt«, man sieht da Orientalen verschiedener Gruppen, Marcel nennt außer Juden auch Perser, Türken und Griechen. Und ein Jude wie aus der Wüste samt »Salaams« ist nicht entfernt so anstößig wie Prousts polemische Wortwahl – »er befriedigt«, heißt es ganz einfach, »vollkommen einen Geschmack am Orientalischen«.

BLOCH UND ICH

So eindeutig, wie es scheint – hier der anglisierte, sympathische Swann, dort der unsympathische, orientalische Bloch –, sind die Verhältnisse also bei Weitem nicht. Wie kompliziert sie in Wahrheit sind, zeigt sich bei Blochs nächstem Auftritt. Es handelt sich um den »Abend der Freundschaft« im Restaurant. Unvergesslich die Szene, als Robert de Saint-Loup über die samtenen Banklehnen balanciert, um Marcel einen wärmenden Vikunjamantel zu bringen. Aber wie leicht überliest sich, dass besagtes Restaurant zwei Eingänge hat, einen für »Hebräer«[91] und einen für Nichtjuden. Welch wunderbares Setting für Prousts jüdische Ambivalenzen! Wobei der zweiwertige Ausdruck Ambivalenz leicht untertrieben ist für den Whirlpool an jüdischer Sinnverwirrung, den diese Szene enthält.

Anfänglich sieht freilich alles nach dem Standardrassismus von Blochs Salonauftritt aus. Von den Gästen des Restaurants, sagt der Erzähler, erregten vor allem die Juden Missfallen. »Die Juden, natürlich die nichtassimilierten, von den übrigen kann nicht die Rede sein, (missfielen) den Personen, die einen seltsamen, verschrobenen Anblick nicht vertragen«, berichtet Marcel und spricht von »physischer Unschönheit, Ungefälligem,

Anstößigem und Lächerlichem, zu großen Nasen und Augen, abrupten theatralischen Bewegungen«.[92] Es fällt aber auf, dass er diese Bewertungen, die er früher noch auf eigene Rechnung vorgetragen hatte, nun nur überempfindlichen Personen zuschreibt. Zu dieser zarten Relativierung treten Ergänzungen, die bald auf einen sensationellen und verstörenden Schleuderkurs hinauslaufen werden.

Zunächst identifiziert er die Gruppe der Juden etwas näher. Er nennt sie nun »Hebräer«. Es handle sich um Leute wie Bloch und seine Freunde, die sich hier nach dem Zola-Prozess in der Dreyfus-Affäre jeden Abend getroffen hätten, um die Emotionen des Prozesstages weiter durchzukosten.

Diese Feststellung ist ein Coup. Denn hier identifiziert sich Proust auf seine Weise mit dem eben noch gescholtenen Bloch. Was Proust hier Bloch zuschreibt, hat er selbst erlebt, als er im Februar 1898 häufig und hoch erregt den Zola-Prozess besuchte. Seine bewegten abendlichen Cafébesuche hat er postwendend (und die »Recherche« oft fast wörtlich vorwegnehmend) im jugendlichen Romanfragment »Jean Santeuil« seinem autobiografischen Alter Ego Jean zugeschrieben. Sehr merkwürdig war im »Jean Santeuil« freilich die fast vollkommene Ausblendung der jüdischen Dimension der Affäre. Rund um den Prozess, den Proust mit einiger historiografischen Genauigkeit beschrieb, kam es tagtäglich zu krassen, teils pogromartigen antisemitischen Ausschreitungen und zu hasserfüllten Zeitungskampagnen. Das erzählerisch auszublenden war eine beachtliche Verdrängungsleistung, die die »Recherche« nun, wie knapp auch immer, rückgängig macht. Der unansehnliche, unsympathische Bloch erlebt in der »Recherche« im Restaurant als Prousts Double just die dreyfusistischen Erregungszustände, die der Autor selbst erlebt hat, und er erfährt bald darauf in den Salons den eisigen Antisemitismus der Antidreyfusards, wie ihn

Proust häufig beobachten konnte. Am Ende dieser ersten Haarnadelkurve hat sich Proust also sans mot dire gewissermaßen an die Seite Blochs gestellt.

Noch kapitaler ist die zweite Ergänzung. Sie macht die eben noch diskriminierten unansehnlichen Juden zu Favoriten Marcels. Er nennt es nun »kindisch«, die Juden nach ihrem Aussehen zu beurteilen, und hebt zu einem Loblied auf die jüdischen dreyfusistischen Intellektuellen an, das nichts anderes ist als die positivste Aussage über Juden, die sich in Prousts Briefen und Werken findet. Er nennt sie »Menschen von hohem geistigem und moralischem Rang, dazu mit einer außergewöhnlichen Sensibilität begabt. Sie besaßen viel Geist und Herz und wurden durch den Gebrauch, den sie davon machten, zu Menschen, die man zutiefst lieben konnte. Es gab wenige, deren Eltern nicht eine Großherzigkeit, einen geistigen Horizont, eine Aufrichtigkeit besaßen, neben denen die Mutter Saint-Loups und der Herzog von Guermantes eine traurige Figur machten mit ihrer inneren Dürre.«[93]

Noch ein Coup also, und was für einer; die Juden turmhoch über dem Herzog von Guermantes? Was macht man als Ambivalenter mit einem solchen Lob, das Proust in versteckter Weise ja auch sich selbst spendete? Man dementiert es in einer auch stilistisch halsbrecherischen Kehrtwende auf der Stelle!

Und wie beginnt man ein solches Dementi? Mit einer Nase, nicht einer hässlichen jüdischen, wie Marcel sie im Gleichschritt mit dem antisemitischen Diskurs aller Zeiten Swann und Bloch angehängt hat, sondern mit »Flügeln einer Nase so zart und von so vollkommener Zeichnung wie die der kleinen Schmetterlinge auf den Wiesenblumen rings um Combray«. Und diese Nase steht in einem anmutigen, vollkommen durchziselierten Gesicht, wie es vor allem ein »reiner Franzose« hat, weil solche Schönheit etwas »vielleicht ausschließlich Französisches« ist.

Der Inbegriff all dessen ist der blonde, blauäugige, umwerfend schöne französische Adlige Robert de Saint-Loup, der nicht nur wie die Juden die »reizvollste Offenheit des Herzens« und des Geistes hat, sondern dazu auch noch die edelste französische Schönheit. Wie Bloch aus den Tiefen der orientalischen Rasse kommt, ist Saint-Loup »das wahre ›opus francigenum‹, dessen Geheimnis seit dem 13. Jahrhundert nicht verlorengegangen ist«. Wie Bloch auf einem persischen Fries vormodelliert ist, so Saint-Loup in seiner Kalokagathie auf einem griechischen marmornen Tempelfries.[94] Orient versus Okzident, es ist, als schriebe Proust die kapitellangen Gegenüberstellungen von Semiten und Ariern aus Gobineaus Urtext des Rassendiskurses weiter.

Und wo steht Marcel in diesem seltsamen Schwarmtext? Die Nähe zu den Bloch'schen Juden weicht derjenigen zu den reinblütigen Franzosen, deren Schönheitsblüte, wie Marcel sagt, »der Fremde, so schätzenswert er auch sein mag, uns nicht bietet«. »Uns«! Die Fremden und Juden stehen hier gegen ein reinfranzösisches »uns«, dem der Erzähler sich offenbar zurechnet. Marcel hat wieder die Seiten gewechselt!

Doch keine Sorge, er wird sie noch zweimal wechseln. Nach einer langen Anhimmelei von Saint-Loups hinreißendem, lichtvollem Körper sagt er plötzlich: Dessen Körper sei »nicht dunkel (…), wie meiner es gewesen wäre, sondern sinnerfüllt und klar«.[95] Warum sollte Marcels Körper dunkel sein? Die Antwort gibt der gestrichene vorhergehende Textstand: »wie meiner es gewesen wäre oder der von Bloch«.[96] Marcel ist dem Körper nach wie Bloch, er wollte sich wieder auf die Seite der Fremden stellen.[97]

Der nächste und letzte Positionswechsel besteht in einer Sprengung des Rassendiskurses. Zuerst führt Marcel Saint-Loups Grazie auf die »Natur« zurück, die er »von seiner Rasse geerbt hatte« und nun »als Erbe in seinem Körper trug«.[98]

Doch dann wird ihm klar, dass Saint-Loup die Leichtigkeit und Unabsichtlichkeit in seiner Gewandtheit gerade nicht seinem angeborenen Adel verdankte, sondern seiner freien Entscheidung, sich vom Adel loszusagen und als Gesellschaft »linkische und schlecht gekleidete Gefährten« zu suchen.[99] Sie sind es, die ihn höheren Idealen nähergebracht, ihn zum Sozialisten und Dreyfusard gemacht haben. Und natürlich tat keine das stärker als seine Geliebte, die jüdische Schauspielerin Rachel. Sie war die »Seelenschule«, in der er »die Weihen einer höheren moralischen Kultur und den Wert eines nicht zweckgebundenen Wissens schätzen« lernte.[100] Saint-Loups Kultur ist jüdischen Ursprungs. Das reine Französische, das Marcel den dunklen, fremden Juden wie Bloch und sich selbst entgegensetzen wollte, kam selbst aus dem jüdischen Fremden.[101] Die kulturelle Betrachtungsweise hat über die rassentheoretische gesiegt. Dass am Ende der Atavismus zurückkehren und Saint-Loup sich vom Dreyfusismus wieder distanzieren wird, sei angemerkt.

Ich glaube nicht, dass Proust, als er diese wunderbare Restaurantszene schrieb, wusste, wo ihm der Kopf, geschweige das Herz stand. Sie enthält sein höchstes Lob des Jüdischen und ist in ihrem Schleudern der Gipfel der Verwirrung in seinen Gefühlen jüdischer Zugehörigkeit. Immerhin endet sie wie die Beschreibung Swanns im Sieg des nichtdeterministischen Freiheitsmodells. In diese Richtung geht auch das umfangreiche Familienporträt, das Proust Bloch und seiner Familie gewährt, nachdem er es den Swanns erst gewährt und dann verwehrt hat. Man könnte es eine satirische Sozialgeschichte der Blochs nennen – die Identifikation Marcels mit den Blochs (und mit Swann) wird darin nochmals andere Volten schlagen.

DER FAMILIENROMAN DER BLOCHS

Die Schwierigkeiten Prousts beim Schreiben über Jüdisches zeigen sich jedes Mal auf der stilistischen Ebene. Seine Beschreibungen Swanns und Blochs mit den Mitteln des damaligen Rassendiskurses haben einen Hang zum Thesenroman, wie er Proust sonst vollkommen fremd ist. Swann und Bloch werden in ihrer Beschreibung als rassentypische Juden allen Relativierungen zum Trotz nicht eigentlich erzählt, sondern mit einer nuancenfreien Eindeutigkeit markiert wie sonst keine Figur der »Recherche«. Eine solche herausgehobene stilistische Besonderheit ist auch dem Familienroman der Blochs[102] eigen, den Proust in die »Recherche« eingeflochten hat. Er erzählt über vier Generationen die Geschichte einer eingewanderten Familie französischer Juden auf dem Weg zur Assimilation. Aber dieser Porträtroman der Blochs wirkt wie ein Fremdkörper in der »Recherche«. Während Proust sonst der große, geduldige Zertrümmerer von Klischees ist und noch Nebenfiguren mit seinem Strom subtilster, alles stets neu beleuchtender Nuancen umspült, kriegen die Blochs ein Sozialporträt, das wenig komplex auf die großen historischen Hauptlinien abhebt. Es wirkt wie ein Nachkömmling der Kapitel, die im »Jean Santeuil« das historische Profil des alten Adels und der neuen Aufsteiger, angereichert mit einer großen Zahl soziologisch sprechender Details, gezeichnet haben. Es ist ein vergleichsweise kalter Blick von außen, der die Blochs da trifft. Von der empathischen Anverwandlung, die sonst selbst Bösewichten wie etwa Morel in reichem Maß zuteilwird, ist kaum etwas zu spüren. Dafür erinnert dieser Familienroman nicht wenig an die didaktisch gebauten Erzählungen von Prousts schriftstellerischem Vorfahren und Verwandten Godchaux Weil. Weils Formel »Der Großvater ist gläubig, der Sohn zweifelt, und das Kind leugnet« könnte auch ihm als Motto dienen. Und auch Weils Geschichte des Namenswandels von Jacob zu Jacobi zu Jacoubé ist nicht fern.

Marcel verortet die Blochs bei seiner Begegnung mit der Familie in Balbec, als schriebe er einen historischen Roman. Zur »jüdischen Kolonie« im Seebad sagt er: »Es war wie in gewissen Ländern, Russland oder Rumänien zum Beispiel, wo die jüdische Bevölkerung, wie man in Erdkundebüchern liest, weniger begünstigt und schlechter assimiliert ist als etwa in Paris.« Die Geschichte der Blochs lässt er mit Blochs Vater Salomon beginnen, der, deutliches Zeichen seiner Einwanderung aus Deutschland, noch des Elsässer Jiddischen mächtig scheint, »jenem halb deutschen, halb jiddischen Dialekt, für dessen Verwendung im Privatleben Monsieur Bloch zwar schwärmte, den er aber vulgär und unangebracht fand, sobald man sich in Gesellschaft von Fremden befand«.[103] Die Familiengeschichte setzt sich fort in Salomons Sohn Albert Bloch, der sich gegen den Willen seiner Eltern, wir kennen das, ganz der französischen Literatur zuwendet und ein angesehener Autor wird. Und sie setzt sich auch fort in Albert Blochs Schwester, die, auch das kennen wir, flamboyante homosexuelle Beziehungen pflegt. Allerdings geht Albert Bloch in seiner Assimilation den einen entscheidenden Schritt weiter, den Swann nicht tun wollte. Er gibt seinen jüdischen Namen auf. Nachdem er erst sein Aussehen französisiert hatte, vom blauschwarzen Ringelbart à la König Sargon in der »Mädchenblüte« über einen »kleinen kommaförmigen Ziegenbart« in »Guermantes« bis zum »Wegfall des Schnurrbarts« in der »Wiedergefundenen Zeit«, nimmt er schließlich sein Autorenpseudonym Jacques du Rozier auch als Familiennamen an. Bloch, wie Marcel ihn weiterhin nennt, hat nun die »geschmeidigende Gymnastik des ›Faubourg‹« durchlaufen, die ihm in »Guermantes« noch gefehlt hatte, um ein assimiliertes Mitglied der Gesellschaft zu werden. Nun sieht er aus wie der von Marcel spöttisch vorweggenommene Lord: »Eine Art von englischem Schick hat seine Gestalt völlig verändert und alles abgehobelt, was sich zum Verschwinden bringen ließ. Sein einst gekräuseltes, jetzt aber glatt mit einem Mittelscheitel frisiertes Haar glänzte von Brillantine.« Swanns jüdische Nase war in seinem Alter zum Vorschein gekommen. Und die von Bloch? »Dank der Haartracht, dem Wegfall des Schnurrbarts« war sogar die »jüdische Nase« einfach verschwunden und mit ihr das typische Näseln.[104] Auch die jüdische Physiognomie ist eingeebnet, ihr »Ausdruck durch ein dräuendes Monokel verändert. Um aber das Gesicht mit dem geglätteten Haar und dem Monokel in Einklang zu bringen, unterließen es Blochs Züge fortan, etwas auszudrücken.«[105] Der Mann, den man früher aus Salons geschmissen hat, verkehrt nun bei den Guermantes und gilt als »Erscheinung eines großen Mannes«.[106] »Bloch-Guermantes«[107] nennt man ihn. Seine Tochter verspricht sich noch manchmal und sagt Bloch statt Blok, die vierte Generation, »die Enkel Blochs aber würden gut und diskret fast von Geburt an sein«.[108]

Das ist der Bericht einer geglückten Assimilation, aber eine Erzählung, eine proustische gar, kann man es nicht nennen. Es ist das Bombardieren einer Gestalt mit satirisch geschärften statistischen Markern, ihr Überschütten mit Hohn. Schon Salomon Bloch und Nissim Bernard macht der Erzähler zu reinen Lachnummern großsprecherischer Assimilation. Ihre Verbindungen zu besseren französischen Milieus bestehen aus nichts als läppischen großen und kleinen Lügen. Nicht minder windig ist der Sohn. Um assimiliert zu scheinen, grenzt er sich nach unten gegen die Nichtassimilierten durch drastische antisemitische »Verwünschungen gegen die Judeninvasion« ab. Und schmeißt sich nach oben in hemmungslosem Snobismus an alles ran, was einen Titel trägt. Diese drastischen Methoden sind seine Art, sein Verhältnis zur Geschichte zu regeln. Bloch kommt im Gegensatz zum sehr wohlhabenden Swann aus bescheidenen, schäbigen, wenig angesehenen Kreisen.[109] Also perlt er auch nicht leicht die sozialen Klassen hoch wie Swann und seine Mutter. Bloch fühlte sich, »als lebe er auf dem Meeresgrund, über sich den unermesslichen Druck, mit dem nicht nur die Christen der Oberflächen auf ihm lasteten, sondern auch die stufenweise übereinandergelagerten jüdischen Kasten, von denen jede die unmittelbar unter ihr stehende mit Geringschätzung behandelte. Um sich von einer jüdischen Familie zur anderen zur freien Luft emporzuarbeiten, hätte es für Bloch eine Spanne von mehreren Jahrtausenden bedurft. Besser war es, sich auf einem anderen Weg einen Durchbruch zu verschaffen.«[110]

PROUST IDENTIFIZIERT SICH MIT BLOCH

Und wo bleibt in all diesem Hohn die Ambivalenz, die noch jede Proust'sche Schilderung des Jüdischen durchdrungen hat? Die Frage stellt sich umso dringender, als Proust seinem Bloch so viel von sich selbst mitgegeben hat. Die Wahl der Literatur als Beruf gegen den Willen der Eltern, das übertriebene öffentliche Bekunden von Gefühlen, brieflich bei Proust, mündlich bei Bloch, der frenetische Besuch des Zola-Prozesses und ein Klinikaufenthalt nach dem Tod des Vaters bei Bloch, der Mutter bei Proust. Übrigens: Dass Proust auf seinem Familienporträt Blochs Mutter ausgelassen hat, tat er laut Benjamin Crémieux »ohne jeden Zweifel aus Respekt für die seine«.[111]

Es gibt zwei Arten dieser Ambivalenz, ja der Identifikation Marcels mit Bloch. Die eine aktualisiert in der eigentlich historisch angelegten erfolgreichen Assimilationsgeschichte Blochs unvermittelt das rassentheoretische, deterministische Muster der »Permanenz der Rasse«. Auf einem spät zum Manuskript hinzugefügten, kaum lesbaren handschriftlichen Zettelchen[112] bezieht sich Proust plötzlich auf Änderungen »atavistischer« Art, bei denen, »zumal bei den Juden (,) die Rasse« eine Rolle zu spielen scheint. Der »Semitismus« kehrt zurück, wieder »wühlen gewaltige Grundwellen aus den Tiefen der Menschenalter«. Der gerade noch zum Lord assimilierte Bloch wird, als hätte er die geschmeidig machende Gymnastik nie durchlaufen, wieder in eine »Hyäne« zurückverwandelt.[113] Und was wartet in der Kulisse, die natürlich auch wieder ihren Auftritt hat? Durch Blochs Gesicht scheint schon das »fast erschreckende, ganz von Angst gezeichnete eines alten Shylock, der fertig geschminkt in der Kulisse auf seinen Auftritt wartet«.[114] Im ambivalenten Austausch kriegt die Hyäne dafür, wie schon die physisch unschönen Juden im Restaurant, das Attest höchster innerer Werte. »Bloch war übrigens kein eigentlich schlechter Junge, er konnte sehr nette Seiten haben. Und seitdem die Rasse von Combray, jene Rasse, der so absolut makellosen Wesen wie meine Großmutter und meine Mutter entstammten, nun fast erloschen scheint und ich nur die Wahl zwischen ehrlichen, fühllosen und loyalen Rohlingen habe, bei denen schon der Ton der Stimme verrät, dass sie sich nicht im geringsten um unser Leben scheren, und einer anderen Sorte von Leuten, die, solange sie bei uns weilen, uns verstehen und lieben und bis zu Tränen gerührt sind, dafür aber ein paar Stunden später grausam über uns scherzen, dann aber wiederum so verständnisvoll, so reizend, so völlig im Einklang mit uns zurückkommen, glaube ich, dass mir, wenn auch nicht der moralische Wert, so doch die Gesellschaft der letzteren lieber ist.«[115]

Diese Passage ist weniger plakativ als das Lob der Juden in der Restaurantszene, sie gehört nicht zur Holzschnittwelt, sie ist ungleich feiner und etwas vom Intimeren, was Proust über sein Judentum geschrieben hat. Wenn im Restaurant der Erzähler die gerade noch geschmähten Juden aufs Höchste lobt, so kriegen wir hier, ohne große Worte und angeschlossen an die Kultur der Mutter, ein intimes Doppelporträt von Bloch als Proust und Proust als Bloch.

Die andere Art der Ambivalenz setzt dieses Doppelporträt fort. Sie hält sich aber nicht ans rassentheoretische, sondern ans historische Narrativ und radikalisiert es. Wie bei Swann und Marcel auf der Soirée der Fürstin Guermantes bildet eine Salonbegegnung den Rahmen für eine weitere identifikatorische Vereinigung der Stimmen, dieses Mal von Bloch und Marcel. Und diesmal sieht Marcel seinen Bloch nicht im buckeligen Gang der Hyäne eintreten, sondern als – Marcel! Wir sind nicht in der determinierten Domäne der Rassen, sondern in der freien der Lebensgeschichten. »Wie ich es früher selbst bei meinem Eintritt in die Gesellschaft getan hatte und es auch jetzt noch manchmal tat, fragte mich Bloch nach den Leuten (…)«, Bloch, »dessen Redeweise ich so lange übernommen hatte und der nun oft die meinige kopierte.«[116]

Bloch tut, was Marcel tut und was Proust tat. Oder sollte es umgekehrt sein? Die Identifikation Marcels mit Bloch hat jedenfalls eine höchst seltsame Folge. Erst scheint es, als sehe Marcel Bloch an wie sich selbst. Er schildert Blochs Aufstieg in den Salons und vergleicht ihn mit seinem eigenen. Doch je länger er über Bloch und dessen Aufstieg nachdenkt, desto mehr spricht er auch über sich wie über Bloch. Marcel gibt von sich, was er eben noch mit Bloch tat, ein Sozialporträt entlang der großen historischen Hauptlinien. Bei dieser soziologisch höchst bedeutsamen Wende der »Recherche« geht es nicht mehr um die Einzigartigkeit von Marcels Leben, in der Proust doch glänzt wie in nichts anderem. Marcel wechselt in die »Vogelperspektive, wie sie der Statistiker einnimmt«,[117] und betrachtet seinen Aufstieg in die Salons von außen. »Wenn ich mich aus meiner Person und aus dem Milieu, dem ich unmittelbar angehörte, herausbegab, sah ich, dass dieses gesellschaftliche Phänomen durchaus nicht so vereinzelt auftrat, wie es mir zuerst vorgekommen war, und dass aus jenem Combrayer Becken, dem ich entstammte, alles in allem zahlreiche weitere Wasserstrahlen parallel zu meinem eigenen Weg aus der flüssigen Masse, die sie speiste, sich erhoben hatten.«[118] So sind Swann, Marcel, Legrandin, Gilberte und Bloch nach und nach aufgestiegen, »aus einem gleichen Milieu, dessen Schilderung zu Beginn dieser Erzählung unternommen wurde«, wie der Erzähler in einer Wendung sagt, die, nebenbei gesagt, doch stark darauf hinweist, dass die »Recherche« der Roman ist, den Marcel an ihrem Ende zu schreiben begann.

Dass so viele aus dem »bassin de Combray« fast gleichzeitig in die bessere Gesellschaft aufgestiegen sind, ist die eine Neuentdeckung von Marcels soziologischem Blick. Zu dieser neuen, synchronischen tritt eine diachronische Entdeckung. Bis jetzt ist Marcel der Ansicht gewesen, dass es »die eigentlichen Gesellschaftsmenschen« waren, die eine Gesellschaft brillant machten. Nun hat ihn das Nachdenken über seinen, Blochs und Swanns Aufstieg vom Gegenteil überzeugt. Nicht die Gesellschaftsmenschen machten die Gesellschaft, die Gesellschaft machte die Gesellschaftsmenschen.[119] So löst sich auch der Gegensatz von Gesellschaftsmenschen und Aufsteigern, Parvenus, auf – alle sind Parvenus, Emporkömmlinge, einige früher, andere später. Bloch, der ein unerzogener Neuropath war, wird bald »jene Tugend des Taktes und der Diskretion, die Marcel für das Privileg von Männern wie Monsieur Norpois gehalten hatte«, angenommen haben und sich über ahnungslose »Eindringlinge« beklagen.[120]

Zum soziologisch-historischen Erzähler geworden, richtet Marcel den Blick auf den Zerfall der besseren Gesellschaft insgesamt. »In der innersten Konstitution dieses Milieus, die ich für stabil gehalten hatte, (hatte) sich eine tiefe Wandlung vollzogen. (…) Erschlafft oder zerbrochen reagierten die Federn der Abweisungsmaschinerie nicht mehr, tausend Fremdkörper drangen ein, raubten dieser Gesellschaft jede innere Gleichartigkeit, alle Haltung und Farbe.«[121] Sein Blick ist illusionslos, der Souverän und der Milliardär, deren Fürsprache und Kreditwürdigkeit wir vorbehaltlos vertrauen, können schon morgen entmachtete Flüchtlinge sein.[122] Marcel lässt sein Verhältnis zum Milieu der Guermantes, zu Robert de Saint-Loup und dessen Gattin Gilberte Revue passieren. Doch im Augenblick, als er sich selbst verortet, kommt es zu einem äußerst beziehungsreichen soziologischen Ballett. Im unmittelbaren Vergleich blickt er, ewiger Außenseiter, weniger auf die sogenannte bessere Gesellschaft und mehr auf die Juden. Immer wieder richtet er seinen Fokus auf sie. »Ich war mir (…) darüber klar, dass ich in dieser Gesellschaft die Rolle eines eleganten Mannes hätte spielen können, der zwar kein Adelsprädikat trug, den man aber mit der Aristokratie von jeher aufs Engste verbunden glaubte – die gleiche Rolle, also, die Swann früher gespielt hatte.«[123]

So identifiziert sich Marcel ein letztes Mal mit dem toten Swann, da identifiziert hinter seinem Rücken jemand ihn, Marcel, mit Bloch: »Bloch, das ist doch jemand, der nach Combray gekommen ist, hört er, und wenn man ›Bloch‹ sagte, meinte man damit mich.«[124] Von Hohn und Ferne ist wenig geblieben, zum Schluss stehen sich Bloch, Swann und Marcel so nahe, als wären es drei Seiten einer Person.

Und in einem waren sie sich ohnehin immer gleich: Die Dreyfus-Affäre war die prägende öffentliche Erfahrung ihres Lebens. Sie hat Swann, Bloch und Marcel zu glühenden Aktivisten gemacht, Swann ließ sie zum Judentum zurückkehren, Swann wie Bloch erlitten in den Salons den demütigendsten Antisemitismus, und Marcel, der sich »wegen der Dreyfus-Affäre mehrere

Male furchtlos duelliert«[125] hatte, beginnt am Ende des Buches einen Roman zu schreiben, zu dessen DNA weniges so sehr gehört wie die Affäre.

DIE DREYFUS-AFFÄRE IN DER »RECHERCHE«

»Die einzige Partei, in der ich für eine kurze Zeit in Erscheinung getreten bin«,[126] schrieb Proust im Dezember 1919 an Rosny Aîné, sei die der Dreyfusards gewesen. Was das öffentliche politische Engagement angeht, stimmt das. Was die Bedeutung der Affäre für Leben und Werk angeht, so kann von kurzer Zeit keine Rede sein. Proust war als Dreiundzwanzigjähriger von Dreyfus' Unschuld überzeugt, als in Frankreich keine zehn Gerechte daran glaubten. Und er blieb es bis an sein Lebensende, als manche die Affäre für eine abgetane ideologische Modeverirrung hielten. »Waren Sie Dreyfusard? Ich war es mit Leidenschaft«,[127] schrieb er im September 1920 an Sidney Schiff. Einen Monat später doppelte er an Madame Straus nach: »Sie werden mich unverändert finden.«[128]

Vor allem aber stellte er die Affäre in den Mittelpunkt seines Werks. Er tat es als junger Autor im »Jean Santeuil«, und er tat es in der »Recherche«, allerdings mit einer markanten Akzentverschiebung. Im »Jean Santeuil« spielte die Affäre nur in einem einzigen, mit den anderen nicht verknüpften Kapitel eine Rolle. In der »Recherche« durchdringt sie als Thema sechs der sieben Bände. Drei von ihnen – »Mädchenblüte«, »Guermantes«, »Sodom« – dominiert sie so sehr, dass die Chronologie der Romanhandlung und die Chronologie der Affäre aufs Engste miteinander verzahnt sind. Die »Recherche« umspannt, kleine Rückblicke nicht eingerechnet, die Jahre zwischen 1870 bis 1920.

Aber 30 Prozent oder 1400 der 4500 Seiten spielen in den zwei heißen Jahren der Affäre zwischen 1897 und 1898. Zwischen dem Auftritt Blochs in der »Mädchenblüte« bis zur Restaurantszene in »Sodom« vergehen gerade einmal zwei bis drei Jahre. Die so entscheidenden 145 Seiten von Swanns Demütigung am Ende von »Guermantes« und am Anfang von »Sodom« spielen in wenigen Stunden eines einzigen Tages im Jahr 1898.

Doch so allgegenwärtig die Affäre in der »Recherche« ist, so einseitig ist zugleich ihre Darstellung. Im »Jean Santeuil« hatte sich Proust nur auf den Aspekt der Gerechtigkeit konzentriert. In der »Recherche« ist der Gerechtigkeitsaspekt weitgehend verschwunden, und die Affäre dreht sich vor allem um den Antisemitismus. Fast ließe sich sagen, der »Jean Santeuil« zeige den Dreyfusismus wie Zola ihn gesehen hat: als Kampf gegen das Unrecht. Die »Recherche« so wie Bernard Lazare ihn sah: als Kampf gegen den Antisemitismus.[129]

Das bringt es mit sich, dass wichtigste Teile der Affäre in der »Recherche« bestenfalls knapp erwähnt werden. Sie ist in dieser Hinsicht, wie Luzius Keller sagt, »kein Zeitgemälde«.[130] So erfahren wir zwar, dass Madame Verdurins Salon »ein dreyfusfreundlicher Salon« war, geradezu das Hauptquartier des Dreyfusismus. »Das ›Klübchen‹ war tatsächlich der aktive Mittelpunkt einer langen politischen Krise, die auf ihrem Höhepunkt angelangt war: der Dreyfus-Krise.«[131] Wir vernehmen, dass Madame Verdurin leidenschaftlich den Zola-Prozess besucht hat und dass »man nach den Aufregungen in dem Justizpalast am Abend zu Madame Verdurin gegangen war, um dort aus nächster Nähe Picquart und Labori zu sehen«.[132]

Was Marcel hier in der »Recherche« auf wenigen Zeilen kaum der Rede wert findet, das war in Prousts Leben seine alles umstürzende Zeit als »glühender Dreyfusard«. Auch er ging zum Zola-Prozess in den Justizpalast und besuchte die Soiréen des Verlegers Charpentier, um dort aus nächster Nähe Picquart zu sehen und ihm vorgestellt zu werden, er hat für ihn Unterschriften gesammelt und seine eigene gegeben, er hat ihm seinen Erstling ins Gefängnis geschickt. Doch was im Leben sein Ein und Alles war und im »Jean Santeuil« das ganze Dreyfus-Kapitel gefüllt hat, schrumpft in der »Recherche« zur besseren Randbemerkung. Marcel erzählt uns über Hunderte von Seiten tausend Einzelheiten über Madame Verdurin. Aber von ihrer Zeit als Hauptquartier der Dreyfus-Affäre erzählt er nicht. Er witzelt sogar als Erzähler darüber, dass er es mit dem Kram von damals nicht übermäßig ernst nimmt: »›Ich weiß nicht, ob ich es Ihnen schon gesagt habe, mit welchem Missvergnügen die Herzogin von Guermantes mit angesehen hatte, wie Personen ihrer Kreise alles der Affäre hintanstellten (…)‹ etc., so könnte ich den Leser fragen wie einen Freund, bei dem man nach endlosen Gesprächen nicht mehr weiß, ob man daran gedacht oder Gelegenheit gefunden hat, ihn über etwas Bestimmtes aufzuklären.« Marcel witzelt, aber er erzählt nicht.

Ist diese Einseitigkeit schief? Gewiss. Hat sie hat einen Sinn? Natürlich. Proust hat so vieles ausgeblendet, um sichtbar zu machen, was für ihn das Herz der Sache war: die Passion zweier Juden im Antisemitismus der Salons. Das ist selbstredend zugleich seine letzte Antwort auf unsere Eingangsfrage, ob seine Leidenschaft für Dreyfus etwas mit seinem Judentum zu tun habe – sie hat. Was Prousts Schulfreund und Mitstreiter Daniel Halévy in den ersten Tagen der Affäre hellsichtig festgestellt hat, Dreyfus würde »für alle unbestraften Fehler Israels verantwortlich gemacht«, was Bernard Lazares Kampf bestimmt hat, ist stillschweigend auch die Maxime von Prousts Darstellung der Affäre. Proust würde sie nicht so darstellen, wenn er nicht eine vom Erzähler zwar nur wenig ausgesprochene, aber durch die Art der Darstellung bezeugte Identifikation mit den Juden hätte.

Allerdings hat Proust für die Affäre ein Erzählen jenseits der subjektiven Erfahrung und ihrer Befangenheiten gewählt. Er hat fürs Erzählen der Affäre vollends vollzogen, was sein Erzähler beim Nachdenken über Bloch begonnen hat. Er hat sich aus seiner Person und seinem Milieu herausbegeben, er hat den subjektiven Bereich verlassen, in dem er Dreyfusard ohne Furcht und Tadel war, um in seinen Büchern »vollkommen objektiv«[133] zu werden. Er wollte, »dass sie weder pro noch anti sind, sondern einfach nur objektiv«.[134] Und so erzählte er die Leidensgeschichte seiner beiden jüdischen Helden mit dem Blick von außen als historisch-soziologisches Exempel, als die Abwehrschlacht der alten Emporkömmlinge, die sich inzwischen als bessere Gesellschaft fühlen und abgrenzen, gegen die Juden als neu zugewanderte Emporkömmlinge.

Was im Erstling »Freuden und Tage« ein wichtiges Nebenthema war, der dort schon jüdisch grundierte Kampf um den Aufstieg und gegen den Abstieg, die Frage, wer dazugehört, wer Fremder, wer Franzose ist, rückt in der »Recherche« in den Mittelpunkt. Und zwar schon lange vor der Affäre, im ersten Band. Bloch taucht auf, und der Großvater summt gleichsam »Achtung Jude«. Swann taucht auf, und Madame de Gallardon fragt, ob es angängig sei, einen Juden »ausgerechnet bei der Schwester und Schwägerin von zwei Erzbischöfen«[135] einzuladen. »Ich weiß natürlich, er ist getauft, sogar seine Eltern und Großeltern schon. Aber man sagt immer, dass getaufte Juden noch mehr mit ihrer Religion verbunden bleiben als die anderen, dass sie sich nur verstellen.«

Und es endet lang nach der Affäre im letzten Band, als das Gewese um die bessere Gesellschaft längst jeden Sinn verloren hat und doch immer weitergeht, als die schreckliche Madame Verdurin durch Heirat zur Princesse de Guermantes aufgestiegen ist, der eben noch verstoßene Bloch auf die Nachstoßenden herunterblickt und die Herzogin von Guermantes mit ihrer Bemerkung fast recht bekommen hat, da brauche »die Kolonialwarenhändlerin an der Ecke nur zu erklären, sie sei nationalistisch, und schon will sie bei uns verkehren«. Da könne »ja von Gesellschaft keine Rede mehr sein. Reizend, diese Dreyfus-Affäre!«[136]

Dazwischen dreht sich das »Kaleidoskop«, die spät, erst im Lauf der Ersten Weltkriegs gefundene Metapher, mit der Proust die Auswirkungen des Dreyfus-Sturmes auf die Gesellschaft verbildlicht. Ich rekapituliere: »Gleich einem sich manchmal drehenden Kaleidoskop stellt die Gesellschaft nach und nach die Elemente, die man für unbeweglich hielt, in anderer Weise zusammen, so dass sich ein verschiedenes Bild ergibt. (…) Solche neuen Konstellationen im Kaleidoskop kommen durch etwas zustande, was ein Philosoph als einen Wandel der Kriterien bezeichnen würde.«[137] Marcel verwendet die Metapher des Kaleidoskops ausschließlich, um den Aufstieg und Niedergang der Juden in der Gesellschaft anzuzeigen. »Elegante Jüdinnen« waren oben zur Zeit seiner Erstkommunion. »Einige bekannte Juden hatten große Macht, niemand mehr als Sir Rufus Israëls, dessen Frau, Lady Israëls, Swanns Tante war.« Dann führte die Dreyfus-Affäre »kurz nach der Zeit, als ich angefangen hatte zu Madame Swann zu gehen, einen derartigen neuen Wandel herauf, und das Kaleidoskop wirbelte noch einmal seine kleinen bunten Rauten durcheinander. Alles, was jüdisch war, kam nach unten zu liegen, sei es selbst die vornehme Dame, und obskure Nationalisten nahmen ihren Platz oben ein.«[138]

Über die ganze Strecke der »Recherche« entfaltet sich, verbunden mit der Dreyfus-Affäre, eine wahrhafte Enzyklopädie antisemitischer Redensarten und Denkweisen. Man könnte auch von einem Sperrfeuer sprechen. Proust hat die Zeitungen und Schriften der Antisemiten extensiv gelesen, als guter Anfang boten sich ihm seit ihren Kommentaren zur Degradierung von Dreyfus die Publikationen seiner Freunde Maurice Barrès und Léon Daudet an. Auch offene Ohren in den Salons konnten nicht schaden. Im Splendide Hôtel in Évian bekam Proust im September 1899 auf einem Höhepunkt der Affäre von einem Monsieur Galard den jüdischen Familiennamen seiner Mutter um die Ohren geschlagen: »›Sie sind der Neffe von Monsieur Weil‹, mit einer Miene, als ob er mich entlarven wolle, was mir sehr missfiel.«[139] Und die jüdischstämmige Madame de Polignac bekam im gleichen Sommer in Coppet von der sehr konservativen Madame d'Haussonville gesagt: »›Ich verstehe sehr gut, dass Ausländer wie Sie so denken.‹«[140] Wobei sie eher nicht an Madame de Polignacs amerikanische Herkunft gedacht haben wird.

Exakt diese Übergriffe wiederholen sich mit allen maliziösen Doppeldeutigkeiten in den zwei großen Salonszenen, in denen erst Bloch und dann Swann gedemütigt werden.

Nie ist das Geprassel der antisemitischen Aggressionen heftiger als hier. Allein der »Name von Bloch«[141] lässt im Salon der Madame von Villeparisis die Lampen schon auf Alarm gehen. Swann traut sich wegen seines »zu hebräisch«[142] klingenden Namens nicht, die Liste zugunsten von Picquart zu unterzeichnen, die Bloch ihm vorlegt. Und natürlich werden die beiden französischen Juden als Ausländer gebrandmarkt. Als Bloch aufbringt, dass man im Ausland allgemein für Dreyfus sei, folgt: »›Das ist doch eine Angelegenheit, die nur Franzosen unter sich angeht, nicht wahr?‹ antwortete d'Argencour mit jener besonderen Art von Insolenz, bei der man dem andern eine Meinung unterschiebt, von der man ganz offenbar weiß, dass er sie nicht teilt, da er ja soeben eine diametral entgegengesetzte geäußert hat.«[143] Als nun »Blochs Religionszugehörigkeit« zum Thema wird und allmählich »alle Anwesenden sich gegen Bloch wandten«, setzt der Herzog von Châtellerault in Sachen Fremde noch einen drauf: »Sie werden mich entschuldigen, Monsieur, wenn ich mit Ihnen nicht über Dreyfus diskutiere, doch das ist eine Sache, über die ich grundsätzlich nur mit Japhetiten spreche«,[144] mit Angehörigen der weißen Rasse, hieß das. Auch diese Demütigung lässt sich noch übertreffen. Das übernimmt die so formvollendete Gastgeberin. Wenn man schon nicht »sämtliche Juden nach Jerusalem zurückschicken« kann, wie hinter Blochs Rücken auch angeregt wird, so will Madame de Villeparisis jedenfalls diesen einen auf Nimmerwiedersehen raushaben. »Sie wollte also Bloch bedeuten, er brauche nicht wiederzukommen, und fand ohne Mühe in ihrem mondänen Repertoire die Szene, mittels deren eine große Damen jemandem die Tür weist, eine Szene, in der keineswegs der streng verweisende Finger und die blitzeschleudernden Blicke vorkommen, die man sich dabei vorzustellen pflegt.«[145] Sie stellt sich in den Tiefen ihres großen Lehnstuhls also schlafend, reagiert weder auf eine hingestreckte Hand noch auf eher laute Grüße. Das war's.

Und wie reagiert Marcel in dieser und anderen antisemitischen Szenen? Wie berichtet er, wie bewertet sie der Erzähler? Diese Frage hat die Kommentatoren ziemlich durcheinandergebracht. Den Vogel schießt Alberto Beretta Anguissola ab. Er betont, dass diese Szene nicht die Meinung Prousts, sondern nur die des Erzählers wiedergebe. Und der sei hier nun einmal ein Snob, der alles tue, um zugelassen zu werden, die Marquise von Villeparisis sei für ihn das Vorzimmer zum Glück. Wie also könnte er ihr »unqualifizierbares, wirklich rassistisches und nazimäßiges Benehmen« kritisieren? Es geht noch doller: »Für einen Snob, wie es der Erzähler in diesem Moment seiner Bildung ist, hätte Madame de Villeparisis Bloch geradewegs in die Gaskammer und in einen Krematoriumsofen stecken können: Er hätte es gebilligt!«[146]

Gemessener und nuancierter drückt sich Antoine Compagnon aus. Er befasst sich mit den antisemitischen Attacken, die Charlus gegen Bloch richtet. Mit dem Erzähler auf dem Heimweg vom Salon Villeparisis setzt Charlus zuerst das Argument aus dem Salon fort, als Jude sei Bloch Ausländer und Vaterlandsverrat gegen Frankreich könne er nur schon deshalb nicht begangen haben, weil sein Vaterland Judäa und nicht Frankreich sei. Dann dreht er den modernen, gegen die Juden als fremde Angehörige einer anderen Rasse gerichteten Antisemitismus in den älteren christlichen, gegen die jüdische Religion gerichteten zurück. Die typisch Charlus'sche Mischung von blasphemischer und sodomistischer Fantasie, die sich Proust hat einfallen lassen, ist eher heftig: »Vielleicht könnten Sie Ihren Freund bitten, mich irgendeinem schönen Fest im Tempel, einer Beschneidung oder einer Darbietung jüdischer Sänger beiwohnen zu lassen. (…) Vielleicht könnten Sie sogar irgendwelche komischen Auftritte veranstalten, zum Beispiel einen Kampf zwischen ihrem Freund und seinem Vater, bei dem er ihn verletzen würde wie David den Goliath. Das würde eine ergötzliche Farce ergeben. Er könnte sogar, wenn er schon dabei ist, tüchtig auf seiner Mutter herumprügeln (…). Prügel für diese außereuropäische Kreatur wäre eine verdiente Züchtigung für ein altes Kamel.«[147] Bei einer Bahnfahrt in Balbec im Band »Sodom« geht Charlus nicht minder ausfällig zur Sache. Seitenlang lästert er über die »seltsame Neigung zum Sakrileg, die dieser Rasse innewohnt«. Überall kauften sie ehemalige christliche Gebäude. »Wenn in der Karwoche diese gewissen ungehörigen Schauspiele gegeben werden, die man Passionsspiele nennt, ist die Hälfte des Zuschauerraums mit Juden gefüllt, die triumphieren, dass sie Christus zum zweiten Male wenigstens in effigie an das Kreuz schlagen können.« Charlus' Tirade endet nach Ausführungen über Mazzefabriken in der Judengasse von Paris bei einem jüdischen Hostiensieder,

der sich selbst ins siedende Wasser geworfen habe, »was noch sonderbarer ist, da es so aussieht, als könne der Körper eines Juden den Leib des Herrn aufwiegen«.[148]

Compagnon fragt sich, wie diese judäophoben Tiraden[149] zu rechtfertigen und zu ertragen sind. Er beschäftigt sich merkwürdigerweise nicht mit dem Umstand, dass es nicht Aussagen des Erzählers, sondern solche einer Figur sind, die im ganzen Roman auch in anderer Hinsicht immer wieder eine Inkarnation des Bösen ist. Auch behauptet er, der Erzähler enthalte sich jeden Urteils über den Inhalt, obgleich Marcel in »Guermantes« von »abscheulichen und an Wahnsinn grenzenden Reden«[150] spricht und in »Sodom« Charlus zweimal Widerworte gibt: »Aber Juden sind doch Franzosen«, und: »Juden würden im Kriegsfall für Frankreich aufgeboten«, sagt er. Für Compagnon sind diese Tiraden für moderne Leser nach der Shoah »nur akzeptabel – lesbar, ganz einfach –, wenn man sie als Ironie interpretiert, und diese Ironie ist nur erträglich und sogar legitim als Selbst-Ironie, das heißt, wenn man die Hypothese aufstellt, dass diese Aussagen von einem Juden zitiert werden, wenn der Erzähler ein Mitglied der jüdischen Gemeinschaft ist.«[151] »Die antisemitischen Bravourstücke der Recherche« seien »nur entschuldbar, wenn wir für ihre Äußerung einen Juden, und sei es einen konvertierten, verantwortlich machen können.«[152]

Was ist von diesen Kommentaren zu halten? Der von Beretta Anguissola ist in seinem Vergleich des Erzählers mit einem Mitläufer des exterminatorischen nationalsozialistischen Antisemitismus sachlich wie geschmacklich jenseits von Gut und Böse. Compagnons Argumentation ist zwar deutlich nuancierter, übersieht aber merkwürdigerweise den entscheidenden Unterschied zwischen fiktiver Figurenrede und nichtfiktiven Texten. Seine Frage, ob antisemitische Tiraden akzeptabel, gar entschuldbar seien, ist sinnvoll gegenüber nichtfiktionalen

Texten. Bezogen auf die Figurenrede in einem Roman muss sie präzisiert werden. Natürlich können antisemitische Reden und Darstellungen in Romanen von verwerflichem Antisemitismus zeugen. Aber Proust ist nicht Céline. Seine Darstellung antisemitischer Figuren und Redeweisen, auch krasser und grotesker, impliziert nicht deren Billigung. Sie dient offensichtlich der Verdeutlichung der Leiden, denen Swann und Bloch in den Salons der Dreyfus-Zeit ausgesetzt sind. Und sie werden von einem Erzähler vorgebracht, der implizit und explizit seine Identifikation mit den Juden klarmacht.

Tut er das wirklich? Seine identifikatorische Nähe zu Swann ist unbezweifelbar. Seine einer expliziten Identifikation nahekommenden Sympathiebezeugungen für Bloch sind von großer Deutlichkeit, von den impliziten Identifikationen zu schweigen. Die einzige antisemitische Beschreibung Blochs, die unrelativiert stehen bleibt, ist die zweite Nennung der Hyäne in der »Wiedergefundenen Zeit«. Sie ist eingebettet in eine Passage, welche die erfolgreiche Assimilation Blochs und seiner Nachkommen in der Nach-Dreyfus-Zeit schildert. Ein sehr beachtliches, wenn auch nicht sehr enthusiastisches Schlusswort Marcels zur Frage der Assimilation! – schliche sich da nicht plötzlich die Hyäne wieder in den Text, immerhin empathisch gemildert durch den Vergleich von Blochs Gesicht mit Shylock. Und diesmal ist die Hyäne, die in »Guermantes« noch abstrakt genannt wurde, direkt auf Bloch gemünzt. Was ist da geschehen? Wenn man es wüsste. Man kann es einen Lapsus, einen Selbstwiderspruch des Erzählers nennen, da er Bloch doch gerade attestiert hat, wie ein Lord auszusehen und also die geschmeidigende Salongymnastik durchlaufen zu haben, deren Fehlen in »Guermantes« noch sein orientalisches Aussehen bewirkt hatte. Man kann es auch einen Rückfall vom historischen Diskurs, der die »Wiedergefundene Zeit« auszeichnet, in den atavistischen

Rassendiskurs nennen, also ein letztes Aufflackern der Ambivalenz, die den Erzähler in seinem Umgang mit dem Jüdischen immer wieder heimsucht.

DIE ZWEI ERZÄHLER DER »RECHERCHE«

Ja, der Erzähler! Marcel! Der Held! – diese drei so schwer zu trennenden Instanzen, von denen und von Proust alles ausgeht. Wie steht der Erzähler zu unserer Frage? Er ist ein Dreyfusard und doch keiner. Die Affäre habe ihn bizarr passioniert, attestiert ihm Charlus.[153] Er habe sich für sie duelliert, bezeugt er selbst. Sein Vater hat mit ihm eine Woche nicht gesprochen, weil er die Petition für Zola unterzeichnet hat.[154] Swann wendet sich ohne Zögern an ihn als Co-Dreyfusard. Und doch legt dieser dreyfusistische Erzähler in seinen Schilderungen des Antisemitismus und der Affäre eine bemerkenswerte Zurückhaltung an den Tag. Wie Proust scheint er bei aller Klarheit objektiv, weder pro noch anti sein zu wollen. Er bewertet in Sachen Antisemitismus selten. Und er deutet kaum. Das Erste überrascht wenig, das Zweite sehr. Bewerten gehört nicht zum Kerngeschäft dieses Erzählers, Ja, Ja, Nein, Nein ist nicht seine Rede. Sein Element ist das Deuten, das ständige Neuansetzen, das jedes und alles stets anders beziehende Hin-und-her-Wenden von allem und jedem. Das ist so sehr sein Element, dass einige[155] darin die Argumentationsweise des Talmud und also etwas intim Jüdisches sehen wollten. Auffällig ist, dass dieses Stilmerkmal gerade in der Schilderung des Jüdischen und des Antisemitismus so gut wie ganz ausfällt. Über das Thetische in der Darstellung der jüdischen Lebensläufe wurde das Nötige gesagt. Auch im Hinblick auf den Antisemitismus ist der Erzähler (hier wohl eher: Proust) zwar perfekt dokumentiert, er stellt ihn kristallklar und mithilfe drastisch verdeutlichender Techniken der Satire und der Groteske dar. Aber die Finesse vertiefender Deutungen, die sonst der geringsten Nebensache zufällt, wird dieser Hauptsache nicht zuteil.

Auch hier sollte man Prousts hemmende Schwierigkeiten beim Schreiben über Jüdisches nicht vergessen. Es gibt aber noch etwas anderes. Die »Recherche« hat nicht einen, sie hat zwei Erzähler. Der eine erzählt uns einen Roman, und er erzählt ihn endlos umdeutend und von innen. Der andere erzählt ein romanciertes Werk der Geschichtsschreibung, und er tut das deutungsasketisch von außen. Der Dichter schöpft aus der immer wieder beschworenen Tiefe des inneren Selbst. Der Geschichtsschreiber hält sich an die außen gefundenen Verstandeswahrheiten. Lange Zeit sind die beiden Erzähler unentwirrbar ineinander verwickelt. In der »Wiedergefundenen Zeit« treten sie auseinander und begegnen sich.

Fast Seite für Seite kann man im Schlussband beobachten, wie der Erzähler einer neuen Muse begegnet, »einer Muse« – wie es in der »Flüchtigen« vorbereitend heißt –, der »auch diejenigen, die von ihr keine Notiz genommen haben, am Abend ihres Lebens im Schiff der alten Provinzkirche begegnen, zu jener Stunde, da sie sich plötzlich für die ewige Schönheit, der die Schnitzereien am Altar Ausdruck geben, weniger empfänglich fühlen, als für die Erfassung der wechselnden Geschicke, die jene erlebt haben (…); die Muse, die alles aufgesammelt hat, was die höheren Musen der Philosophie und der Kunst verworfen haben, alles, was nicht in der Wahrheit gründet, was nur kontingent ist, aber dafür doch auch andere Gesetze offenbart: die Muse der Geschichte.«[156] Seite um Seite entdeckt der Erzähler, der eben noch über die Entdeckung der inneren ewigen Zeit gejubelt hat, im Schlussband nun die äußere vergängliche Zeit und deren Gesetze. Die Alten des Maskenballs und das Absterben ihrer »individuellen Merkmale«[157] lassen »machtvoll das Bewusstsein der Zeit in (ihm) wach werden«.[158] Die »Unmöglichkeit, sich zu verstehen«, vermittelt ihm »den Eindruck von Geschichte, und sie hätte in mir den Sinn für Geschichte verstärken können«.[159] Bald hat sie es getan: »Aus den in der Gesellschaft vollzogenen Wandlungen konnte ich (...) Wahrheiten entnehmen, die wichtig waren und würdig, einen Teil meines Werkes zu untermauern.«[160] Der dichterische Erzähler und der neu zu Bewusstsein gelangte historische reichen sich die Hand: »Da ich entschieden hatte, dass der Stoff meines Buches nicht einzig aus den wirklich erfüllten Eindrücken bestehen könne, solchen die außerhalb der Zeit gelegen waren, würden unter den Wahrheiten, mit denen ich sie einzufassen gedachte, auch solche, die sich auf die Zeit beziehen, auf die Zeit, in der die Menschen, die Gesellschaften, die Nationen weben und sich wandeln, einen bedeutenden Raum einnehmen.«[161]

So war es im ganzen Roman, und zum Schluss wird es auch ausgesprochen. Es jubelt in der »Wiedergefundenen Zeit« der Dichter im Glück der Ekstasen, die ihm zuteilwerden und aus denen er die Kathedrale seines dem Ewigen gewidmeten Werkes bauen will. Und der Geschichtsschreiber berichtet desillusioniert und melancholisch vom Wirken der Historie, die alles zernichtet – die Duchesse, die Salons, den Glanz der feinen Gesellschaft –, woran der Dichter in seiner Jugend voller Glut geglaubt hat. Was einen Roman lang Zauber, Traum und Faszinosum war, erliegt nun den kontingenten Gesetzen der Geschichte, wir sehen es zerrieben im Mahlwerk der endlosen Rekomposition der vermeintlich guten Gesellschaft, im Kommen und Gehen der Parvenus. Die Guermantes waren welche, Swann war einer, Bloch nicht minder.

Die Zurückhaltung des Erzählers in den jüdischen Teilen der »Recherche« rührt auch daher, dass diese eher aufs Konto des Geschichtsschreibers als des Dichters gehen. So glühend, nuanciert und alles innerlich endlos ausdeutend Prousts dichterischer Erzähler über das Liebesleben Swanns schreibt (es war schließlich seins), so schematisch und von außen skizziert der historische Erzähler Swanns jüdische Biografie – auch die durchaus bekundete Empathie erklingt eher deklamatorisch –, so distanziert und mehrheitlich von außen skizziert er auch Blochs Weg zur Assimilation. Er tat das übrigens schon in der abgemagerten, von La Bruyère mitgeformten neutralen Knappheit in »Freuden und Tage«. Tua res agitur mag für den Dichter gelten. Was das Jüdische anging, war erzählerisch Abstand gefragt, sine ira et studio. Und ganz in diesem Sinn kommentiert der Erzähler dann auch den antisemitischen Unsinn des Herzogs von Guermantes gegen Swann. Der »hätte sich offen gegen die Juden und die Parteigänger des Verurteilten erklären müssen«, statuierte der Herzog. Dazu der Erzähler: »Offenbar war seine Meinung die, dass eine Verurteilung von Dreyfus wegen Hochverrats, welche Ansicht man insgeheim über Schuld oder Unschuld des Hauptmanns hegen mochte, eine Art Dank dafür darstellte, wie man im Faubourg Saint-Germain aufgenommen worden war.[162] »Man spürte, dass sich für den Herzog die Frage der Immoralität von Swanns Verhalten in der Dreyfus-Affäre überhaupt nicht stellte, so sehr schien jene ihm über alle Zweifel erhaben.«[163] Zurückgelehnter geht Tadel nicht.

Den Gipfel erreicht dieser erzählerische Abstand in der Verkündigung des endlich entdeckten Gesetzes der äußeren Zeit. Hier kommen die geradezu soziologisch gewordene Sprache des Erzählers und der Abstand zum Jüdischen zueinander. »Erschlafft oder zerbrochen reagierten die Federn der Abweisungsmaschinerie nicht mehr, tausend Fremdkörper drangen ein, raubten dieser Gesellschaft jede innere Gleichartigkeit, alle Haltung und Farbe«,[164] so lautet der soziologische Befund. Der historische geht so: »Daraus ergibt sich, dass nicht die eigentlichen Gesellschaftsmenschen diese Gesellschaft so glanzvoll machten; vielmehr machte die Tatsache, dass sie von dieser Gesellschaft mehr oder weniger vollständig assimiliert worden waren, nach fünfzig Jahren aus Menschen, die sich nun alle ähnlich sahen, eigentliche Gesellschaftsmenschen.«[165]

Das wichtigste Wort in diesem Satz ist: »assimiliert«! Proust setzt es nicht zufällig. Er gebraucht das Wort, das damals weithin für die Akkulturation der Juifs français zu Français juifs und zu israélites verwendet worden war. Und er setzt es als Hauptbegriff einer Wahrheit, »die sich nicht einzig auf unsere Epoche« beschränkt. Die Assimilation, Swanns und Blochs so qualvoll durchlittenes Lebensprogramm, wird dadurch ohne große Worte, ja ohne Kommentar zum bloßen Anwendungsfall eines umfassenden historischen Prozesses degradiert.

So viel Einsicht. So viel Abstand. So war das.

EPILOG

Proust, ein Marrane?

Die Biografen haben Prousts jüdischer Seite wenig Aufmerksamkeit geschenkt.[1] Das wirkt umso erstaunlicher, als das Thema unmittelbar nach Prousts Tod heftig debattiert worden ist. Schon am 4. Dezember, gerade zwei Wochen nach Prousts Tod am 18. November 1922, hatte der angesehene französische jüdische Lyriker André Spire einen Nachruf abgeschlossen,[2] der untersuchte, »was das Werk und die Persönlichkeit von Proust den jüdischen Ursprüngen des Autors verdanken«. Spire hielt den jüdischen Einfluss für »capital«,[3] und er traf mit verblüffender Divination auch gleich das Zauberwort, um das sich seither die anregendsten Diskussionen um Prousts jüdische Seite drehen. Es heißt »marranisch« und fällt im Zusammenhang mit Prousts Darstellung von Swann, in dem Spire das »Double« und den »Spiegel«[4] von Proust erkennt. Marranen nennt man die spanischen und portugiesischen Juden, die sich unter dem Zwang der Reconquista von 1492 christlich taufen ließen, innerlich und »en famille« aber weiterhin dem jüdischen Glauben treu blieben.[5] Eine pointierte, auch im Hinblick auf Proust suggestive Definition lautet: »Der Marrane ist Katholik ohne Glaube und Jude ohne Wissen, doch Jude im Willen.«[6] Zu Prousts Zeiten hatten sowohl Théodore Reinach in seiner »Histoire des Israélites« wie auch Édouard Drumont in seiner »La France juive« den Marranismus in den Blick gerückt. Spire scheint diese Diskussion gekannt zu haben, er legt nahe, Prousts Auffassung

Swanns könne durch seinen, Prousts, Marranismus bestimmt sein, ein Wort, das er in Anführungszeichen setzt: »Sowie eine seiner Personen einige Tropfen jüdisches Blut erhalten hat, scheint Proust – eigenartiges Vergessen oder Erscheinung des ›Marranismus‹« – den Strom christlichen Blutes, mit dem er sie doch selbst versehen hat, als vernachlässigbar zu betrachten, und er behandelt ihre Psychologie, als wäre sie ein reinblütiger Jude.«[7]

Schon einen Monat später, im Januar 1923, kehrt der »Tropfen jüdischen Bluts«, eine Barrès variierende Wendung, deren sich jüdische wie nichtjüdische Kreise damals recht unbefangen bedienten, wieder: In der »Hommage à Marcel Proust«, die das Haus Gallimard in seiner »Nouvelle revue française« ihrem Autor auf nicht weniger als 340 Seiten ausrichtete. Albert Thibaudet, einer der angesehenen Kritiker, schrieb in diesem Heft über »Marcel Proust und die französische Tradition«; 1919 hatte er sich in der gleichen Zeitschrift mit Proust in einer legendären Polemik noch über den Stil Flauberts gestritten.[8] Nun vergleicht er den Stil Prousts mit dem Montaignes,[9] dessen Marranentum damals eifrig diskutiert wurde (ausgerechnet Drumont hatte aufs Krypto-Jüdische und auf den wiegenden Satzbau beim Marranen Montaigne hingewiesen[10]). Beide seien Schöpfer von »Bildern der Bewegung«, alles an ihnen dränge zur »inneren Bewegung«, verbinde sich mit »dynamischen Schemata«, schreibt Thibaudet und fragt sich dann, ob der »einzigartige Mobilismus der beiden« nicht mit einer anderen Gemeinsamkeit zusammenhänge: beide hätten jüdisches Blut. »Welch instruktive Geschichte eines Tropfens jüdischen Bluts im Strom unserer Literatur!« Thibaudet macht Montaigne und Proust zum »francosemitischen Doppel« in »unserem reichen und komplexen literarischen Universum«. Er erwähnt »mit einigem Vorbehalt« »die Mobilität, die Unruhe Israels«, er setzt die nomadischen feinen Zelte Jakobs den römischen Steinhäusern entgegen und kehrt zum Schluss, zum Glück, zu Stilfragen zurück: Die unruhige Tradition, in die Proust gehöre, sei eine »in unregelmäßiger Bewegung, in Schlangenlinie, im Hin und Her, die, wie ein Satz, eine Seite von Proust, immer ihren genauen Gegenstand überholt, durch ihre innere Elastizität und die Überfülle ihrer Ausbrüche«.[11]

Zwei Jahre später führte der Kritiker Denis Saurat[12] das Thema des Krypto-Jüdischen in Prousts Stil weiter. Auf den Tropfen jüdischen Bluts verzichtet er, er verlagert die Aufmerksamkeit von der »Rasse« auf die jüdische religiöse Tradition. Er spricht vom langen, komplizierten, immer neu ansetzenden, jeden Sinn und Nebensinn aufs Umständlichste bis in die feinste Verästelung betrachtenden Satz Prousts. Schon Léon Pierre-Quint, Prousts erster Biograf, habe von Prousts Sprache gesagt, sie sei »so original, dass es nötig sei, sie wie eine Art Fremdsprache zu lernen«.[13] Saurat stimmt dem zu: »Der französische Leser hat das Gefühl, er habe sein Land verlassen.«[14] Und so verhalte es sich. Prousts Stil sei »der Stil des ›Talmud‹ und des ›Sohar‹«,[15] »der Stil des Rabbiners, der die Heiligen Schriften kommentiert«[16] (zwischen dem Talmud und dem Sohar liegen zwar einige hundert Jahre und auch stilistisch Welten, aber warum sollte man sich ein flottes Klischee durch Einzelheiten verderben lassen). Auch Prousts Darstellung der Homosexualität, sein Bild femininer Männer und männlicher Frauen, stamme aus dem Sohar. »Wenn Proust sich getraut hat, die Inversion auf den literarischen Markt zu werfen, liegt das daran, dass die Spekulation seiner Rasse (so viel musste dann doch sein, Anm. d. Verf.) im Lauf zweier Jahrtausende ihn darauf vorbereitet hatte. Die rabbinische Literatur ist die Einzige, die diese Themen des Geschlechtswechsels der Seelen ohne Umschweife zur Sprache gebracht hat.«[17]

Was sagt uns diese Debatte der alten zwanziger Jahre heute? Verstehen wir Prousts jüdische Seite besser, wenn wir ihn als Marranen deuten, wie es Juliette Hassine tut?[18] Oder wenigstens als metaphorischen Marranen, wie es Elaine Marks tut?[19] Zeigen er oder wenigstens sein Stil die Merkmale eines marranischen, eines krypto-jüdischen Bewusstseins, dessen Spuren Yirmiyahu Yovel,[20] der subtilste der Marranismus-Forscher, bis ins 20. Jahrhundert verfolgt hat?

Swann war ein Krypto-Jude, er hielt auch als katholisch Getaufter an seinem stark jüdisch klingenden Namen und am jüdischen Kult der Erinnerung fest,[21] und er kehrte, wie etwa auch Spinozas marranische Eltern, in einem entscheidenden Moment zum Judentum zurück. Proust kannte also den Krypto-Judaismus, wie seine Gestaltung Swanns belegt. Er denunzierte sogar das antisemitische Vorurteil gegen angeblich krypto-jüdische getaufte Juden.[22] Aber Proust war selbst kein Krypto-Jude. Er hing nicht hinter einem katholisch-französischen Äußeren innerlich dem jüdischen Glauben oder der jüdischen Tradition an. Soll man ihn wenigstens im übertragenen, metaphorischen Sinn einen Marranen nennen? Schwer zu sagen. Die triviale Antwort würde lauten: Wer unter den wenigen Figuren, die seinen Erzähler Marcel durch alle sieben Bände der »Recherche« begleiten, prominent zwei Juden wählt, Swann und Bloch, und wer in einem Roman den Antisemitismus der französischen Mehrheitsgesellschaft ubiquitär und mit fast biblischem Zorn dekuvriert, dem kann man ein jüdisches Herz, dem kann man »Ahabath Israel«,[23] die Liebe zu den Juden, nicht absprechen. Die weniger triviale geht so: Proust teilt viele Züge des marranischen Bewusstseins, wie es Yovel und Marks herausgearbeitet haben. Trifft nicht auch auf ihn Yovels Aussage über den marranischen Freud zu? »Wie Spinoza war Freud der Fremde im eigenen Land, weder in der Gesellschaft ganz integriert noch von seiner Herkunft ganz abgeschnitten, ein Mensch, der drinnen und draußen stand, oder besser gesagt, der dadurch drinnen war, dass er draußen, dass er ein Außenseiter war.«[24] Auch Isaac Deutschers klassischer Aufsatz über jüdische Unglaubensgenossen[25] »The non-Jewish Jew« trifft Proust im Titel und in der Sache. Von Juden auf den Grenzlinien zwischen Zivilisationen, Religionen, Nationalkulturen und Epochen sagt Deutscher: »Each of them was in society and yet not in it, of it and yet not of it.«[26]

Tatsächlich verleitet der Begriff des Marranischen zu hochgradig anregenden intellektuellen Spekulationen. Kaum ein Glasperlenspiel, das sich mit diesem Ausdruck nicht spielen ließe. Man muss nur, was Saurat noch nicht konnte, Prousts Druckfahnen ansehen, diese von handschriftlichen Zusätzen und angeklebten Zettelchen förmlich umrahmten Textblöcke. Ähneln sie nicht verblüffend dem traditionellen Druckbild des Talmuds, in dem sich um die Mischna und Gemara in der Seitenmitte die Kommentare rundum in den Randspalten tummeln? Ist nicht verbürgt, dass Proust den Sohar gekannt und ihn an einer wichtigen Stelle in Verbindung mit der »mémoire involontaire« und dem Licht von Venedig gebracht hat?[27] Und klingt in Prousts ewig auf sich zurückkommenden Sätzen, diesen quasi-talmudischen Kommentaren zu Kommentaren von Kommentaren, nicht etwas vom krypto-jüdischen Spinoza nach? Genauer: Ist Prousts jüdisches Bekenntnis im »Jean Santeuil«, dieses durch Spinoza inspirierte mehrfach ansetzende »Bemühen um unaufhörliche Aufrichtigkeit«[28] nicht die Urpflanze der immer neu ansetzenden Wahrheitssuche in den so viel komplexeren Sätzen der »Recherche«? Kehrt die spinozistische Aufrichtigkeits-Philosophie Picquarts nicht in der Kunstauffassung Marcels wieder? Ist der Erzähler der »Wiedergefundenen Zeit« nicht auch »auf dem Marsch in die Gegenrichtung, auf der Rückkehr in die Tiefen«,[29] wie Spinoza »zurücksteigt« zum Ursprung der Vorurteile und Picquart »hinabsteigt« in den Strom der Gefühle? Picquart »versetzte sich in jedes Wesen, das er vor sich hatte, war nicht mehr er selbst, wurde zu dessen Seele«.[30] Der Erzähler der »Recherche« befindet: »Durch Kunst nur vermögen wir aus uns herauszutreten und uns bewusst zu werden, wie ein anderer das Universum sieht.«[31] Und wäre Prousts ästhetische Wahrheitsauffassung in der »Wiedergefundenen Zeit« nicht verschwistert mit Spinozas »dritter Gattung der Erkenntnis«? Proust wie Spinoza verwarfen den jüdischen wie den christlichen Glauben und suchten dennoch nach einer erlösenden Ewigkeit, beide indes in der Immanenz, im Diesseits. Beide wandten sich (wie auch Montaigne) von der »vie mondaine« zur »vie morale«, Montaigne im dritten Stock seines Turms, Spinoza in seinen notorisch asketischen Klausen, Proust im Korkzimmer. Und woran dachte Proust, als er in einem frühen programmatischen Konzertbericht ein erstes Mal den Übergang vom Gesellschaftsleben in die ekstatische ästhetische Wahrheit beschrieb – »unsere Herzen waren für einen Augenblick freigeräumt von allem, was sie hinderte, die Wahrheit und die Schönheit zu sehen«? Er dachte ans »Leben von Spinoza«,[32] das er im gleichen Jahr im Buch seines Unglaubensgenossen Brunschvicg kennengelernt hatte.

Das mag alles hoch anregend sein. Das Dumme ist nur: Man kann mit derlei marranischen Spekulationen sogar ganze Bücher über Proust füllen, wie Juliette Hassine es tat, aber man kommt dabei über Vermutungen und forcierte Analogien nicht hinaus.[33] Es gibt außer einer einzigen Stelle keine auch nur entfernt handfesten Belege, dass Proust vom Sohar, geschweige vom Talmud beeinflusst gewesen wäre. Als er in Robert Dreyfus' Buch über Alexandre Weill einen mit dem Talmud und dem Sohar vertrauten Juden hätte kennenlernen können, wies er das mit seltener Brüskheit zurück. Es müsste sich das Marranische in diesem so überreich dokumentierten Leben also in kompletter Geheimhaltung abgespielt haben, und so krypto-jüdisch war der geschwätzige Proust, der kein Geheimnis für sich behalten konnte, wohl doch nicht.

Und warum sollte man ausgerechnet Proust, der Formeln und leere Abstraktionen nicht mochte, in Begriffskorsette wie Marranismus oder Krypto-Judaismus zwängen? Er hätte eine marranische Kunst wahrscheinlich ebenso sinnlos und uninteressant gefunden wie Romain Rollands »humane Kunst«. Abstraktionen waren ihm nichts, Einzelheiten alles: »Ein Knopf eines Seidenhemdes« sei ebenso viel wert »wie eine humane Kunst«,[34] notierte er bei der Vorbereitung der »Recherche«.[35] Und auf die Seite der Einzelheiten schlug er sich auch, als er das Kapitel über die Homosexualität entwarf, die andere Besonderheit, die ihn neben dem Jüdischen von der Mehrheitsgesellschaft unterschied – auch wenn es zuerst ganz anders aussieht: »Race maudite«, »verfluchte Rasse«, heißt die suggestive Formel für die Homosexuellen, die ihm bei der Niederschrift dieses Entwurfs zuflog und die Bernard de Fallois, den ersten Herausgeber, so sehr in ihren Bann schlug, dass er sie, was von Proust nicht vorgesehen war, um den bestimmten Artikel ergänzt zum Titel der ganzen Passage erhob: »La race maudite«[36].

Und Proust? Er ergänzte die offensichtlich auch für ihn suggestive Formel noch um ihr jüdisches Komplement: »eine verfluchte Rasse, verfolgt wie Israel«, setzte er hinzu. Auch: »wie Israel noch auf der Suche nach dem, was sie nicht sind, was nicht von ihnen sein könnte«. Er sprach von »der Verachtung des weniger homosexuellen für den am ausgeprägtesten homosexuellen, wie die des am stärksten dejudaisierten für den kleinen Juden« und notierte, »wenn es im tiefsten Inneren fast aller Juden einen Antisemiten gibt, (…) so gibt es im Inneren jedes Homosexuellen einen Anti-Homosexuellen«. Doch noch mit dem Ausschmücken seiner Formel beschäftigt, war Proust, wie der bereits ins Nicht-Formelhafte ausufernde Satzbau zeigt, schon auf einem anderen Weg. Er pulverisierte die Formel und verwandelte sie in eine lose verbundene Folge zahlreicher Beobachtungen, die das Thema, statt es formelhaft zu benennen, in lauter Einzelheiten variierte. Er war unterwegs zu einem dieser stilistischen Wunder, die wir immer treffen, wenn es in der »Recherche« um Wichtiges geht. Zum Hinübersprechen aus der Fiktion in die Realität, zum seitenlangen Monolog Swanns kommt nun eine in der »Recherche« wiederum einzig dastehende »Periode, die sich in syntaktischen und thematischen Variationen über drei Seiten erstreckt«[37] und das Leben der Homosexuellen umkreist. Proust begann diese Periode in den Entwurfsheften, auf den gleichen Seiten wie die Formel. In ihrer endgültigen Form im ersten Teil von »Sodom und Gomorrha« ist freilich die Formel der »race maudite« mit allen Ausschmückungen außer einer verschwunden, die Fülle der Einzelheiten hat sie verdrängt. Sieben Mal noch spricht der Text von »Rasse«, fünf Mal werden die Homosexuellen und die Juden verglichen.[38] Aber das Schreien des Plakativen hat dem Flüstern der Einzelheiten Platz gemacht.[39]

Das ist Prousts »Recherche«, dieser wohlgeformte Strom verzauberter und verzaubernder Einzelheiten, die sich aller begrifflichen Fixierung entziehen. Die Geschichte der Homosexuellen, welche die »Recherche« erzählt, ist unendlich nuancierter und übrigens auch freudvoller als die Formel der »race maudite«. Und so ist auch die Geschichte der Juden in der »Recherche« trotz einiger Holzschnitzereien ein Strom hochnuancierter ambivalenter Einzelheiten.

Fast könnte man glauben, unter den Debattierern der zwanziger Jahre sei zuletzt Prousts erster (und jüdischer) Biograf aus dem Jahr 1925, Léon Pierre-Quint, der Wahrheit am nächsten gekommen mit seiner Ablehnung jeder Herleitung von Prousts »Geistesart« aus seiner jüdischen Herkunft. Das »erhellt nichts«. Der »jüdische Geist« stelle sich »nicht nur in einer Ideenform dar«.[40] Er habe höchst unterschiedliche und sich widersprechende Systeme hervorgebracht.[41]

Hat Pierre-Quint recht? Nicht ganz. Denn wenn Prousts »Recherche« auch aus schönsten, alle Abstraktionen unterlaufenden Einzelheiten besteht, so ist doch offenkundig, dass im Kreislauf dieser Einzelheiten, wie geheimnisumhüllt und ambivalent auch immer, doch stets ein jüdisches Herz mitschlägt. Man darf dieses Jüdische nicht zu deutlich benennen, doch vergessen wird es nie. Auch nicht in Prousts letzten Stunden.

Als der Schriftsteller François Mauriac am 19. November 1922, am Tag nach Prousts Tod, von seinem Freund Abschied nehmen wollte, sah er im Sterbezimmer auf einem hellgrünen Briefumschlag zwischen Flecken von Kräutertee Prousts letzte zu Papier gebrachte Worte, fast unlesbar, nur den Namen »Forcheville« konnte er entziffern. Hätte Mauriac den Umschlag umgedreht, hätte er darauf, unter der von Proust eigenhändig durchgestrichenen Adresse lesen können: »Achtung, die Kehrseite dieses Umschlags, der viele Arbeitspapiere enthält, ist selbst ein Arbeitspapier.« Und hätte er den Umschlag geöffnet, hätte er darin drei rätselhafte Zettelchen gefunden, die zusammen mit den Notizen auf dem Umschlag von Prousts allerletzten Ergänzungen zu seinem Roman zeugen. 1992 hat sinnigerweise Nathalie Mauriac Dyer, die Enkelin des Mannes, der den Umschlag zuerst bemerkt hat, und eine Urgroßnichte Prousts, die enigmatischen Worthäufchen entziffert.[42] Lauter schwer verständliche Einzelheiten, ganz nach Prousts Art. Aber wie es so ist: Das eine Zettelchen führt zur Erinnerung an den jüdischen Helden Swann, die Notiz »Forcheville« bezieht sich aufs Verweigern dieser Erinnerung, auf Gilbertes Verleugnen ihres Judentums durch Namenswechsel.[43] Mochte Gilberte, »dieses Weibsstück«,[44] ihr Judentum aufgegeben haben, Proust vergaß sein Thema bis zuletzt nicht. »Alle haben vergessen, dass ich jüdisch bin. Ich nicht.«[45]

Anhang

Dank

Mein Dank geht an Luzius Keller, Michael Maar und Georg M. Oswald, die mein Manuskript ausführlich kommentiert haben. Und an Martha Bunk, Raphael Gross, Wolfgang Matz, Lothar Müller, Elisabeth Paeffgen, Elke Schmitter und Klaus-Peter Sick für Rat, Tat und Aufmunterung. Am meisten gelernt habe ich in den Forschungen von Evelyne Bloch-Dano, Jean-Denis Bredin, Bernard Brun und Yuji Murakami.

Anmerkungen

Kapitel 1

IM STURM: DIE DREYFUS-AFFÄRE UND PROUSTS JÜDISCHE GEFÜHLE

1 Bloch: Apologie 142.
2 An Paul Souday, 17. Dezember 1919, Corr XVIII 535 f.
3 An Rosny Aîné, 23. Dezember 1919, Corr XVIII 545. Briefe 1124.
4 Blum 16.
5 Halévy: Apologie 8.
6 An Pierre d'Orléans, 30. November 1899, Corr XIV 337. Briefe 263.
7 Wolitz 151.
8 Oriol 1183.
9 Péguy 40.
10 Péguy 50.
11 Blum 19.
12 Lazare 6.
13 Herzl: Wendung zum Zionismus (1899). Zit. nach Schoeps 74 ff. Schoeps gibt eine nuancierte Darstellung von Herzls Entwicklung in jenen Jahren. Beller 31 äußert Zweifel an Herzls autobiografischer Darstellung.
14 J. Reinach I 953.
15 J. Reinach I 957.
16 Paléologue 60 f.
17 Halévy: Regards 63.
18 Halévy: Regards 10.
19 Halévy: Regards 35.
20 Halévy: Regards 9.
21 Halévy: Regards 225 f.
22 Bredin 282.
23 Die wichtigsten Namen bei Oriol 590 f.
24 JS 673.
25 Guermantes 326.
26 Whyte 213.
27 La Libre Parole 23. Februar 1898. Das Verdienst, diesen Artikel entdeckt zu haben, kommt Yuji Murakami zu! Murakami: Moment 223 f.
28 An Robert Dreyfus, 29. Mai 1905, Corr V 180 f.
29 Halévy: Regards 31.
30 Halévy: Regards 61.
31 Halévy: Regards 63.
32 Halévy: Regards 11. Ein Gedanke nebenher, der recht nahe bei Hannah Arendts Lessing-Auslegung ist. In ihrer Lessingrede von 1959 schrieb sie: »Ich darf in diesem Zusammenhang nicht verschweigen, dass ich lange Jahre hindurch auf die Frage: ›Wer bist Du?‹ die Antwort: ›Ein Jude‹ für die einzig adäquate gehalten habe, nämlich für die

einzige, die der Realität des Verfolgtseins Rechnung trug. Ich hätte sicher eine Haltung, die im Sinne – nicht im Wortlaut – des Nathan auf die Aufforderung: ›Tritt näher, Jude!‹ mit einem: ›Ich bin ein Mensch‹ antwortet, für ein groteskes und gefährliches Ausweichen vor der Wirklichkeit gehalten.« In: Arendt: Lessing 33. P. 39 f. vertieft Arendt ihre Ansicht: »So wäre es etwa unter den Verhältnissen des Dritten Reichs im Falle einer Freundschaft zwischen einem Deutschen und einem Juden nicht ein Zeichen der Menschlichkeit gewesen, wenn die Freunde gesagt hätten: Sind wir nicht beide Menschen? Damit wären sie der Wirklichkeit und der ihnen gemeinsamen Welt bloß ausgewichen; (…) Im Sinne einer Menschlichkeit, welche die Wirklichkeit nicht wie den Boden unter den Füßen verloren hat, nämlich einer Menschlichkeit inmitten der Wirklichkeit der Verfolgung, hätten sie schon sagen müssen: ein Deutscher und ein Jude, und Freunde.«

33 Halévy: Regards 62.

34 Élie Halévy an Célestin Bouglé, 16. November 1897. Zit. nach: Duclert: Halévy 224.

35 Dreyfus: Thiers 31 f. Dreyfus' Judentum war indes nuanciert. Als Siegfried van Praag 1937(!) in der »Revue juive de Genève« die Gäste der assimilierten Salons von Madame Straus und Madame de Caillavet »Deserteure des französischen Judentums« nannte, protestierte Robert Dreyfus: »Die zahlreichen ›assimilierten‹ Juden von damals akzeptierten stolz die schwere Erbschaft der Erniedrigung und des Widerstands; sie waren in keiner Weise ›Deserteure‹, die sich ihrer Geburt schämten und sie ungeduldig loswerden wollten. Wann hätte sich das besser bewahrheiten können als bei Gelegenheit der Affäre, diesem Prüfstein der unterschiedlichen menschlichen Temperamente?« (Dreyfus: A propos 420) Zum Zusammenhang vgl. die hinreißend nuancierte Studie von Compagnon: Juif 235–263.

36 Blanche 121.

37 Barrès: Scènes 152.

38 Barrès: Scènes 63.

39 Barrès: Scènes 40 f.

40 Guermantes 416.

41 Barrès: Scènes 17.

42 Chronologie Corr II 19.

43 An seine Mutter, 22. September 1899, Corr II 341. Briefe 253.

44 An seine Mutter, 12. September 1899, Corr II 312.

45 CSB 735. Ich zitiere die Fassung des Manuskripts, die den Bezug auf Zola deutlicher macht. Die deutsche Übersetzung der modifizierten Druckfassung gibt NV 117.

46 NV 191.

47 Barrès: Scènes 145 f.
48 Barrès: Scènes 150 ff.
49 Chateaubriand 65.
50 Wie immer bei Proust gibt es auch zu dieser Antithese eine weitere Antithese. Gegen Ende August 1911 schickte Proust Barrès einen seiner berüchtigten Lobeshudelbriefe, in dem er ihn glatt über Châteaubriand setzt: »Sie sind geworden, was noch nie jemand war, und was gewiss Châteaubriand nie in keinem Grad war, ein großer Schriftsteller, der in der gleichen Zeit von seinem Vaterland, durch die Einstimmigkeit des Volkes anerkannt wird, ja dem man folgt als oberster Chef.« (Corr X 341) Die Wertschätzung war nicht gegenseitig. Barrès hat sich en privé immer sehr despektierlich über Proust geäußert.
51 WZ 337.
52 E 409.
53 Chateaubriand 76.
54 WZ 336.
55 WZ 409.
56 Guermantes 815 f.
57 WZ 816, Übersetzung korrigiert. Auf den Zusammenhang zwischen jüdischer Herkunft und Wahrheit werden wir ebenso zurückkommen wie auf Prousts Schwanken zwischen Vererbungslehre und Soziologie.
58 Francis 206.
59 Fallois: Conférences 54.
60 Fallois: L'histoire d'un roman 108.
61 Fallois: L'histoire d'un roman 108.
62 Kolb: Historique 244 f.
63 Kolb: Historique 245.
64 Tadié 381.
65 Tadié 382.
66 JS 720.
67 JS 680.
68 Brée 16, 18.
69 JS 698.
70 JS 705.
71 Tadié streift es einmal (387 f.), aber ohne seinen Sinn zu erkennen.
72 JS 708.
73 JS 683.
74 JS 688.
75 JS 688.
76 JS 688.
77 JS 684.
78 JS 687.
79 An Daniel Halévy, 11. Dezember 1897, Corr XXI 583. Briefe 222 f.
80 An Daniel Halévy, 12. Dezember 1897, Corr XXI 584. Briefe 224.
81 JS 694 f.
82 JS 702.
83 JS 703.
84 JS 692.
85 JS 707.
86 JS 720.
87 JS 718.
88 JS 717.
89 JS 701.
90 Vgl. unten S. 141 ff.
91 JS 720.
92 JS 720.
93 JS 703.
94 JS 720.
95 JS 720.

96 Ich folge hier Murakami: Moment 222 f.

97 Birnbaum 18.

98 Birnbaum 38 ff.

99 Halévy: Apologie 67 f.

100 Boutroux: Lettre à »un de ses amis«. In: »Le Temps« vom 27. Januar 1898.

101 JS 720.

102 JS 730 f.

103 Ms. des Jean Santeuil, NAF 16 616, Folios 688vo–689ro. Zit. nach Marukami: Moment 226 f.

104 Das Thema der »Déracinés« blieb virulent lang über Prousts Leben hinaus. Simone Weil und Albert Camus haben es weitergedacht, Weil in ihrem letzten Buch, Camus, der Weils Buch 1949 herausgegeben hatte, in seinem »Der erste Mensch« und beide in ganz entgegengesetzter Richtung. Weil dachte in »Die Verwurzelung« racinement als eine Bedingung von Glück und aufgehobener Entfremdung. Camus sah umgekehrt und ganz im Sinn von Proust in »Der erste Mensch« die Entwurzelung im Rahmen einer Lehrer-Schüler-Beziehung als Bedingung des Wegs ins Offene. Vom heiß geliebten und hoch geachteten Lehrer des Romans heißt es: »Er war es, der Jacques in die Welt geworfen hatte, indem er ganz allein die Verantwortung dafür übernommen hatte, ihn zu entwurzeln, damit er sich noch zu größeren Entdeckungen aufmache.« (Camus 181 f.) Hinter dem Monsieur Bernard des Romans steckt Monsieur Louis Germain. »Ohne Sie wäre nichts von alldem geschehen«, schrieb ihm Camus 1957 nach dem Nobelpreis (Todd 749).

105 JS 708.

106 Lucien Herr: À Maurice Barrès. »La Revue blanche«, 15. Februar 1898. Zit. nach: Duclert: Savoir 83.

107 JS 127.

108 JS 133.

109 JS 138.

110 JS 141.

111 JS 692.

112 JS 138.

113 FT 37.

114 In einer Fußnote seiner Übersetzung von Ruskins »Sésame et les lys« (Ruskin 534). Im Sommer 1909, als er an den ersten Seiten der »Recherche« sitzt, bestätigt Proust im »Carnet 1« diesen Einfluss, fügt aber ohne Begründung hinzu: »ich habe ihn als schlecht erkannt.« (Carnets 100 f.)

115 JS 137.

116 Bonnet: Darlu 34.

117 Dazu großartig Soulié.

118 A. Darlu: Réflexions sur une question du jour: Science, morale et religion. In: »Revue de Métaphysique et de Morale« 1895, 239 ff., zit. nach Bonnet: Darlu 44.

119 A. Darlu: L'Enseignement de la Morale (Discours prononcé à la

distribution des prix du Concours général). 1890, zit. nach Bonnet: Darlu 18.

120 A. Darlu: De M. Brunetière et de l'individualisme. A propos de l'article »Après le procès«. In: »Revue de Métaphysique et de Morale« 1998, 395.

121 A. Darlu: De M. Brunetière et de l'individualisme. A propos de l'article »Après le procès«. In: »Revue de Métaphysique et de Morale« 1998, 397.

122 Fraisse: L'éclectisme 168.

123 JS 138.

124 Élie Halévy, zit. nach Guy-Loë 197.

125 Der Aufsatz steht auf den Seiten 379–384 des Jahrgangs 1896 der »Revue de Métaphysique et de Morale«.

126 Brief von Marcel Proust an Léon Brunschvicg von Mitte Februar 1904, Corr IV 74.

127 Alle Stellen auf S. 382 von Brunschvicgs Aufsatz.

128 Vom Spinozismus der jungen jüdischen Dreyfusards scheint auf verworrene Weise auch die Gegenseite gewusst zu haben. Jedenfalls nennt Jérôme Thauraud, der Privatsekretär von Barrès, die Kritik der Revue Blanche an Barrès, die auch zum antisemitischen Angriff der »Libre Parole« auf Proust geführt hatte, einen Angriff der »Rabbis de la Revue Blanche«, und er vergleicht ihn mit der Exkommunizierung Spinozas durch die »Esnoga«, die portugiesische Synagoge Amsterdams. (Tharaud 31)

129 Auf S. 381.

130 Brunschvicg: Spinoza 141.

131 JS 703. Das Wort »descendre«/ »hinabsteigen« aus dem französischen Original ist hier indes mit »versetzen« übersetzt. (JS pl. 640)

132 Brunschvicg: Spinoza 143.

133 Brunschvicg: Spinoza 142. Spinoza: An Willem van Blyenberg. 5. Januar 1665. (Brief 19)

134 JS 695, 698. Optiker, Linsenschleifer, Spinozas Beruf, wäre natürlich noch besser gewesen.

135 Vgl. Kapitel 2, Der Daudet-Pastiche, S. 124 ff.

136 FT 80. Die Fußnote der Erstveröffentlichung hatte einen leicht abweichenden Wortlaut, s. JS pl. 931.

137 Swann 55.

138 Crémieux 100.

139 Gef. 281. Ich komme S. 141 ff. auf diese kapitale Stelle zurück.

140 Yerushalmi: Zachor.

141 JM 349 f., 352. Mit dieser Formel belegt Proust sowohl die »race juive« wie seine Romanästhetik. Ich komme darauf zurück. Vgl. unten S. 156 f.

142 Arendt: Elemente 151 nennt das zweite Kaiserreich »die glücklichste Zeit des französichen Judentums«.

Kapitel 2

VOR DEM STURM: AUTEUIL ALS GEISTIGE LEBENSFORM

1 An Maurice Barrès, um den 19. Januar 1906. Corr VI 28.
2 Swann 22.
3 Swann 21.
4 Swann 22.
5 Swann 206.
6 Swann 202.
7 NV 195.
8 NV 154.
9 NV 151.
10 Tadié 537.
11 NV 197.
12 NV 197.
13 NV 201.
14 NV 202.
15 Rech. pl. 1, 4. leicht redigiert.
16 An Comte Jean de Gaigner, 1. August 1919. Corr XVIII 359.
17 An Lionel Hauser, 3. April 1918, Corr XVII 160.
18 NV 151.
19 An Jacques Rivière, 6. Februar 1914. Corr XII 99. Briefe 805.
20 An Lionel Hauser, Anfang September 1915, Corr XIV 218. Briefe 891.
21 WZ 292.
22 JS 39 f.
23 JS 155.
24 JS 1048.
25 JS 1051.
26 JS 1052.
27 JS 1053.
28 An François Vicomte de Paris, 12. Juni 1908. Corr VIII 136.
29 An Madame Catusse, 5. November 1906. Corr VI 276.
30 An Madame Catusse, 5. November 1906. Corr VI 276.
31 SG 18.
32 Marrus 58.
33 Compagnon: Juif 300 ff.
34 Jüdisches Lexikon II 205.
35 Die Einzelheiten von Baruch Weils Leben entnehme ich Alexandre, Bloch-Dano, Fournier und Francis.
36 An Daniel Halévy, wohl vom 7. Mai 1908, Compagnon: Juif 345. Erstveröffentlichung mit detailliertem Kommentar: Compagnon: Le long.
37 Godchaux Weil, zit. nach Samuels: Inventing 285, Anm. 10.
38 Meine Darstellung Godchaux Weils folgt Samuels: Inventing 74–111.
39 Abgedruckt in: Samuels: Les grands auteurs juifs 43–45.
40 Samuels: Inventing 81.
41 Mit der einen Ausnahme von Feuillets 125.
42 JS 849.
43 Zu den »métamorphose de l'oncle Louis« vgl. den scharfsinnigen Kommentar von Nathalie Mauriac Dyer in Feuillets 213–220.
44 Tadié 35.
45 Zola: Frankreich 78.
46 Riva 4 ff.

47 White 30.
48 Compagnon: Juif 351, Anm. 50.
49 An Daniel Halévy, wohl 7. Mai 1908, Compagnon: Juif 343.
50 An Nathé Weil, 17. Mai 1888. Corr XXI 395.
51 An Daniel Halévy, wohl 7. Mai 1908, Compagnon: Juif 344.
52 Kracauer 213 ff. Zolas Roman »Nana« detailliert das Bild.
53 Balsamo.
54 Das ansehnliche Verkaufsgeschäft befand sich am Boulevard Poissonnière 14.
55 Er war Mitglied im Conseil d'administration des Comptoir d'Escompte de Paris, das 1870 mit seinem weitreichenden internationalen Agenturnetz die wichtigste französische Bank war.
56 An Madame Catusse, 12. Dezember 1906. Corr VI 36.
57 De Billy 64.
58 Duplay 18.
59 Die Bilder finden sich im Sotheby's Katalog: Marcel Proust. Collection Patricia Mantes-Proust. Paris 2016.
60 Tadié 111 f.
61 An Laure Hayman, kurz nach dem 12. Mai 1896. Corr II 64.
62 An Laure Hayman, 9. Mai 1920. Corr XIX 263.
63 Guermantes 371.
64 NW 110.
65 Duplay 10.
66 Swann 114.
67 Swann 118 f.
68 Vgl. Corr XXI 206.
69 Duchêne: Bio 308. Das Testament von Onkel Louis, eine sozialgeschichtlich hochgradig interessante Quelle, gibt Duchêne: Inédit.
70 Duchêne: Bio 308.
71 Francis 31.
72 Francis 30.
73 Bloch-Dano 45.
74 Amson 292 f.
75 Figes 385 f.
76 Enzyklopädie Artikel Damaskus. II 60.
77 Enzyklopädie Artikel Alliance israélite universelle. I 45.
78 Enzyklopädie Artikel Alliance israélite universelle. I 43.
79 Heine: Lutetia 275.
80 Billermann 136 f.
81 Madame Nathé Weil an Nathé Weil. Sommer 1879. Corr XXI 540.
82 Madame Proust an Marcel. 23. April 1890. Corr I 138.
83 GSB 111.
84 SG 101.
85 An Madame Nathé Weil. August 1886. Corr XXI 545.
86 An Robert Dreyfus. 10. September 1888. Lettres 81. Briefe 116.
87 GSB 68 f.
88 Racine: Œuvres I 1674.
89 Horvilleur 26.
90 Racine: Esther V 166.
91 Das Buch Ester 3,13.
92 Racine: Esther V 495–500.
93 Yovel: Other 81, 236, 414. Yovel: Spinoza 40.
94 Yovel: Spinoza 40.
95 Le Pichon 216; Isenschmid 20.

96 Mauriac 320 f.
97 Gef. 263.
98 Rachel, die eigentlich Élisa Félix hieß, hatte 1837 den Bühnennamen Rachel angenommen, in Anlehnung an die gleichnamige Heldin von Fromental Halévys Oper »La Juive« (1835) und deren Arie »Rachel, quand du Seigneur…«, der Name wie die Arie werden in der »Recherche« vielfältig nachwirken, des Erzählers Großvater, summt die Arie, und Saint-Loups Geliebte, eine Schauspielerin, heißt nicht umsonst Rachel. Die historische Rachel hatte am 12. Juni 1838 in Corneilles »Horace« (einem auch von Prousts Mutter geschätzten Stück) an der Comédie debütiert. Ihr Erfolg war durchschlagend. Noch im gleichen Jahr folgten sechs weitere Rollen in Stücken von Racine, Corneille und Voltaire. Die Billettverkäufe verzehnfachten sich (Samuels: Difference 50).
99 Hoog: Marge 96.
100 Keller: Briefe I 330 f.
101 Thomson: Rachel 22–83.
102 Hoog: Marge 93.
103 Hoog: Enfant 81.
104 Bei der Premiere am 8. April im Théâtre Sarah Bernhardt wurden alle Rollen von weiblichen Darstellern gegeben, Sarah Bernhardt spielte Assuérus, das Arrangement der Uraufführung in Saint-Cyr vor Louis XIV und Mme de Maintenon wurde durch die Einrichtung eines Theaters im Theater kopiert.
105 E 277.
106 CSB 506.
107 Die Zeichnungen finden sich in Sollers 89. Die Detailanalyse der Übermalung stammt von Greene und Szylowicz.
108 GSB 109 f. Die Verse am Schluss sind V 802–808 aus Racines »Esther«. Deutsch lauten sie nach GSB 110:

»O sanfter Friede,
Schönheit immer wieder neu,
Glücklich das Herz von diesem Zauber ergriffen.
O sanfter Friede,
O ewiges Licht,
Glücklich das Herz, das dich niemals verliert.«

109 Racine: Esther V 54.
110 Racine: Esther V 101.
111 Staubli 332.
112 Pugh: Birth 60.
113 Pugh: Birth 55.
114 GSB 69, 111.
115 GSB 64.
116 GSB 64.
117 Swann 90.
118 Tadié 556.
119 NV 221.
120 Die Mutter-Passage aus dem handschriftlichen Entwurf hat es nicht in den Druck geschafft. Andere Korrekturen machten aus der Adèle-ähnlichen Großmutter eine Tante, vgl. Ritte 71 f.
121 An Lucien Daudet, Anfang 1906. Corr VI 100. Briefe 490.

122 Feuillets 101; NW 101.
123 Bréhant.
124 Thomson: Harpers.
125 Über das verblüffend dichte Netz von Heiraten in Prousts jüdischer Verwandtschaft vgl. Compagnon: Juif 312 f.
126 Von seiner intensiven und weitgespannten geistigen Produktivität zeugen mehr als 14 meist bei Félix Alcan erschienene Buchpublikationen zwischen 1869 und 1895; außer dem Recht widmeten sie sich auch der Außenpolitik und der Diplomatiegeschichte Englands, besonderes Ansehen genoss sein Buch »Les élections législatives depuis 1795. Histoire de la législation et des mœurs« von 1895.
127 Cruppi wurde nach langen Deputiertenjahren Handels-, Justiz- und Außenminister und löste in dieser Eigenschaft 1911 die Zweite Marokkokrise aus. Gaston Thomson hält bis heute den Rekord als Langzeitdeputierter, 54 Jahre und 320 Tage saß er in der Kammer, auch als Handels-, Industrie- und Marineminister.
128 Dazu hervorragend Gian Balsamo: Proust and his banker. In search of time squandered. South Carolina 2017. Die Neuburgers nennt er irrtümlich stets Neuberger.
129 Francis 145.
130 An Madame Catusse. 12. Dezember 1906. Corr VI 329.
131 An Madame Gaston Thomson. 10. April 1910. Corr X 62 ff.
132 E 297–301.
133 An Madame Hecht, September 1918. Corr XVII 349.
134 An Madame Hecht. September 1918. Corr XVII 349.
135 Wilson 170. Auch Poliakov VII 52. Eine glänzende Darstellung gibt Brown 59–80.
136 Poliakov VII 53.
137 Bredin 36.
138 Poliakov VII 53.
139 Auch Charles Haas, das Vorbild von Prousts Romanfigur Swann, wird übrigens in einer späteren Publikation von Drumont angegriffen (s. Delhorbe 263).
140 Drumont II 252.
141 Kauffmann 252; J. Reinach II 304.
142 Oriol 718 f.
143 Drumont II 252.
144 Paul Brulat, ein Dreyfusard, auf S. 110 seines Romans »Lai faiseuse de gloire«, Paris 1900. Dazu wie immer hochinstruktiv Murakami: »Jean Santeuil« 78–83.
145 Drumont II 248.
146 Sotheby's Katalog: Marcel Proust. Collection Patricia Mante-Proust. Paris: 31. Mai 2016, S. 15.
147 Kauffmann 268.
148 Kauffmann 279.
149 Blum 23.
150 Marrus 152 f. und passim.
151 NW 12.
152 E 43–47.

153 Crémieux 20.
154 Bardèche I 40.
155 Daudet 22.
156 Tadié 972, Anm. 227.
157 Blanche 112.
158 Crémieux 99.
159 Blum 43 f.
160 E 53–55. Übersetzung teilweise korrigiert.
161 La Mode retrouvée. Les robes trésors de la Comtesse Greffulhe. Paris 2015.
162 Dreyfus: Souvenirs 91.
163 Th. Reinach: Histoire XVII.
164 Th. Reinach: Histoire 387.
165 Th. Reinach: Histoire 389.
166 Rech. pl. 1, 667.
167 FT 87.
168 JS pl. 931.
169 FT 274.
170 FT 267. Zum Thema der »douairières« vgl. den Kommentar zu Prousts Briefroman in: Proust: Jeunesse 257, Anm. 27.
171 Die Indizien gibt Weber 279.
172 Sein Vorbild ist hier la Bruyère. Zu dessen Snobismus-Kritik vgl. hochinstruktiv Skhlar 108–111.
173 JS 743.
174 FT 55.
175 FT 56.
176 FT 60.
177 FT 274.
178 Blum 43 f.
179 SG 119 f.
180 JS 741 f.
181 An Lucien Daudet. Mai oder Juni 1916. Corr XV 150. Kolb kannte den vollständigen Brief nicht. Der erste vollständige Druck findet sich in: Marcel Proust im Spiegel seiner Korrespondenz. Herausgegeben von Jürgen Ritte und Reiner Speck, Köln 2009, S. 334 f.
182 Die Entzifferung in: Carnets 328–330.
183 Vgl. Isenschmid 39–55.
184 Vgl. F 386 und WZ 355. Zur »Recherche« als Geschichtsschreibung vgl. unten S. 187 ff.
185 JF 131.
186 JF 130 f.
187 JF 130 f. Übersetzung korrigiert.
188 JF 58, 132.
189 JF 133.
190 Guermantes 354.
191 Ich zitiere hier den Kommentar aus dem 2. Band der Faksimile-Ausgabe des Cahier 44, herausgegeben von Francine Goujon et al. Turnhaut: 2014, S. 167. Die Proust-Zitate stammen aus den Folios 81ro und 82ro des Bestandes NAF27350 (2) der Bibliothèque nationale.
192 Die gegenteilige Haltung hat Emanuel Berl am Schluss der Affäre bei den französischen Juden angetroffen: »Man akzeptierte eher, dass jemand Antisemit als dass er Antidreyfusard war. Antidreyfusard, das war die Verneinung der Gerechtigkeit, des Rechts, der Wahrheit.« Berl 18.
193 An Lucie Dreyfus. 3. Januar 1895. Zit. nach Bredin 12.
194 An Maîre Demange. 3. Januar 1895. Zit. nach Bredin 12.

195 Paléologue 38.
196 J. Reinach I 256.
197 Whyte 455 ff.
198 Whyte 58 ff.
199 »La Cocarde« vom 6. Januar 1895, S. 1.
200 Marrus 245.
201 J. Reinach I 261.
202 Clébert 264 f.
203 Duclert: Affäre 20.
204 Duplay 65 f.
205 E 414.
206 Und am 21. Juli 1906 liest Proust »nicht ohne Tränen in den Augen« (an G. Straus, Briefe 466), wie Dreyfus durch die Ernennung zum Ritter der Ehrenlegion reintegriert wurde. Die Zeremonie fand wie die Degradierung in der École militaire statt. Da Dreyfus fürchtete, auf dem großen Hof von den Erinnerungen übermannt zu werden, hatte man den Akt in den kleinen Hof verlegt. Auch da wurde Dreyfus, als Picquart ihm die Hand schüttelte, von einem so starken Unwohlsein erfasst, dass man ihn nach Hause geleiten musste (Bredin 484 f.).
207 Vgl. oben S. 20.
208 Duplay 66.
209 Die Aufmerksamkeit der »Revue Blanche« für anarchistische Themen schlägt sich in Aufsätzen über Bakunin, Proudhon und Herzen nieder.
210 An Suzette Lemaire, zit. nach Fraisse: Verdurin 77.
211 Ebd.
212 Erman 112.
213 Scènes 152.
214 Blanche 118.
215 An Robert de Montesquiou. 18. Juli 1895. Corr I 411.
216 An Reynaldo Hahn. 15. November 1895. Corr I 443 ff. Auch Briefe 186 ff. druckt diesen Brief, der keiner ist.
217 Lemoine 154.
218 Keller: Endlosigkeit 285.
219 JS 614.
220 Guermantes 573, Übersetzung korrigiert.
221 Bardèche I 65.
222 JS 373
223 Vgl. unten S. 174 ff.
224 JS 117.
225 JS 339.
226 JS 400.
227 JS 342.
228 JS 555.
229 JS 619.
230 JS 558.
231 JS 492.
232 Daudet: Autour 34.
233 E 133.

Kapitel 3
NACH DEM STURM: DIE »RECHERCHE«, EIN JÜDISCHER ROMAN?

1 Die im Folgenden zitierten Passagen des »Cahier 4« sind ediert von Claudine Quèmar: Deux Versions.

2 Quémar 252.

3 Pugh: Birth 86.

4 Pugh: Growth I 3.

5 E 343.

6 Bardèche I 222.

7 Das Auftauchen und Abtauchen des Jüdischen deutete als Erster Brun: Brouillons et brouillages. Sehr fein auch: Marion A. Schmid.

8 An Gabriel Astruc. Zweite Hälfte Dezember 1913. Corr XII 387. Dass der Ausgangspunkt Thema eines außerordentlich erhellenden und spannenden Buches sein kann, zeigt Raczymow in seinem zwischen Memoir und historischer Studie changierenden »Le cygne de Proust«. Charles Haas (1833–1902) lebte in Paris das Leben eines der Kunst, den Salons und den Frauen zugeneigten wohlhabenden jüdischen Müßiggängers. Er gehörte zur Salon-Entourage der hochprominenten Comtesse de Greffulhe, ihrerseits Vorbild für Prousts Herzogin von Guermantes. Das Geld war ihm von seinem aus Frankfurt gebürtigen Vater Antoine Haas, Prokurist bei Rothschild, zugekommen. Haas' Kunstkennerschaft machte ihn 1868 für drei Jahre zum Generalinspektor für historische Denkmäler. 1871 schaffte er es im 5. (!) Anlauf als einziger Jude außer Rothschild in den Jockey-Club. 1881 kam seine Tocher Luisita zur Welt – die ihm, der Dreyfusard gewesen war, ein merkwürdiges Lebensende bescherte. Erst animierte sie ihn zur Konversion zum Christentum. Dann ließ sie zwischen seinem Tod am 12. Juli 1902 und seiner Beerdigung am 29. Oktober drei Monate verstreichen, in denen das Haas'sche Familiengrab total dejudaisiert, die jüdischen Vorfahren exhumiert und an einen unbekannten Ort verbracht, die Grabkapelle ins Christliche umgebaut wurde. (Raczymow 179 ff.)

9 Crémieux 100.

10 Guermantes 573. Übersetzung korrigiert nach Rech. pl. 2, 702.

11 WZ 329 f.

12 Gef. 279, 282.

13 An Marcel Proust. 3. Juli 1922. Corr XXI 335.

14 Das Gemälde hängt heute im Musée d'Orsay in Paris. Abbildung und Kommentar in: Melissa E. Buron et al.: James Tissot. München 2019. S. 110.

15 Vgl. Raczymow 44.

16 An Paul Brach. 9. August 1922. Corr XXI 409.
17 Der frz. Wortlaut des Zettelchens in: Rech. pl. III, 1742, Anm. 1 zu Seite 705. Es geht ums Wegschmelzen von Namen, ihre Zersetzung durch den Tod. Das Zettelchen müsste in Gef. 281, beim Wort »zerschmelzen« eingefügt werden. Zum Kontext Keller in: Gef. 608 f. und Rech. pl. III, 1667, Anm. 4.
18 Gef. 281 f.
19 Dreyfus: Raczymow 57 ff., Fraisse in: Prisonnière 790, Anm. 528.
20 An Gabriel Astruc. Zweite Dezemberhälfte 1913. Corr XII 387; Briefe 785.
21 Vgl. Brunner 44–53.
22 Vgl. Marrus 41.
23 Er gleicht seiner Mutter, die ihrer Mutter gleicht, und er sieht bei sich im Alter Verhaltensweisen seiner Eltern aus der Kulisse treten.
24 Quémar 214.
25 Cahier 4, Rech. pl. I, 667.
26 Cahier 8. Rech. pl. I, 682.
27 Cahier 4; Rech. pl. I, 669.
28 Cahier 8. Rech. pl. I, 682.
29 Vgl. Fl. 262.
30 Lucien Daudet wies darauf hin, dass Proust »eine spezielle Art« hatte, »den Namen seines Helden auszusprechen, etwa wie Suuane« (Daudet: Autour 21). Spire II 56 sagt scharfsinnig, Proust habe Swann »ohne Zweifel diesen bizarren englisch klingenden Namen gegeben, weil er seine fremde Herkunft ausdrücken wollte, ohne ihn durch einen Namen deutschen Ursprungs unsympathisch zu machen«. Proust selbst schrieb einem Harry Swann 1920, er habe den Namen frei erfunden: »Jedenfalls wollte ich einen angelsächsisch anmutenden Scheinnamen finden, der in meinen Ohren das ›Reine, Ursprüngliche‹ des von zwei Konsonanten eingerahmten ›a‹ anklingen lässt.« Trotz der zwei »nn« habe eine Schwester des englischen Königs Swann auf Schwan bezogen und gesagt, »›Du côté de chez Swann‹, das sei die Geschichte von Leda aus der Sicht des Schwans«. (Briefe 1187)
31 Cahier 4. Rech. pl. I, 667.
32 Cahier 4 47ro. Brun: Brouillages 116 hat das gesehen. Die Editoren von Rech. pl. I, 667 haben es nicht vermerkt.
33 Vgl. oben S. 19.
34 NW 104.
35 NW 105.
36 Pl. I. 1099 f.
37 Cahier 9 50ro. »Emigration« steht nicht in den Typoskripten 1 und 2 des ersten Bandes. Der Ausdruck findet sich nur, gestrichen, im Cahier 9. Brun: Brouillages 121 f. hat diese Fassung ediert.
38 NW 105. Übersetzung korrigiert.
39 NW 144. Rech. pl. 1, 1347.
40 Swann 134.

41 Swann 135 f.
42 Vgl. Brun 123.
43 NW 595.
44 JM 8.
45 Guermantes 815.
46 SG 137.
47 JM 669 f.
48 JM 695.
49 JM 670.
50 Zu alldem großartig Sternhell 277–298. Das Zitat 290.
51 Guermantes 811. SG 158.
52 Guermantes 816.
53 GSB 296 f.
54 SG 29.
55 Guermantes 815 f. Übersetzung korrigiert.
56 SG 122.
57 Fl. 237.
58 SG 87.
59 SG 116 f.
60 SG 118 ff.
61 SG 123.
62 SG 112.
63 SG 220.
64 SG 137.
65 SG 158. Beretta 119 erörtert biblische Vorbilder für diesen Akt von Swann, bis hin zur Großmutter, die Marcel die Schuhe ausgezogen hat.
66 Luzius Keller hat mich darauf aufmerksam gemacht, dass es im strengen Wortsinn kein Monolog ist. In einem Monolog spricht der Sprechende in der Tat zu sich und nicht zu einem Ansprechpartner. Und man spricht in eigenem Namen und nicht im Namen eines anderen, wie Swann, den Fürsten in der ersten Person zitierend.
67 JM 349 f., 352.
68 Carnet 1, 31 und passim.
69 WZ 311.
70 Fl. 263.
71 SG 158, Übersetzung korrigiert.
72 Guermantes 816.
73 SG 158. Von diesem assyrischen Tempelfries werden wir noch hören!
74 Swanns Genealogie ist, den verschiedenen Stufen des Werkes entsprechend, bei Proust wohl nicht ganz kohärent. Zur »Hypothese« des Fürsten von Guermantes, »die im Übrigen falsch war«, Swann habe eine protestantische Großmutter und einen katholischen Vater gehabt (SG 106), hat Compagnon: Juif 258 die Beobachtung beigesteuert, diese »Genealogie gleiche der von Halévy«. Daniel Halévy hatte eine protestantische Mutter und eine katholische Großmutter.
75 SG 170.
76 SG 168.
77 JM 449 f.
78 Guermantes 264.
79 JM 500.
80 Gobineaus Neuausgabe war 1884 in Paris erschienen, die Erstausgabe 1853–1855. Die »sémites« behandelt Gobineau S. 364–388. Schon er nimmt »les Assyriens« und »les Hébreux« (»die dauerhaft auf dem tiefsten Grad der typischen Zivilisation der Rasse blieben«, 416) in einem

Kapitel zusammen, 406–420. »Les arians« werden 479–512 eingeführt, mitsamt viel Urtext wie er in Prousts Verherrlichung Saint-Loups wiederkehren wird, etwa die Vorliebe für Weiß, Rosa und Blond. Dass »die Geschichte nur bei den weißen Nationen existiert«, wird auf den S. 623–633 vertreten. Das Buch endet mit vielfältigen Glorifikationen der germanischen Arier.

81 Dreyfus: Gobineau. Dreyfus erörtert umsichtig den Zusammenhang der Lehren Gobineaus mit dem damaligen »nationalisme intégral«. Und er zeichnet subtil den Weg des eher deskriptiven Rassismus Gobineaus zum späteren, krass abwertenden nach.

82 Proust Adrien: Traité d'hygiène, 11, zit. nach Müller 136. Müller weist in seiner vorzüglichen Darstellung des kulturgeschichtlichen Kontexts von Adrien Prousts Auffassungen darauf hin, dass Vater Proust sich nie auf Gobineau bezieht. Seine »Anthropologie« ruht auf den Forschungen zu den arischen Sprachen und deren denkerischer Überlegenheit, wie sie damals Émile Littré und Eugène Burnouf vertraten; vgl. Müller 134 ff.

83 Drumont II 252.

84 Barrès in »Le Courrier de L'Est«, 2. Mai 1891. Zit. nach Sternhell 270.

85 Vgl. Gran-Aymeric. Eine Abbildung des rekonstruierten Thronsaals im Bildteil nach S. 160.

86 Vgl. Compagnon: Siècle 87 ff. Im gleichen Jahr hatte übrigens Sarah Bernhardt ihre strikt dem Setting von Racines Uraufführung in Saint-Cyr folgende »Esther« samt der Musik von Reynaldo Hahn wiederaufgenommen.

87 Gran-Aymeric 162.

88 JM 116. Vgl. Rech. pl. I, 1367.

89 JM 457.

90 Guermantes 263.

91 Guermantes 564 übersetzt ungeschickt Israeliten.

92 Guermantes 573.

93 Guermantes 573.

94 Guermantes 581.

95 Guermantes 581

96 Rech. pl. II, 1739, Anm. a. zu S. 707.

97 Auch die Urstelle dieser Gegenüberstellung von »lichtvoll« und »dunkel« ist autobiografisch gefärbt. Jean Santeuil schildert in einem Kapitel, das schon die erste Erzählperson der »Recherche« vorwegnimmt, wie sein Freund Bertrand de Réveillon, hinter dem Prousts Freund Bertrand de Fénelon steckt, über Restauranttische auf ihn zuläuft, und verortet das im Gegensatz zwischen »vie brillante und »vie obscure«, zwischen »force« und »faiblesse« (JS pl. 453, JS 416).

98 Guermantes 580. Übersetzung korrigiert.

99 Guermantes 581.
100 JM 510 f.
101 Auch die fabelhafte Geistesart der Herzogin von Guermantes, der »esprit de Guermantes«, ist jüdischen Ursprungs, gleich doppelt. In der »Recherche« wird er auf Offenbachs Librettisten Meilhac und Halévy zurückgeführt. Im Briefwechsel wird Proust noch etwas deutlicher. »Die adlige Gesellschaft ist so dumm«, schrieb er am 6. oder 7. November 1920 an Paul Souday, »dass ich mein Modell für den ›esprit de Guermantes‹« »nur bei einer ›nichtadligen Frau‹ (finden) konnte, bei Madame Straus« (Briefe 1180f). »Alles, was in diesem Buch geistreich ist, kommt von Ihnen«, schrieb er am 18. Oktober 1920 an Madame Straus (Corr XIX 530).
102 Bloch hieß übrigens, vier Generationen früher, auch Prousts Ururgroßmutter, Rachel Bloch (1750–1815), die Ehefrau von Baruchs Vater Lazare Weil (1742–1815).
103 JM 500.
104 WZ 385.
105 WZ 386.
106 WZ 394.
107 WZ 404.
108 WZ 410 f.
109 JM 457, WZ 403 f.
110 JM 457.
111 Crémieux 103.
112 Rech. pl. IV, 516 und Anm. 1278. Die Frankfurter Ausgabe hat dieses Zettelchen anders als die Pléiade auf WZ 363 nicht in den Text übernommen.
113 WZ 406.
114 SG 406.
115 JM 460.
116 WZ 387.
117 WZ 410.
118 WZ 409.
119 WZ 407.
120 WZ 409.
121 WZ 391 f.
122 WZ 402.
123 WZ 408.
124 WZ 418.
125 SG 18.
126 Briefe 1125, 23.12.19.
127 An Sidney Schiff. 1. oder 2. September 1920. Corr XIX 435. Briefe 1159.
128 An Madame Straus. 18. Oktober 1920. Corr XIX 531.
129 Vgl. François Caron: La France des patriotes. Paris 1985. Zit. nach: Broche 287.
130 Gef. 645.
131 SG 215.
132 Gef. 336. Dazu will nicht recht passen, dass bei Madame Verdurin auf dem Höhepunkt der Affäre »ein latent bürgerlicher Antisemitismus zum Ausbruch gelangt war und sich ins schlichtweg Maßlose gesteigert hatte«. (Guermantes 353) Widersprüche eben in einem vom Autor nicht fertig gestellten Werk.
133 An Sidney Schiff. 1. oder 2. September 1920. Corr XIX 445. Briefe 1159.

134 An Robert Proust. Kurz nach dem 18. September 1920. Corr XIX 476. Briefe 1176. Diese Stelle ist auf die Homosexualität gemünzt, kann aber cum grano salis auch auf die Affäre angewandt werden, wie die Stelle in Anm. 133 zeigt.

135 Swann 485.

136 Fl. 240.

137 JM 130 f.

138 JM 131.

139 An seine Mutter. 22. September 1899. Corr II 341. Briefe 253.

140 An seine Mutter. 10. September 1899. Corr II 305. Briefe 248.

141 Guermantes 330.

142 SG 170.

143 Guermantes 344 f.

144 Guermantes 345 f.

145 Guermantes 346 f.

146 Beretta 112.

147 Guermantes 404.

148 SG 743 ff.

149 Compagnon: Narrateur 12 ff.

150 Guermantes 404.

151 Compagnon: Narrateur 12.

152 Compagnon bringt noch ein zweites Argument, das die Tiraden erträglich machen könnte. Sie ergäben sich aus einem »diagnostischen Irrtum des Erzählers über den Antisemitismus der Jahrhundertwende« (S. 14). Er missverstehe den modernen sozialen Antisemitismus als traditionellen christlichen. Ein heutiger Leser könne sich das aber »nur erklären, wenn er die Hypothese aufstellt, dass es sich um einen Zug eines in der jüdischen Gemeinschaft verbreiteten Optimismus handelt, der die neuen Formen des Hasses auf diejenigen zurückführt, denen man in der Vergangenheit siegreich widerstanden hat«. (14) Ich halte die Annahme eines diagnostischen Irrtums des Erzählers nicht für schlüssig. Des Erzählers Darstellung des Antisemitismus ist alles in allem viel stärker an das Rassentheorem des modernen als an das theologische Theorem des alten Antisemitismus gebunden.

153 WZ 138.

154 Guermantes 209.

155 S. unten S. 193 ff.

156 Fl. 386.

157 WZ 363.

158 WZ 370.

159 WZ 402.

160 WZ 407.

161 WZ 355.

162 SG 119.

163 SG 121.

164 WZ 392.

165 WZ 407.

Epilog
PROUST, EIN MARRANE?

1 Mit der Ausnahme von Bloch-Dano.

2 Erstveröffentlichung unter dem Titel »Marcel Proust«. In: The Jewish Chronicle Supplement, Nr. 26. 25. Mai 1923. S. VIf. Ich zitiere nach der Buchfassung Spire.

3 Spire II 47.

4 Spire II 60.

5 Die marranische Erfahrung geht weit hinter die Inquisition zurück und weit über sie hinaus. Die früheste maßgebliche theologische Diskussion der Zwangskonversion im Judentum findet sich bei Maimonides (1138–1204). Er fand Zwangskonversion unter bestimmten Bedingungen akzeptabel. Maimonides' Biograf attestiert seiner Lösung Aktualität bis heute: »Lösung durch Verstellung, Anschein und Doppelleben wurde zu einer existentiellen Norm für Juden vom Spätmittelalter über die Inquisition und die Zeit danach bis in die Moderne. In Europa wurde seine Lösung das jüdische Symptom par excellence.« (Kraemer 115)

6 Carl Gebhardt: Die Schriften des Uriel da Costa. Amsterdam 1922, S. XIX. Zit. nach Yovel: Spinoza 64.

7 Spire II 56.

8 Vgl. E 390–410.

9 Das hatten 1906 schon André Beaunier und 1914 André Ghéon getan. Über die Vorgeschichte des Vergleichs von Proust mit Montaigne vgl. Compagnon: Juif 91–104.

10 Drumont I 225.

11 Thibaudet 138 f. In seinem wunderbaren, erst postum 1963 herausgegebenen »Montaigne« kommt Thibaudet verschiedentlich auf den jüdischen Mobilismus zurück. »Wie seine jüdischen Wurzeln Montaigne doch unserer Zeit annähern, ihn heute lebendig machen!« (175) S. 295 taucht auch der »Tropfen jüdischen Bluts« wieder auf, eingebettet in einen kühnen, auch Spinoza einschließenden Vergleich des »clair-obscur« von Montaignes Denken mit dem von Rembrandts Malerei. »Der Tropfen jüdischen Bluts« von Montaigne findet sich wieder im Amsterdam des Holländischen Krieges, »dieser mit hölzernen Mauern bewehrten Stadt, in der diese zwei unwägbaren Schätze leben, das Licht Rembrandts und das Denken Spinozas.«
Zu den bewegten Lesern von Thibaudets »Montaigne« gehörte ein späterer Kollege des Autors an der Universität Genf, dessen Eltern als jüdische Flüchtlinge in die Stadt gelangt waren: Jean

Starobinski, der Thibaudet häufig erwähnte und ihm im Titel seines Montaigne-Buches ein verstohlenes Denkmal setzte: »Montaigne en mouvement«.

12 Le judaisme de Proust. In: »Marges« Nr. 136, 15. Oktober 1925. Ich zitiere nach der Buchausgabe: Saurat 154–160.

13 Pierre-Quint 132, zitiert bei Saurat 155. Wie alle entscheidenden Einsichten dieser Welt hat Proust auch diese vorweggenommen: »Die schönen Bücher sind in einer Art Fremdsprache geschrieben.« (GSB 222)

14 Saurat 156.

15 Saurat 156.

16 Saurat 155.

17 Saurat 159.

18 Hassine: Marranisme. Hassine: Ésotérisme.

19 Elaine Marks.

20 Yirmiyahu Yovel: Spinoza. Yirmiyahu Yovel: The Other.

21 EJGK 6, Artikel »Zakhor« 496–500. Auch: Yerushalmi.

22 Swann 484 f.

23 Arendt: Briefwechsel 429 und 439. Scholem warf in der Kontroverse um ihr Eichmann-Buch Arendt fehlenden »Ahabath Israel« vor.

24 Yovel: Spinoza 423.

25 Ein Wort Heines, das Freud auf Heine und Heine auf Spinoza gemünzt hatte.

26 Deutscher 27. Zit. bei Marks 132.

27 Carnets 102. Die Übersetzung von Jean de Pauly war indes das elende Machwerk eines Betrügers; vgl. Gershom Scholem: Von Berlin nach Jerusalem. Frankfurt 1994, S. 138 f.

28 JS 720. Vgl. oben S. 51 f.

29 WZ 302. Übersetzung korrigiert.

30 JS 702.

31 WZ 301.

32 E 88 f.

33 Das räumt sogar Yovel im Vorwort seines Spinoza ein, 13 f.

34 Carnets 102. Vgl. WZ 282, 290 und GSB 225 ff.

35 In der »Wiedergefundenen Zeit« gehen die Invektiven gegen die »populäre Kunst« und gegen Barrès' »patriotische Kunst«, WZ 290 f.

36 CSB Fallois 247–266. Die kritische Edition, natürlich ohne den Titel, gibt Antoine Compagnon in Rech. pl. 3, 919–933. Auch er hat freilich einen süffigen Titel übers Ganze gesetzt, immerhin einen, den Proust über einen Teil gesetzt hatte: »La Race des Tantes«. Die Frankfurter Ausgabe folgt Compagnon in GSB 286–311.

37 L. Keller in SG 802.

38 Bem 102 f.

39 Für Liebhaber, oder: wer sucht, der findet: Auch Yovels Katalog der Charakteristika marranischen Bewusstseins ließe sich in »Sodom und Gomorrha I« leicht ausmachen. Von intellek-

tueller Unruhe, Doppelleben und Verstellung über Maske bis zu zweideutigem Sprechen sind alle Vögel schon da.

40 Pierre-Quint 23.

41 Ähnlich schon Albert Cohen 343: »Es gibt keinen jüdischen Geist. Es gibt drei oder vier Arten des jüdischen Geists, Sedimente, von der Zeit hinterlassen auf dem Denken oder dem Herzen des umherirrenden Israels.«

42 Mauriac Dyer.

43 Vgl. Isenschmid 81 ff. und oben S. 55 und 141.

44 Fl. 385.

45 Das habe Proust ihm in einem leider verlorenen Brief geschrieben, erzählte Prousts Freund Emmanuel Berl Patrick Modiano in ihrem legendären Gespräch. Berl 27.

Bibliografie

1. PROUSTS SCHRIFTEN ZITIERE ICH NACH FOLGENDEN ABKÜRZUNGEN:

Briefe: Marcel Proust: Briefe. 2 Bände. Herausgegeben, ausgewählt und kommentiert von Jürgen Ritte auf der Grundlage der Briefedition von Françoise Leriche. Aus dem Französischen übersetzt von Jürgen Ritte, Achim Russer und Bernd Schwibs. Berlin 2016.

Carnets: Marcel Proust: Carnets. Édition établie et présentée par Florence Callu et Antoine Compagnon. Paris 2002.

Corr: Correspondance de Marcel Proust. Texte établi, présenté et annoté par Philip Kolb. 21 Bände. Paris 1970–1993.

CSB: Marcel Proust: »Contre Sainte-Beuve«, précédé de »Pastiches et mélanges« et suivi de »Essais et articles«. Édition établie par Pierre Clarac avec la collaboration d' Yves Sandre. Paris 1971.

CSB Fallois: Marcel Proust: Contre Sainte-Beuve, suivi de Nouveaux mélanges. Préface de Bernard de Fallois. Paris 1954.

E: Marcel Proust: Essays, Chroniken und andere Schriften. Aus dem Französischen übersetzt von Henriette Beese, Luzius Keller und Helmut Scheffel. Frankfurt 1992 (= Frankfurter Ausgabe. Werke I. Band 3).

Feuillets: Marcel Proust: Les soixante-quinze feuillets et autres manuscrits inédits. Édition établie par Nathalie Mauriac-Dyer. Paris 2021.

Fl.: Proust, Marcel: Auf der Suche nach der verlorenen Zeit 6: Die Flüchtige. Aus dem Französischen übersetzt von Eva Rechel-Mertens; revidiert von Luzius Keller und Sibylla Laemmel. Frankfurt 2001 (= Frankfurter Ausgabe. Werke II. Band 6).

FT: Marcel Proust: Freuden und Tage und andere Erzählungen und Skizzen aus den Jahren 1892–1896. Aus dem Französischen übersetzt von Luzius Keller; für »Der Gleichgültige«:

Elisabeth Borchers. Frankfurt 1988 (= Frankfurter Ausgabe. Werke I. Band 1).

Gef.: Marcel Proust: Auf der Suche nach der verlorenen Zeit 5: Die Gefangene. Aus dem Französischen übersetzt von Eva Rechel-Mertens; revidiert von Luzius Keller und Sibylla Laemmel. Frankfurt 2000 (= Frankfurter Ausgabe. Werke II. Band 5).

GSB: Marcel Proust: Gegen Sainte-Beuve. Aus dem Französischen übersetzt von Helmut Scheffel. Herausgegeben von Mariolina Bongiovanni Bertini in Zusammenarbeit mit Luzius Keller. Frankfurt 1997 (= Frankfurter Ausgabe. Werke III. Band 3).

Guermantes: Marcel Proust: Auf der Suche nach der verlorenen Zeit 3: Guermantes. Aus dem Französischen übersetzt von Eva Rechel-Mertens; revidiert von Luzius Keller und Sibylla Laemmel. Frankfurt 1996 (= Frankfurter Ausgabe. Werke II. Band 3).

Jeunesse: Marcel Proust: Écrits de jeunesse 1887–1895. Textes rassemblés, établis, présentés et annotés par Anne Borrel u. a. Paris 1991.

JM: Marcel Proust: Auf der Suche nach der verlorenen Zeit 2: Im Schatten junger Mädchenblüte. Aus dem Französischen übersetzt von Eva Rechel-Mertens; revidiert von Luzius Keller und Sibylla Laemmel. Frankfurt 1995 (= Frankfurter Ausgabe. Werke II. Band 2).

JS: Marcel Proust: Jean Santeuil. 2 Bände. Aus dem Französischen übersetzt von Eva Rechel-Mertens; revidiert und ergänzt von Luzius Keller. Herausgegeben von Mariolina Bongiovanni Bertini. Frankfurt 1992 (= Frankfurter Ausgabe. Werke III. Band 1–2).

JS pl.: Marcel Proust: »Jean Santeuil« précédé de »Les plaisirs et les jours«. Édition établie par Pierre Clarac avec la collaboration d'Yves Sandre. Paris 1971.

Lemoine: Marcel Proust: L'affaire Lemoine. Pastiches. Édition génétique et critique par Jean Milly. Genf 1994.

Lettres: Marcel Proust: Lettres (1879–1922). Sélection et annotation revue par Françoise Leriche avec le concours de Caroline Szylowicz à partir de la »Correspondance de Marcel Proust« établie de Philip Kolb. Lettres inédites, selection et annotation par Françoise Leriche. Paris 2004.

NV: Marcel Proust: Nachgeahmtes und Vermischtes. Aus dem Französischen übersetzt von Henriette Beese, Ludwig Harig und Helmut Scheffel. Frankfurt 1989. (= Frankfurter Ausgabe. Werke I. Band 2).

Prisonnière: Marcel Proust: La Prisonnière. »À la recherche du temps perdu«, V. Édition critique par Luc Fraisse. Paris 2013 (Classiques Garnier).

Rech. pl. I–IV: Marcel Proust: À la recherche du temps perdu. Édition publiée sous la direction de Jean-Yves Tadié. Paris 1987–1988.

Ritte: Marcel Proust: Sur la lecture/Tage des Lesens. Faksimile der Handschrift aus der »Bibliotheca Proustiana Reiner Speck«. Mit Transkription, Kommentar und Essays herausgegeben von Jürgen Ritte und Reiner Speck. Frankfurt 2004.

Ruskin: Marcel Proust, John Ruskin: La Bible d'Amiens. Sésame et les lys et autres textes. Édition établie, présentée et annotée par Jérôme Bastianelli. Paris 2015.

SG: Marcel Proust: Auf der Suche nach der verlorenen Zeit 4: Sodom und Gomorrha. Aus dem Französischen übersetzt von Eva Rechel-Mertens; revidiert von Luzius Keller und Sibylla Laemmel. Frankfurt 1999 (= Frankfurter Ausgabe. Werke II. Band 4).

Swann: Marcel Proust: Auf der Suche nach der verlorenen Zeit 1: Unterwegs zu Swann. Aus dem Französischen übersetzt von Eva Rechel-Mertens; revidiert von Luzius Keller. Frankfurt 1994 (= Frankfurter Ausgabe. Werke II. Band 1).

WZ: Marcel Proust: Auf der Suche nach der verlorenen Zeit 7: Die wiedergefundene Zeit. Aus dem Französischen übersetzt von Eva Rechel-Mertens; revidiert von Luzius Keller. Frankfurt 2002 (= Frankfurter Ausgabe. Werke II. Band 7).

2. FORSCHUNGSLITERATUR UND ERINNERUNGSWERKE

Alexandre, Rosine: Fontainebleau. Naissance d'une communauté juive à l'époque de la revolution 1788–1808. Paris 1990.

Amson, Daniel: Adolphe Crémieux. L'oublié de la gloire. Paris 1988.

Arendt, Hannah: Elemente und Ursprünge totalitärer Herrschaft. München 1986.

Arendt, Hannah; Scholem, Gershom: Der Briefwechsel. Herausgegeben von Marie Luise Knott. Unter Mitarbeit von David Heredia. Frankfurt 2010.

Balsamo, Gian: Proust and His Banker. In Search of Time Squandered. Columbia 2017.
Bardèche, Maurice: Marcel Proust Romancier. 2 Bände. Paris 1971.
Barrès, Maurice: Scènes et doctrines du nationalisme. Paris 1902.
Beller, Steven: Herzl. Wien 1996.
Bem, Jeanne: Le juif et l'homosexuel dans »À la recherche du temps perdu«. In: Littérature, Nr. 37, 1980, S. 100–112.
Beretta Anguissola, Alberto: Les sens cachés de la »Recherche«. Paris 2013.
Berl, Emmanuel: Interrogatoire par Patrick Modiano. Suivi de »Il fait beau, allons au cimetière«. Paris 1976.
Billermann, Roderich: Sprache, Selbst und Geschichte. Madame de Sévigné und der Duc de Saint-Simon in »À la recherche du temps perdu«. In: Marcel Proust. Die Legende der Zeiten im Kunstwerk der Erinnerung. Köln 2007, S. 136–182.
Billy, Robert de: Marcel Proust. Lettres et Conversations. Paris 1930.
Birnbaum, Pierre: Le moment antisémite. Un tour de France en 1898. Paris 2015.
Blanche, Jacques-Émile: Mes Modèles. Souvenirs littéraires (1928). Paris 1984.
Bloch, Marc: Apologie der Geschichte oder Der Beruf des Historikers. Herausgegeben von Lucien Fèbvre. Übersetzt von S. Furtenbach, revidiert durch F. J. Lucas. München 1985.
Bloch-Dano, Evelyne: Madame Proust. Eine Biographie. Aus dem Französischen übersetzt von Eliane Hagedorn und Barbara Reitz. Berlin 2006.
Blum, Léon: Beschwörung der Schatten. Die Affäre Dreyfus. Aus dem Französischen übersetzt, mit einer Einleitung und mit Anmerkungen versehen von Joachim Kalka. Berlin 2005.
Bonnet, Henri: Alphonse Darlu (1849–1921). Le maître de philosophie de Marcel Proust. Suivi d'une étude critique »Contre Sainte-Beuve«. Paris 1961.
Bredin, Jean-Denis: Dreyfus, un innocent. Paris 2006.
Brée, Germaine: Proust et l'Affaire Dreyfus, à la lumière de »Jean Santeuil«. In: Marcel Proust, a Critical Panorama. Herausgegeben von Price, Larkin B., Urbana 1973, S. 1–23.
Bréhant, Jacques: Une idylle dans le jardin d'Auteuil. In: Bulletin de la société des amis de Marcel Proust et des amis de Combray 24, 1974, S. 1807–1816.
Broche, François: Maurice Barrès. Biographie. Paris 1987.
Brown, Frederick: For the Soul of France. Culture Wars in the Age of Dreyfus. New York 2011.
Brun, Bernard: Brouillons et brouillages. Proust et l'antisémitisme. In: Littérature, Nr. 70, 1988, S. 110–128.

Brunner, José: Psyche und Macht. Freud politisch lesen. Aus dem Englischen übersetzt von Helga Haase. Stuttgart 2001.
Camus, Albert: Der erste Mensch. Aus dem Französischen übersetzt von Uli Aumüller. Reinbek 1995.
Chateaubriand, François-René: Mémoires d'Outre-Tombe. 2 Bände. Édition nouvelle par Maurice Levaillant et Georges Moulinier. Paris 1955.
Clébert, Jean-Paul: Les Daudets 1821–1940. Une famille bien française. Paris 1988.
Cohen, Albert: Les Juifs et les romanciers français. In: »La Revue de Genève«, Nr. 33, März 1923.
Compagnon, Antoine: »Le long de la rue du Repos«. Brouillon d'une lettre à Daniel Halévy (1908). In: Bulletin d'informations proustiennes, Nr. 50. 2020, S. 13–32.
Compagnon, Antoine: Le narrateur en procès. https://www.college-de-france.fr/media/antoine-compagnon/UPL18796_9_A.Compagnon_La_narrateur_en_proc_s.pdf.
Compagnon, Antoine: Proust du côté juif. Paris 2022.
Compagnon, Antoine: Proust entre deux siècles. Paris 1989.
Crémieux, Benjamin: Du côté de Marcel Proust, suivi de lettres inédites de Marcel Proust à Benjamin Crémieux. Tousson 1929.
Daudet, Lucien: Autour de soixante lettres de Marcel Proust. Paris 1929.
Delhorbe, Cécile: L'affaire Dreyfus et les ecrivains français. Neuchâtel 1932.
Deutscher, Isaac: The Non-Jewish Jew and Other Essays. London 1968.
Dreyfus, Robert: La vie et les prophéties du comte de Gobineau. Paris 1905.
Dreyfus, Robert: À propos de Marcel Proust et de ses personnages juifs. In: »La Revue juive de Genève«, 5. Jg. Nr. 49. Juni 1937, S. 419 f.
Dreyfus, Robert: De Monsieur Thiers à Marcel Proust. Paris 1939.
Duchêne, Roger: L'impossible Marcel Proust. Paris 1994.
Duchêne, Roger: Un inédit proustien: Le testament de l'oncle Adolphe. In: »Revue d'histoire littéraire de la France«, 2004/3, Vol. 104, S. 673–685. https://www.cairn.info/revue-d-histoire-litteraire-de-la-france-2004-3-page-673.htm.
Duclert, Vincent: Die Dreyfus-Affäre. Militärwahn, Republikfeindschaft, Judenhaß. Aus dem Französischen übersetzt von Ulla Biesenkamp. Berlin 1994.
Duclert, Vincent: Élie et Daniel Halévy dans l'affaire Dreyfus. Le savant, le poète et le politique. In: Entre le théâtre et l'histoire. La famille Halévy (1760–1960). Sous la direction d'Henri Loyrette. Paris 1996.
Duclert, Vincent: Savoir et engagement. Écrits normaliens sur l'affaire Dreyfus. Paris 2006.

Duplay, Maurice: Mon ami Marcel Proust. Souvenirs intimes. Paris 1972.
Enzyklopädie jüdischer Geschichte und Kultur. Im Auftrag der sächsischen Akademie der Wissenschaften zu Leipzig herausgegeben von Dan Diner. 7 Bände. Stuttgart 2011–2017.
Erman, Michel: Marcel Proust. Une biographie. Paris 2018.
Fallois, Bernard de: »L'histoire d'un roman est un roman«, entretien avec Nathalie Mauriac Dyer. In: Genesis 36, 1913, »Proust 1913«, S. 105–112.
Fallois, Bernard de: Sept conférences sur Marcel Proust. Paris 2019.
Figes, Orlando: Die Europäer. Drei kosmopolitische Leben und die Entstehung der europäischen Kultur. Aus dem Englischen übersetzt von Bernd Rullkötter. München 2020.
Fournier, Albert: Du côté de chez Proust. In: Europe 48, Nr. 496–497, August–September 1970. S. 246–263.
Fraisse, Luc: L'éclectisme philosophique de Marcel Proust. Paris 2013.
Fraisse, Luc: Du côté de chez les Verdurin. In: Philippe Blay u. a.: Marcel Proust et Reynaldo Hahn. Une creation à quatre mains. Paris 2018, S. 63–82.
Francis, Claude und Gontier, Fernande: Marcel Proust et les siens. Suivi des souvenirs de Suzy Mante-Proust. Paris 1981.
Gobineau, Joseph Arthur de: Essai sur l'inégalité des races humaines. In: Œuvres, Band 1. Édition publiée sous la direction de Jean Gaulmier avec, pour ce volume, la collaboration des Jean Boissel. Paris 1983, S. 133–1174 (Pléiade).
Gran-Aymeric, Eve et Jean: Jane Dieulafoy, une vie d'homme, Paris 1991.
Greene, Virginie und Szylowicz, Caroline: Le Miroir des images: étude de quelques dessins médiévaux de Proust. In: Bulletin d'informations proustiennes, Nr. 28, S. 7–17.
Guy-Loë, Henriette: Élie Halévy, une biographie. In: Entre le théâtre et l'histoire. La famille Halévy (1760–1960). Sous la direction d'Henri Loyrette. Paris 1996.
Halévy, Daniel: Apologie pour notre passé. Paris 1910.
Halévy, Daniel: Regards sur l'affaire Dreyfus. Textes réunis et présentés par Jean-Pierre Halévy. Paris 1994.
Hassine, Juliette: Ésotérisme et écriture dans l'œuvre de Proust. Paris 1990.
Hassine, Juliette: Marranisme et hébraïsme dans l'œuvre de Proust. Fleury-sur-Orne 1994.
Heine, Heinrich: Lutetia. In: Sämtliche Schriften. Herausgegeben von Klaus Briegleb (und für die »Lutetia« von Karl Heinz Stahl). Band 5. München 1974, S. 217–548.
Hoog, Anne Hélène, »La marge, l'exemple et l'exception. Le parcours d'Élisa

Félix dite Mademoiselle Rachel«. In: Romantisme, 2004/3 (Nr. 125), S. 91–101. https://www.cairn.info/revue-romantisme-2004-3-page-91.htm.
Hoog, Anne Hélène: »L'enfant du miracle«, ambivalences du discours sur les origines de Rachel et de son génie. In: Rachel. Une vie pour le théâtre 1821–1858. Paris 2004.
Horvilleur, Delphine: Überlegungen zur Frage des Antisemitismus. Aus dem Französischen übersetzt von Nicola Denis. München 2020.
Isenschmid, Andreas. Marcel Proust. Berlin 2017.
Jüdisches Lexikon. Ein enzyklopädisches Handbuch des jüdischen Wissens in 4 Bänden. Begründet von Georg Herlitz und Bruno Kirschner (1927). Frankfurt 1987.
Kauffmann, Grégoire: Édouard Drumont. O. O. 2008
Keller, Gottfried: Gesammelte Briefe in 4 Bänden. Herausgegeben von Carl Helbling. Bern 1950.
Keller, Luzius: Endlosigkeit bei Proust. In: »Cher ami… Votre Marcel Proust«. Marcel Proust im Spiegel seiner Korrespondenz. Briefe und Autographen aus der »Bibliotheca Proustiana Reiner Speck«. Herausgegeben von Jürgen Ritte und Reiner Speck. Köln 2009, S. 279–291.
Kolb, Philip: Historique du premier roman de Proust. In: Saggi e ricerche di letteratura francese, Band IV. 1963, S. 217–277.
Kracauer, Siegfried: Jacques Offenbach und das Paris seiner Zeit (1937). Frankfurt 1976 (= Schriften, herausgegeben von Karsten Witte, Band 8).
Kraemer, Jöel L.: Maimonides. The Life and World of One of Civilization's Greatest Minds. New York 2008.
Lazare, Bernard: Une erreur judiciaire. L'affaire Dreyfus. Édition établie par Philippe Oriol. Paris 1993.
le Pichon, Yann: Le musée retrouvée de Marcel Proust. Paris 1990.
Marks, Elaine: Marrano as Metaphor. The Jewish Presence in French Writing. New York 1996.
Marrus, Michael R.: Les Juifs de France à l'époque de l'affaire Dreyfus. Paris 1985.
Mauriac, Claude: L'Oncle Marcel. Paris 1988.
Mauriac Dyer, Nathalie: »Sur une enveloppe souilée de tisane«, un plan pour la suite d' »Abertine disparue«. In: Bulletin Marcel Proust. Nr. 42. 1992, S. 19–28.
Müller, Lothar: Adrien Proust und sein Sohn Marcel. Beobachter der erkrankten Welt. Berlin 2021.
Murakami, Yuji: L'affaire Dreyfus dans »Jean Santeuil«. In: Études de langue et littérature françaises. Tokyo. Société japonaise de langue et littérature françaises. Nr. 97. 2010, S. 77–91.

Murakami, Yuji: 1898. Le moment antisémite et la genèse d'un cosmopolotisme littéraire. In: »Du côté de chez Swann« ou le cosmopolitisme d'un roman français. Sous la direction d'Antoine Compagnon et Nathalie Mauriac Dyer. Paris 2016, S. 217–242.
Oriol, Philippe: L'histoire de l'Affaire Dreyfus de 1894 à nos jours. 2 Bände. Paris 2014.
Paléologue, Maurice: Journal de l'affaire Dreyfus 1894–1899. L'affaire Dreyfus et le Quai d'Orsay. Paris 1955.
Péguy, Charles: Notre jeunesse. In: C. P.: Œuvres en prose complètes. Band III. Édition présentée, établie et annotée par Robert Burac. Paris 1992, S. 5–159.
Pierre-Quint, Léon: Marcel Proust. Sa vie, son œuvre. Paris 1925.
Piperno, Alessandro: Proust antijuif. Paris 2007.
Poliakov, Léon: Geschichte des Antisemitismus. 8 Bände. Worms und Frankfurt 1977–1988.
Pugh, Anthony R.: The Birth of »À la recherche du temps perdu«. Lexington 1987.
Pugh, Anthony R.: The Growth of »À la recherche de temps perdu«. A Chronological Examination of Proust's Manuscripts from 1909 to 1914. 2 Bände. Toronto 2004.
Quémar, Claudine: Sur deux versions anciennes des »côtés« de Combray. In: Cahiers Marcel Proust. Nr. 7. Paris 1975, S. 159–282 (Edition und Kommentar).
Racine, Jean: Œuvres completes, Band I: Théâtre – poésie. Édition présentée, établie et annotée par Georges Forestier. Paris (Pléiade) 1992.
Raczymow, Henri: Le cygne de Proust. Paris 1989.
Reinach, Joseph: Histoire de l'affaire Dreyfus (1901–1908). 2 Bände. Paris 2006.
Reinach, Théodore: Histoire des Israélites depuis l'époque de leur dispersion jusqu'à nos jours. Paris o. J. (1884).
Riva, Angelo, und White, Eugene N.: Danger on the Exchange. How Counterparty Risk was managed on the Paris Bourse in the Nineteenth Century. NBER Working Papers Series. 2010. Working Paper 15 634 http://www.nber.org/papers/w15634.
Samuels, Maurice: Inventing the Israelite. Jewish Fiction in Nineteenth-Century France. Stanford 2001.
Samuels, Maurice (Herausgeber): Les grands auteurs juifs de la littérature française au XIXe siècle. Paris 2015.
Samuels, Maurice: The Right to Difference. French Universalism and the Jews. Chicago 2016.
Saurat, Denis: Tendances. Paris 1928.

Schmid, Marion A.: The jewish question in »A la recherche du temps perdu« in the light of the nineteenth-century discourses on race. In: Neophilologus 83. 1999, S. 33–49.
Schoeps, Julius H.: Theodor Herzl und die Dreyfus-Affäre. Wien 1995.
Shklar, Judith: Ganz normale Laster. Aus dem Amerikanischen übersetzt und mit einem Nachwort versehen von Hannes Bajohr. Berlin 2014.
Sollers, Philippe: L'œil de Proust. Les dessins de Marcel Proust. Paris 1999.
Soulié, Stéphan: Les philosophes en République. L'aventure intellectuelle de la Revue de métaphysique et de morale et de la société française de philosophie (1891–1914). Presses universitaires de Rennes 2019.
Spinoza, Baruch de: Briefwechsel. Übersetzung und Anmerkungen von Carl Gebhardt. Herausgegeben, mit Einleitung, Anhang und erweiterter Bibliographie von Manfred Walther. Hamburg 1986.
Spire, André: Quelques Juifs et Demi-Juifs. 2 Bände. Paris 1928.
Staubli, Thomas: Begleiter durch das Erste Testament. München 2014.
Sternhell, Zeev: Barrès et le nationalisme français. Paris 2000.
Tadié, Jean-Yves: Marcel Proust. Biographie. Aus dem Französischen übersetzt von Max Looser. Frankfurt 2008.
Tharaud, Jérôme et Jean: Mes années chez Barrès. Paris 1928.
Thomson, Valentine: La vie sentimentale de Rachel d'après des lettres inédites. Paris 1910.
Thomson, Valentine: My Cousin Marcel Proust. In: Harper's Monthly Magazine, Band 164, Mai 1932, S. 710–720. Französische Übersetzung durch Myriam Denneby in: L'Herne. Marcel Proust. Dirigé par Jean-Yves Tadié. Paris 2021, S. 55–62.
Todd, Olivier: Albert Camus. Ein Leben. Reinbek 1999.
Weber Caroline: Proust's Duchess. How Three Celebrated Women Captured the Imagination of Fin de Siècle Paris. New York 2018.
Weil, Simone: Die Verwurzelung. Vorspiel zu einer Erklärung der Pflichten dem Menschen gegenüber. Übersetzt von Marianne Schneider. Zürich 2011.
White, Eugene N.: The Crash of 1882, Counterparty Risk, and the Bailout of the Paris Bourse. NBER Working Paper Series. 2007. Working Paper 12933 https://www.nber.org/papers/w12933.
Whyte, George R.: Die Dreyfus-Affäre. Mit einem Vorwort von Sir Martin Gilbert. Aus dem Englischen von Oliver Mallick. Frankfurt 2010.
Wilson, Stephen: Ideology and Experience. Antisemitism in France at the Time of the Dreyfus Affair. East Brunswick 1982.
Winock, Michel: Das Jahrhundert der Intellektuellen. Aus dem Französischen übersetzt von Judith Klein. Konstanz 2003.

Wolitz, Seth M.: The Proustian Community. New York 1971.
Yerushalmi, Yosef Hayim: Zachor: Erinnere Dich! Jüdische Geschichte und jüdisches Gedächtnis. Berlin 1988.
Yovel, Yirmiyahu: Spinoza. Das Abenteuer der Immanenz. Aus dem Englischen übersetzt von Brigitte Flickinger. Göttingen 1996.
Yovel, Yormiyahu: The Other Within. The Marranos. Split Identity and Emerging Modernity. Princeton 2009.
Zola, Émile: Frankreich. Mosaik einer Gesellschaft. Unveröffentlichte Skizzen und Studien. Herausgegeben und kommentiert von Henri Mitterrand. Aus dem Französischen übersetzt von Brigitte Pätzold. Wien 1990.

Personenregister